제 일곱 빛깔의 사랑

일곱 빛깔의 사랑

고창근 장편소설

2024 심인

작가의 말

인류의 역사는
여성 수난의 역사라 할 만하다.
아마도 모계사회에서 부계사회로 오면서
여자는 남자들의 부속물로 여기게 되었을 텐데,

서양에서는 여성들의 참정권이 불과 몇십 년 전에 허용되었으며
우리나라는 딸들이 아들과 동등하게 부모 유산을 상속받게 된 건 몇 년 되지 않는다.
여자는 부계사회의 혈통을 잇는,
자식을 낳는 존재 이상도 이하도 아니었다.

세종대왕의 맏며느리이자 세자빈이었던 순빈 봉씨.
어쩌면 그녀는 이러한 남성 중심의 사회에 온 몸을 던져
저항했던 조선 최초의 여성이 아니었을까.
고려를 멸망시키고 조선을 개국한 이들은
고려의 멸망이 여성들의 성문란이라 했을 때,
자신의 성정체성을 깨달은 순빈 봉씨는
새 왕조의 유교 이념을 정면으로 거부하고 주체적 삶을 살았다.
지금 그대들의 피에 순빈 봉씨의 피가 흐르고 있음을,

2024년 8월 주막듬에서

차례

일곱 빛깔의 사랑   7

일곱 빛깔의 사랑

서

나는 죽었다.

세종대왕의 맏며느리이자 세자빈으로 봉해진 지 7년, 1436년 폐출되어 사가로 쫓겨났다. 여인을 사랑했다는 이유였다. 폐출되어 사가로 왔을 때 가문을 더럽힌 죄가 추가되어 큰오라버니에게 죽었다. 내 나이 26세였다.

1. 세자빈에 봉해지다

세종대왕 즉위 11년, 1429년 무자년 10월에 납채례 납징례 책빈례를 행하여 나는 세자빈이 되었다. 내 나이 열아홉 살이었다. 임헌초계가 있었는데 세자는 내 집에 왔고 나는 가마를 타고 세자를 따라 궁궐로 들어갔다. 예의 바르고 격식 있는 혼례의 절차에 나는 두려움을 느꼈다. 격식만 있고 사람은 없는 것 같았기 때문이었다. 또한 얼핏 들은 얘기지만 그날, 그러니까 내가 세자빈에 책봉되던 날 내 처소에 배정되었던 나인 두 명이 죽었다고 했다. 곤장을 맞고 시름시름 앓다가 하필이면 그날 죽었는데 경사스러운 날이라 다들 입을 다물었고 나 또한 경황이 없어 자세히 물어볼 엄두도 내지 못했다.

내 집에 온 세자는 나를 처음 보았는데도 불구하고 아무 말이 없었으며 피곤한 기색인지 아니면 원래 표정을 통해 속마음을 드러내지 않는지 얼굴이 굳어 있었다.

"마마, 위로는 상감마마 잘 모시고 세자 저하를 잘 받들어 종사를 잇는 데 힘쓰소서."

아버지와 어머니는 내가 가마에 타기 전 큰절을 하였다. 나는 방에서 이미 절을 하였지만, 또다시 아버지와 어머니께 큰절을 올렸다. 순간 가슴이 답답했고 머리가 어지러웠다. 뭔지 모를 불안감이 온몸을 휘어 감았다. 가마에 올라타는데 다리가 후들거렸다.

궁궐에 들어와 세자와 동뢰를 거행했는데 세자와 나는 서로 절을 하고 술과 음식이 있는 상을 두고 마주 앉았다. 이제야 세자와의 첫날밤이었다. 세자는 아무 말도 없이 꼿꼿이 앉아 있었고 나는 며칠 동안의 혼례식으로 밥을 거의 먹지 못했기에 배가 고팠다. 또한 술도 좋아해 한 잔 마시고 싶었다. 사가에 있을 때 아버지가 술을 마실 때 가까이 가면 아버지는 환하게 웃으시며 옆에 앉게 하시곤 나에게 술을 한 잔 따라주곤 했다. 내가 넙죽 받아 마시면 아버지는 귀엽다는 듯 큰소리로 웃었다.

"허, 고놈 참. 사내로 태어났으면 나라에 큰 인물이 될 텐데."

아버지는 한 잔 더 하라며 술을 따랐고 아버지가 기분 좋아하시니 또다시 넙죽 받아마셨다.

"애한테 무슨 술을 주고 그러십니까?"

어머니가 못마땅하다는 듯 말하면 아버지는 뭐 어때서, 새 왕조가 들어서기 전 고려 때는 여자들도 다 남자처럼 술 마셨는데, 그러셨다. 어머니가 못마땅한 부분은 내가 남자처럼 행동하는 것이었다. 치마를 입지 않고 오라버니들과 칼싸움과 말 타는 걸 좋아하니 어머니는 그럴 때마다 나를 혼냈지만 나는 여전히 방에서 수놓는 일보다 남자들과 어울리는 것을 더 좋아했다. 오라버니 둘도 나를 여자로 대하지 않고 같은 동료로 인정해 주었다.

　세자와 단둘이 방에 있으니 결혼했다는 게 실감이 났다. 하지만 내내 나인 둘이 죽었다는 게 께름칙해 세자에게 물으려고 했지만 웬지 물으면 안 될 것 같은 생각이 들었다. 궁궐에서는 알아도 모른 척해야 하는 일이 많다는 아버지의 말이 떠올랐기도 했지만 무엇보다 스멀스멀 기어오르는 원인 불명의 불안감 때문이었으리라.

　"한 잔 드시지요."

　마침내 내가 세자의 잔에 술을 따르며 말했다. 신혼 첫날밤이 아닌가. 세자와 세자빈으로서가 아니라 부부로서 오붓하게 얘기 나누고 싶었다.

　"난 술을 못합니다."

　그뿐이었다. 나한테 음식을 먹어보라든지, 술을 따라준다든지 하는 게 없었다. 이게 궁중의 법도인가. 세자빈으로 간택되고 난 후 중궁전의 지밀상궁인 이상궁이 매일 사가로 와서 궁중 법도를 가르쳤다. 어쩌면 그때 난 세자빈이 되었다는 기쁨보다는 어떤 까닭 모를 서늘한 느낌을 받았다. 사가 같으면 손수 술을 따라 마시고 음식도 맘껏 먹겠는데 세자가 가만히 있으니 어떻게 해야 할지 몰라 그대로 있었다. 세자의 표정은 낮에 사가에서 볼 때와 똑같았다. 마치 탈을 쓴 듯 표정의 변화가 없었다. 그렇게 말도 없이 우두커니 앉아 있다가 잠자리에 들었다.

　세자는 잠자리에 들자마자 바지를 벗었고 내 속치마 속곳 속속곳을 벗기기가 바쁘게 내 위로 올라왔다. 나는 당황하여 어찌할 바를 모르는데 아랫도리에 커다란 홍두깨 같은 것이 쑥 들어왔다.

　"아야!"

　순간 살이 찢어지는 듯한 통증에 나는 나도 모르게 위에 있는 세자를 밀쳤다. 순간 세자는 옆으로 뒹굴었고 성기가 드러난 채 황당한 표정을 지었다. 나 또한 황망하게 세자를 바라보기만 했다.

　"……."

나는 당황하여 아무 말도 못 했고 세자는 속옷과 바지를 주섬주섬 입고 자리로 돌아와 눕더니 눈을 감았다. 나는 세자의 행동 하나하나를 바라보며 불길함과 수치감에 몸을 떨었다. 나도 옷을 입고 세자 옆에 누웠다. 처음 겪는 일이긴 했지만 이럴 줄은 몰랐다. 내가 상상했던 건 소설에 나오는 것처럼 세자가 나를 안아주고 사랑 얘기를 나누고 미래를 얘기하고…… 그런 다음 옷을 벗고 합궁하는 것이었다. 그런데 아직 마음의 준비도 안 된 상태에서 불쑥 벼락처럼 몸속으로 들어오니 나도 모르게 세자를 밀쳤는데 그렇게 멀리 나뒹굴 줄은 몰랐다. 아랫도리가 아직도 얼얼하기도 했고 무슨 사내가 여자가 조금 밀쳤다고 나가떨어지는 것도 우스웠다. 세자는 금방 잠들었다. 분명 화가 났을 텐데 잊어버리고 처음 보는 여자가 옆에 있는데도 금방 잠이 드는 것을 보니 신기하기도 하고 불쾌하기도 했다. 사가 같으면 당장이라도 깨워서 따지련만 이게 궁궐 법도인가 싶기도 하여 눈을 감았다. 하지만 잠은 오지 않고 자리는 불편하여 이리저리 돌아누웠다. 그러다 잠깐 잠이 들었는데 죽은 나인 둘이 따라오는 꿈을 꾸었다. 나는 도망가고 죽은 나인 둘이 따라오는데 아무리 힘껏 달려도 나인 둘에게 잡힐 듯했다. 원한에 가득 찬 눈이 무서워 차마 돌아보지도 못하고 이리저리 도망 다니는데 무슨 소리가 났다. 이게 무슨 소리지 하며 두려움에 떨고 있는데 말이 또렷이 들렸다.

"저하 빈조견하실 시간이옵니다."

방 밖에서 지밀상궁이 아뢰는 소리였고 나는 잠에서 깨어났다. 등에서 식은땀이 나 서늘했다. 돌아보니 이미 세자는 꼿꼿이 앉아 있었다. 부리나케 일어나는데 나인들이 세숫물을 가져와 세자를 씻기고 옷을 입혔다. 나는 태연하게 얼굴을 남의 손에 맡기는 세자가 낯설었다. 나인들이 나도 씻기려는 걸 그만두라 하고 직접 씻었다. 옷 입는 것은 상궁과 나인 둘이 도와주었다.

혼례식을 거행한 후 처음으로 왕과 왕비를 뵈었다. 빈조견이라 하는데 사정전에 왕과 왕비가 미리 와 앉아 계셨고 나와 세자는 앞으로 나아가 큰절을 올렸다.

"그래 혼례식을 하느라 고생이 많았구나."

태어나서 처음 본 세종대왕은 인자한 표정이었고 중전께선 밤에 잠은 잘 잤느냐고 물었다. 세자는 잘 잤다고 공손히 말했고 나는 잠자코 있었다.

"그래. 이제 세자빈은 왕실 가족이니 앞으로 왕실 법도를 빨리 익혀 한 치의 어긋남이 없이 세자빈으로서의 자리를 지켜야 할 게야."

세종대왕은 지엄하게 말씀하셨다.

"예, 전하."

나는 고개를 숙여 답했다.

"알다시피 세자빈의 가장 중요한 덕은 자손을 많이 낳아 종사를 잇는 것임을 명심, 또 명심하여야 할 것이다."

중전께서 말씀하셨고 나 또한 예, 중전마마, 하고 답했다. 사가에서 친정어머니는 웃어른께는 무조건 예, 라고만 대답하라고 했다. 그리고 시키는 일은 무엇이든 따지지 말고 따르라고 했다. 후손을 많이 낳는 일, 그것이 내가 세자빈으로서 해야 할 첫 번째 임무였다. 친정 부모님과 궁중 법도를 가르치러 온 이상궁한테서 무수히 들은 말이라 내가 왕족의 씨받이로 가는가 하는 반발심이 일었지만 그때는 오직 원자를 가져야 한다는 생각만 들었던 게 사실이었다.

"세자와 세자빈은 모든 것의 기본이 효라는 것을 잊어서는 아니 된다."

세자와 나는 아바마마의 말씀을 마음 깊이 새겨듣겠나이다, 하고 답했다. 세종대왕 자신이 지극한 효자이며 왕 즉위교서에서도 전국의 효자 절부 손순의 실적을 찾아 아뢰라고 한 것을 친정아버지한테서 듣고 이미 알고 있었다. 세자빈으로 간택된 후 아버지는 현왕이 대단한 효자인 것을 강조하며 새 왕조가 세워지면 정책이 바뀌게 되어 있다며 이제 세자빈이 되었으니 알아야 한다며 말했다.

"천거된 효자는 정문도 세워주고 부역도 면제했습니다. 또한 직급에 따라 벼슬도 내려주고 말입니다."

"그전에는 효를 강조한 왕은 없었나요?"

나는 효는 시대마다 바뀌는 게 아니라 인간이라면 누구나 행해야 하는 게 아닐까 싶어 물었다.

"물론 그 전의 왕도, 고려 시대의 왕도 효를 실천했지만, 현왕처럼 교지를 내려 백성들에게 강력하게 효를 강조한 적은 없었습니다. 현왕의 즉위년에 각 도가 천거한 하준 등 여섯 명의 효자를 품직에 따라 승진시켰고 그다음 해에는 역시 교서에 따라 전국에서 품신되어 온 수백 명 중에서 특행이 있는 사람 마흔한 명을 추려 각각의 행실과 품계에 맞게 표창도 하고 요역도 면제해 주셨습니다. 어떤 사람에게는 벼슬도 주셨지요. 전라도 고산현의 아전인 석진이라는 사람에게는 효행의 정문까지 세워주셨습니다. 또한 이역도 면제해 주시고 말입니다."

아버지는 열심히, 진지하게 말씀하셨지만 나는 명치에 뭔가가 턱, 막히는 느낌이었다. 효는 누구나 행해야 할 것인데 이렇게까지 한 이유가 뭘까 생각했지만, 아버지에게 묻지는 않았다. 이뿐만 아니라 궁중 법도를 익히는 것만도 머리가 어지러울 지경이었다.

"세자께서도 부전자전이라고 늘 책을 가까이해 밤늦도록 책을 읽으시고 학식이 높다고 합니다. 또한 현왕처럼 대단한 효자이시고요. 그러니 마마께서도 궁궐에 들어가시거든 특히 효에 신경 쓰도록 하셔야 합니다."

세자 또한 대단한 효자고 학식이 높다는 말이 불길한 예감으로 다가왔다. 내가 아버지의 말을 되새기고 있는데 중전이 말했다.

"그래, 오늘 전하회백관이 있을 테니 이만 물러가 쉬도록 하시지요."

나는 다리에 쥐가 나 절뚝이며 일어섰다. 세자는 사정전을 나와 아무 말도 없이 곧장 동궁으로 갔고 나는 이상궁이 이끄는 대로 세자빈궁으로 왔다. 동궁으로 가면서 눈길 한 번 주지 않는 세자의 태도에 스멀스멀 서운함이 솟아올랐다.

"원래 세자 저하는 저렇게 말이 없으신가요?"

나는 세자빈궁으로 오며 이상궁에게 물었다.

"원래 말씀보다 몸소 실천하십니다."

나는 차차 세자에 대해 알게 되겠지 싶어 더 이상 묻지 않았다.

밤이 되자 왕이 신하들에게 베푸는 연회인 전하회백관이 열렸는데 종친들을 비롯해 많은 신하가 모였다. 나는 무거운 가체를 머리에 얹고 단장하여 세자와 함께 참석했다. 혼례식의 마지막 행사였는데 세자는 세종대왕의 형인 양녕대군과 효령대군을 비롯해 동생인 성녕대군 등 종친의 웃어른들께 깍듯이 예를 갖추었으며 자기 동생들, 그러니까 이제 결혼을 앞둔 수양대군 안평대군 등을 비롯해 아래 종친들에게도 너그러움과 자상함을 보여주었다. 그러면서도 세자로서의 위엄을 잃지 않았으니 연회에 모인 문무백관들은 하나같이 세자를 앞으로 성군 될 자질이 있다고 칭찬을 아끼지 않았다. 나는 연회의 새로운 광경에 빠져들기보다 머리에 얹은 가체의 무거움에 목의 통증을 참느라 정신이 혼미할 정도였다. 꼼짝하지 않고 허리를 꼿꼿이 펴고 머리를 치켜든 채 오랫동안 앉아 있는 게 암울해 당장이라도 자리를 박차고 나가고 싶었다. 사가에서 자유롭게 오라버니들과 말 타고 칼싸움하던 시절이 생각나 코끝이 시큰하기도 했다.

2. 허망하여라

혼례식의 모든 절차가 끝나고도 세자는 변한 게 없었다. 첫날밤의 웃지 못할 일이야 내가 처음 경험하는 합궁이라 그렇다 하더라도 다음 날부터도 세자는 변한 게 없었다. 늦은 밤 나에게 와서 후다닥 옷을 벗고 나에게 달려들었고 파정하고 나면 금방 자리에 누워 얕은 코를 골며 잠에 빠져들었다. 나는 그러는 것이 남녀의 당연한 합궁이라 여겼지만 아랫도리의 통증은 여전했다. 또한 세자의 몸이 나의 몸에 닿을 때마다 나도 모르게 몸을 움찔거렸고 소름이 돋았다. 나도 이해할 수 없는 일이었다. 혼례 전 생각했던 부부간의 오순도순 작은 정은 느낄 수 없었고 차츰 세자의 의무인 듯한 합궁은 고통스러웠고 서늘한 느낌만 들 뿐이었다. 그저 하루빨리 잉태하기를 바랄 뿐이었다.

세자는 혼례 초기에는 매일 밤 도둑고양이처럼 왔지만 얼마 지나지 않아 그나마 발길을 끊었다. 합궁하지 않아도 된다는 것에 다행이라는 생각이 들었지만, 문제는 원자를 잉태하지 못한다는 데 있었다. 혼례 전 친정 부모는 첫째도 둘째도 후사를 잇는 것이라 했고 시부모님인 세종대왕과 중전마마도 그렇게 당부했기에 조급한 마음이 생기지 않을 수 없었다.

"마마. 한시라도 잊지 마시고 오직 후사 잇는 것만 생각하소서."

친정아버지의 말씀이 세자가 오지 않은 밤이면 더욱더 엉킨 실타래처럼 머릿속을 어지럽혔다.

혹 내가 석녀인가. 왜 세자를 받아들이기가 힘든가. 왜 세자의 몸이 싫은가. 노력해야 한다. 성심을 다해 노력해야 한다. 그래야 세자빈의 의무인 원자를 비롯해 많은 자식을 낳을 수 있다.

하지만 애초부터 세자빈이 될 마음이 없었기에 뭔가 잘못됐다는 느낌이었다. 세자빈 간택이 있기 전 이미 궁에서 기별이 왔고 신하로서 거부할 수도 없는 상황이었다.

세자는 세종대왕께 문안드리러 가서 빨리 원자가 태어나기를 바란다는 하명이 있으면 며칠 동안 나의 처소로 도둑고양이처럼 들러서 토끼처럼 짧은 합궁을 끝내고 마치 할 일을 다했다는 듯 금방 잠에 떨어졌다. 세자와의 잠자리는 고통 그 자체였다. 하지만 원자를 낳아야 한다는 의무감 때문에 나는 짐승 같은 교접을 받아들일 수밖에 없었다. 하지만 그마저 며칠 지나지 않아 또 발걸음을 끊었고 그렇게 1년이란 세월이 흘렀다. 그동안 알게 된 사실이 있다면 나인 둘의 죽은 이유였다. 두 사람은 애초에 동궁 소속의 나인과 대비전의 나인이었는데 서로 사랑하는 사이였다고 했다. 그러다 감찰상궁에게 발각이 되었고 곤장 80대를 맞았는데 장독이 올라 시름시름 앓았는데, 내가 세자빈으로 간택되자 세자빈궁 소속으로 옮겨오게 되었고 세자빈에 봉해지던 날 죽었던 것이었다. 주위 사람들은 하필이면 세자빈에 봉해지던 날에 죽었다고 수군거렸지만 나는 고개를 저었다. 같은 여자끼리 사랑하고 남녀가 하는 것처럼 교접했다고 죽일 일인가 싶었다. 궁궐이라는 곳이 무섭다는 생각에 몸을 떨었다.

 그 1년 동안 모르던 상궁들과 나인들에 둘러싸여 독수공방하던 시절에 그나마 위안이 되었던 건 석가이가 있었기 때문이었다. 석가이는 나보다 두 살 위인데 사가에서 부리던 종이었다. 집안이 넉넉하지 못해 내가 궁으로 들어올 때 사비를 데리고 올 엄두를 못 내었다. 그러나 내가 세자빈으로 간택되자 갑자기 사람들이 찾아오기 시작했다. 1년에 얼굴 한 번 안 보이던 먼 친척들이 찾아오고 아버지와 동문수학하던 사람들도 먼 길을 찾아와 집안은 항상 북적거렸다. 사람들은 빈손으로 오는 경우가 없어 곳간엔 항상 각종 곡식을 비롯해 어물로 넘쳐났다. 그때 마침 먼 친척에게 보냈던 하인 부부가 집에 들어왔고 석가이를 데리고 궁에 들어올 수 있었다.

"제가 석가이를 데리고 가면 어머님께서 불편하실 텐데요."

 내가 데리고 갈 뜻이 없음을 분명히 하자 아버지가 말씀하셨다.

"새로 들어온 하인도 있으니 그건 걱정마십시오. 석가이는 마마께서 어릴 때부터 데리고 있었기에 잘 아시겠지만 입이 무겁고 눈치가 빠르지 않습니까. 그러니 아무도 모르는 궁궐에 그나마 석가이가 있으면 말동무도 되고 좋을 것입니다. 혹 집에 연락할 일이 생기면 석가이한테 시키셔도 됩니다."

맞는 말이었다. 아버지의 말씀대로 궁궐에 있으니 할 일이 없었다. 그나마 세자까지 오지 않으니 석가이하고 사가 있을 때의 일을 얘기하는 것이 낙이 되어버렸다. 또한 석가이는 붙임성이 좋아 상궁이나 나인들하고 금방 친해져 그들에게 재미있는 이야기를 듣고 나한테 얘기해주는 재미 또한 폐허 같았던 마음을 달래는 데 한몫했다. 예를 들면 이런 거였다. 나인들은 담배를 함부로 피울 수 없고 시험을 치러 합격해야 피울 수 있다는 것이었다.

"담배 시험을 쳐?"

태어나서 처음 듣는 소리였다.

"그러니까요. 그러니까 나인들이 담배를 피우고 싶으면 1년에 한 번 있는 시험을 치러야 하는데요. 킥킥, 그게 그러니까요."

석가이는 무엇이든 바로 이야기하지 않고 뜸을 살짝 들여 듣는 사람의 호기심을 자극해 얘기하는 버릇이 있었다. 그만큼 이야기도 재미있게 잘했다.

"빨리 말해 보거라."

나의 보챔에 석가이는 더욱 신이 나 말했다.

"우선 나이 많은 상궁마마 앞에서요, 나인들이 한 줄로 서서 담뱃대에 담배를 넣고 피우는데요, 계속 피워야 한대요."

"담배를 계속 피워?"

"그러게요. 상궁마마께서 그만할 때까지 계속 피우는데 그게 한나절 걸릴 때도 있대요. 그러니까 목이 얼마나 아프며 연기를 코로 내 쉬니

가슴이 얼마나 답답하겠어요. 상궁마마께서 그만할 때까지 견딘 나인만이 담배를 피울 수 있는데 그때부터 상궁마마 앞에서 피워도 된대요. 우습지요? 근데 중도에 탈락한 나인은 평생 담배를 피울 수 없대요. 킥킥."

석가이는 웃었고 나도 따라 허옇게 웃었다. 긴긴밤과 고적한 낮을 그렇게 석가이의 말을 들으며 오지 않는 세자를 원망하며 후사를 걱정했다.

그즈음 나는 궁금한 게 있었는데 차마 1년 동안 자세한 내막을 누구에게 물어볼 엄두가 나지 않았다. 그건 내가 세자의 두 번째 부인이라는 사실이었다. 첫 번째 부인은 휘빈 김씨라는 세자빈이었는데 음탕한 짓을 해 폐출되었다는 정도로만 사가에서 들어 알고 있었다. 세자가 나의 처소로 거의 오지 않는 어느 날 이상궁에게 휘빈 김씨의 폐출에 대해 말해 달라고 했다. 그러니까 당시 내가 알고 있던 건 휘빈 김씨가 세자빈에서 폐출되어 그 자리에 내가 들어왔다는 것이고 휘빈 김씨는 음탕한 짓을 해서 폐출되었다는 정도였다. 궁 밖에 떠도는 얘기였다. 이상궁은 중전을 모시는 중궁전의 지밀상궁이었으나 내가 궁중 생활이 처음이므로 나를 배려하여 세자빈궁으로 옮겨온 상궁이었다.

"마마께서 하도 그러시니 말씀 올리겠는데 제가 했단 말은 절대로 하시면 아니 됩니다."

상궁이나 나인들은 첫째가 입이 무거워야 한다는 얘기를 들었지만 내 수족처럼 부리는 상궁조차 이럴 줄은 몰랐다. 이상궁은 내가 누구한테도 얘기하지 않겠다는 약속을 한 다음에야 마침내 입을 열었다.

"삼 년 전, 그러니까 마마께서 궁에 들어오시기 한 해 전의 일이었는데요. 그때도 세자께서 세자빈 처소로 거의 오시지 않았습니다. 얼굴이 박색이기도 했지만 세자 저하께서는 책을 읽고 신하들과 토론하시길 좋아하셔서 밤늦은 시간까지 책 읽다가 그대로 주무셨는데요."

"그때도 세자께서 세자빈을 찾지 않았단 말이오?"

이상궁은 그렇다며 지금보다 더 찾지 않았다고 했다. 나는 그 말을 들으며 어떤 암담한 기분에 들었다.

"하도 안 찾아오니까 세자빈께서 세자 저하의 사랑을 받기 위해 압승술을 썼는데요. 그게 사가에서 데리고 온 사비 호초를 통해 알게 된 비법이라고."

"압승술? 비법? 그게 어떤 비법이길래."

나는 나도 모르게 귀가 솔깃했다.

"여자가 남자에게 사랑받는 그 비법이라는 게 두 가지였는데요. 하나는 남자가 좋아하는 여자의 신을 태워 가루로 만든 뒤 이를 술에 타 남자에게 마시게 하는 것이었고요."

"응? 그걸 세자께 마시게 했단 말이오?"

나는 말이 안 된다고 생각하며 이상궁의 입을 바라보았다.

"다행히 그 재를 가지고 있을 때 상궁께 발각되어 마시진 않았구요."

"다행이구나. 어찌 그런."

"또 하나는, 이거 말씀 올리기가 좀."

이상궁은 머뭇거렸고 나는 마른침을 삼키며 졸랐다.

"그러니까, 두 뱀이 교접할 때 흘린 정기를 수건으로 닦아서 그 수건을 차고 있는 것인데요."

"음."

망측해라, 하는 소리가 밖으로 나오지 않고 의외로 신음으로 바뀌었다. 충분히 이해되었다. 그런 말도 안 되는 소리까지 솔깃할 정도로 절박했다는 것이 아닌가 하는 생각이 들었다. 세자는 찾아오지 않고 후사는 이어야겠고, 곧 내 심정이라는 생각에 휘빈 김씨라는 여인이 측은하게 느껴졌다.

"그래서? 그래서 바로 폐서인 되었단 말이요?"

일렁이는 나의 말에 이상궁은 머뭇거리다 말했다.

"바로 폐서인 되어 사가로 쫓겨났다가 친정아버지에게…… 목 졸려……."

이상궁은 더듬거리다 말을 잇지 못했다. 아, 내 속에서 탄식이 올라왔다.

쫓겨나서 아버지에게 목 졸려 죽었구나.

나는 분노와 두려움으로 몸을 떨었다. 그 후 악몽을 자주 꾸었다. 누군가에게 계속 쫓기는 꿈. 발은 떨어지지 않는데 누군가 계속 따라오는 꿈.

"발을 오므리지 말고 쭉 뻗고 주무세요."

석가이는 내 꿈 얘기를 듣고 처방을 내렸지만 잘 때는 자꾸만 몸이 움츠렸다. 어떨 땐 세자에게 쫓겨나는 꿈을 꾸기도 했다. 지금 돌이켜보면 혼례 후 1~2년이 후사를 이어야 한다는 강박 관념 때문에 가장 힘들었던 시기가 아닌가 싶다. 극심한 불면증까지 시달렸으니까.

어느 날 처음 보는 나인이 내 방에 청소하고 있었다. 다리가 심하게 불편한지 많이 절고 있었다. 상체를 숙이고 가구를 닦는 모습이 위태로워 보였다. 얼굴은 굳어 있었는데 눈빛이 일반적이지 않았다. 뭐랄까. 굳은 얼굴에 공허한 눈빛이랄까. 나는 차마 면전에서 묻지는 못하고 나인이 방을 나간 후 석가이에게 어떻게 된 일이냐고 물었다.

"아이고 마마님, 미리 말씀드렸어야 했는데,"

석가이는 용서해달라는 듯 배시시 웃었다.

"아니, 내 말은 청소하던 나인이 왜 바뀌었느냐가 아니라 다리를 왜 저느냐는 것이야."

"아, 그건요."

석가이는 잠시 뜸을 들였다. 말을 하기가 난감하다는 뜻이었다.

"무슨 일이 있었는가?"

궁궐 생활을 오래 하지 않았지만 불구인 나인을 보지 못했던 탓이었다.

"그건, 그러니까, 현나인이라고 하는데요."

석가이가 주저하며 한 말은 원래 수라간에서 반찬 만드는 일을 하던 나인인데 매일 청소하던 나인이 몸이 아파 대신 청소하게 되었다는 것이었다.

"그건 그렇고 왜 다리를 저느냐는 것이야."

"대, 대식(동성애)하다 걸려서……."

석가이는 말을 하다 내 눈치를 보며 멈추었다.

"대식을? 언제?"

"그게 마마께서 세자빈 되시기 전 중궁전에 있을 때입니다."

"상대는?"

나는 나도 모르게 다급하게 물었다.

"같은 중궁전 소속 수라간에 있던 나인하고요."

"아니 얼마나 곤장을 맞았길래."

나는 말을 잇지 못했다.

"백 대를 맞았다나요. 여자는 팔십 대를 맞아도 살기 힘들다 하는데 백 대를 맞았으니……."

"상대는? 상대는 어떻게 됐는가?"

"아마 죽었다고 하는 거 같던데요."

석가이는 내 눈길을 피했다.

음.

신음이 이 사이로 삐져나왔다. 도대체 궁궐이란 곳이 사람이 사는 곳이란 말인가. 나는 몸에 소름이 돋아 나도 모르게 양팔로 몸을 감쌌다.

현나인의 과거를 알고 나서 불면증은 더 심해졌고 항상 침울하게 지내던 나를 위로한답시고 석가이가 낮에 있었던 나인의 관례식에 대해 말을 했다.

"글쎄요. 나인들도 결혼한다니까요?"

석가이는 나의 관심을 끌기 위해 내 얼굴을 똑바로 보며 눈을 동그랗게 떴다.

"그래? 나인이 어떻게 결혼한단 말이냐?"

나는 내키지 않았지만 장단을 맞추어주었다.

"왜 있잖아요. 처음 궁녀로 뽑혀 들어오면 애기 나인이라잖아요. 궁중 법도도 배우고 공부하는 시절이요. 그러다가 십오 년이 지나면 정식 나인이 되고 또 십오 년이 지나면 상궁이 되는데, 아휴 길어요."

이미 그런 절차는 궁중 법도를 배울 때 아는 것이었다. 나는 고개만 끄덕였다.

"그런데 애기나인에서 정식 나인이 될 때 글쎄 결혼한다잖아요. 결혼을요."

"궁녀가 무슨 결혼을 한다는 말이냐?"

나는 무슨 꿍꿍이가 있어 그렇게 말하나 싶어 대꾸했다.

"그러니까요. 근데 궁녀는 전하가 신랑이잖아요. 그러니까 왕에게 시집간다는 의미로 관례식이라는 걸 하는데 신랑 없는 결혼식이라고 하더구만요. 그래야 정식 궁녀가 된다나 뭐라나."

석가이는 말을 하며 내 눈치를 살폈다. 나의 기분을 풀어주려고 낮에 있었던 나인의 관례식을 꺼냈는데 내가 별 신통치 않게 생각하는 듯하자 제풀에 말할 기운이 안 나는 것 같았다.

"무슨 그런 걸 한다고 그러냐. 그냥 정식 나인으로 하면 될걸."

나의 무심한 말에 석가이는 다시 신이 나는 듯했다.

"그래도 나인들은 평생 한 번 결혼하는 거라 꼭 신부처럼 가체도 얹고 화장도 하고 음식도 사가에서 푸짐하게 준비한다는데요?"

"그래?"

나는 맞장구를 쳐 주었다.

"그러면 신랑은 없지만 궁 밖처럼 똑같이 결혼식을 하고 잔치를 벌이고 나면 이제 나인 두 명에게 방 하나씩 내 주고요. 또 방 청소나 시중들라고 방자라는 종도 하나 배정해 준다네요."

"그래? 나인들도 종을 부린단 말이냐?"

나는 처음 듣는 말이라 의아하게 물었다. 석가이의 표정이 확 피어났다.

"그럼요. 그러니까 나인들에겐 결혼식이 중요하지요. 종도 부리면서 그동안 배운 대로 방마다 배정되어 전문가로 활동하니까요."

"왜 너도 궁녀가 되고 싶은 게야? 너는 사가에서 데리고 왔으니 본방나인이라고 하지 않느냐."

"저야 뭐 본방나인이든 뭐든 마마 곁에만 있으면 되지요."

석가이는 배시시 웃었다. 순간 석가이에게 미안한 마음이 들었다. 처음부터 궁녀로 들어온 것은 아니지만 내가 데리고 왔으니 본방나인이라 불렸는데 어쨌든 나인이라 앞으로 결혼을 못 했다. 그걸 알고도 데리고 왔으니 항상 석가이에게 미안한 마음이 들었다. 궁녀는 궁 밖으로 나가더라도 결혼도 못 하게 법으로 되어 있었다.

며칠 후 세종대왕은 〈효행록〉을 반포하였다. 예조에 내린 교지의 내용은 다음과 같았다. 사람의 자식으로 부모가 살았을 때는 효성을 다하라는 것과 죽어서는 슬픔을 다하는 것은 천성이 저절로 그렇게 되는 것이고, 직분으로서 당연히 해야 한다고 하였다. 그러면서 고려 말기를 예로 들었는데 외방의 무지한 백성들이 부모가 죽으면 도리어 간사한 마음으로 즉시 그 집을 무너뜨리고 또 부모가 거의 죽어갈 때 숨이 아직 끊어지기도 전에 외사로 내어두게 된다면서 비록 다시 살아날 이치가 있더라도 살아나지 못하고 죽음을 면치 못한다고 했다. 장사 지내는 날도 언급하였는데, 장사 지내는 날에 향도들을 많이 모아서 술을 마시고 풍악을 울리기도 하니 어찌 그런 나쁜 풍속이 아직 남아 있는가 한탄하였다. 사람은 사람으로서 마땅히 지켜야 할 도리가 있음을 상기시키면서 누구나 부모를 사랑하는 마음이 있지만 오랫동안 습속에 젖어 이를 생각하지 못한 어리석음을 꾸짖고 있었다. 그래서 유사에게 왕의 마음을 본받아서 교조를 명시하여 집마다 구습의 오점을 환히 알도록 하여 스스로 인효의 풍습을 이루게 하라며 만약 혹시 고치지 않는다면 감사와 수령은 엄격히 금지하라는 내용이었다.

 나는 이러한 교지를 씁쓰레 보고 나니 며칠 전 세자와의 싸움이 떠올랐다. 궁중에 들어오니 진귀한 음식이 많았다. 처음 보거나 먹어본 것이 많았다. 또한 다 먹지 못할 음식을 한 상 차려오니 아깝기도 했다. 그래서 중전이 정해 놓은 날에 내 처소로 온 세자에게 내가 먹던 진귀한 음식을 사가의 부모님께 보내주면 어떠냐고 물었다.
 "어찌 궁중의 음식을 궁 밖으로 낸단 말이오. 그건 법도에 어긋나는 일이요."
 세자는 무참하게 거절했다.
 "아니 음식을 새로 만드는 것도 아니고 내가 먹던 음식을 사가의 부모님께 드리겠다는데 그것도 못 하게 하십니까? 효가 먼저입니까? 궁중의 법도가 먼저입니까?"
 나도 지지 않고 따졌다. 그러자 세자는 어이없다는 듯 얼굴을 붉혔다.
 "궁중의 법도가 그렇소. 빈도 궁중의 법도를 제대로 익혀 행하시오."
 나는 피가 머리끝으로 솟아오르는 것 같았다. 법도는 잘 따지면서 남편으로서의 법도는 왜 그리 안 지키는지, 자신이 편리한 대로 법도를 따지냐고 물었다. 세자는 화난 얼굴로 나를 보더니 한마디 하며 방을 나갔다.

"세자빈으로서 체통을 지키시오."

아마도 세자는 자신에게 누가 따지는 걸 처음 보았을 테고 그게 더욱 더 나를 멀리하게 했다는 것을 나중에야 알았다. 나도 화가 나서 사가 같으면 달려가 뒤통수를 한 대 쳤으면 좋겠다는 생각이 들었다. 그 후 여러 번 석가이를 시켜 아무도 몰래 음식을 사가에 갖다주라고 시켰다. 하지만 꼬리가 길면 붙잡히는 법. 내 처소에 있는 상궁이나 나인 누가 일러바쳤는지 마침내 세자는 알고 나서 길길이 뛰었다.

"어떻게 그럴 수 있단 말이요. 분명 내가 안 된다고 했거늘."

세자는 자기 말을 거역했다는데 더 분노하고 있었다. 나는 화를 가라앉히고 차분하게 말했다.

"전하께서도 효를 강조하셨습니다. 저하께서는 나에게 화를 내실 일이 아니라 상을 내려야 마땅한 것 아닙니까?"

내 말에 세자는 한참 동안 노려보더니 자리를 박차고 방을 나갔다. 나는 밖으로 나가지 않고 자리에 앉아 있는데 가슴 한편에 서늘한 기운이 느껴졌다.

지금 와서 생각해보면 별거 아닌 것처럼 느껴질 수도 있지만, 세자와 난 서로 깊이 불신하고 있다는 것을 알 수 있었다. 그 당시 나는 세자가 왜 그리 내 처소를 찾지 않는지 이해되지 않았고 세자 이전에 지아비로서의 따뜻한 말 한마디 행동 하나 없었다는 것에 세자를 불신하고 있었다. 하지만 내가 분명히 원한 건 세자의 몸이 아니라 원자였다는 사실이었다. 세자와의 토끼 같은 짧은 합궁은 여전히 뱀이 내 몸을 지나가는 듯했고 내 의지보다 몸이 먼저 거부했다. 내 몸인데 내가 어찌할 수 없으니 환장할 일이었다.

다음날까지 분이 풀리지 않은 나는 뜨거운 물에라도 몸을 담그고 있으면 기분이 좀 좋아질까 싶어 목욕물을 준비하라고 시켰다. 물은 아주 뜨겁게 하라고 했다. 준비가 다 되었다는 이상궁의 말을 듣고 방에 들어가니 바닥엔 기름종이가 깔렸고 옻칠한 나무통에서 김이 무럭무럭 났다. 나는 빨리 들어가고 싶은 마음에 얼른 옷을 벗기라고 했다. 나인 둘이 달려와 옷을 벗겼다. 그사이 나는 손을 물에 넣었다.

"어? 이게 뭐냐?"

나의 작두 같은 말에 옷을 벗기던 나인의 손이 멈추었다. 이상궁이 물에 손을 넣었다.

"물을 뜨겁게 하랬더니 왜 전과 같이 했느냐?"

이상궁의 칼날 같은 말에 뒤에서 아이 하나가 앞으로 나오며 죄송하다며 연신 고개를 숙였다.

"허허!"

이상궁은 그 아이를 노려보며 한 번 더 꾸짖고는 물을 더 데울 테니 그만 옷을 입고 기다리는 게 어떠냐고 물었다. 이미 그때 나는 속속곳만 남은 거의 알몸 상태였는데 그 아이를 바라보다 흡, 하고 숨이 멎는 것 같았다.

"고개를 들라."

나는 두근거리는 가슴을 겨우 진정시키며 명했다. 아이는 죄송합니다, 를 연달아 하며 겨우 고개를 들었다.

아. 나는 온몸에 찌릿한 기운을 느끼며 힘이 스르르 빠졌다. 광대뼈가 나온 커다란 얼굴, 소처럼 왕방울만 한 눈, 두툼한 입술. 가슴이 철렁, 내려앉아 애초에 크게 혼내려 했던 마음은 가시고 아무 말도 못 하고 있는데 석가이가 말했다.

"빨리 데워 뜨거운 물을 가져오너라."

"됐다. 다들 물러가거라."

나는 겨우 말했고 상궁과 나인이 속속곳을 벗겼다. 상궁들과 나인들,

그리고 그 아이가 나가자 석가이가 나의 팔을 잡았고 나는 물속으로 들어갔다. 물은 알맞게 따뜻했다. 평소에 목욕하던 물처럼 적당했다. 하지만 내가 원한 뜨거운 물은 아니었다.

"괜찮습니까? 물을 데워 오라고 할까요?"

석가이는 내 몸에 물을 끼얹으며 물었다.

"됐다. 물이 적당하구나."

예상치도 못한 말이 툭, 튀어나와 나도 놀랐고 석가이도 이상하다는 듯 나를 바라보았다. 나는 무심을 가장해 눈을 감았다.

"그래도 그 소쌍이란 년이 재바르고 눈치가 빠르다고 소문났는데 어째 오늘 실수했는지 모르겠네요."

"소쌍? 그 아이가 소쌍이란 말이냐?"

나의 물음에 석가이는 내 어깨를 안마하며 말했다.

"세수간에서 일하는 파지이지 않습니까? 중궁전에서 일하다 며칠 전에 왔는데요."

"그래?"

나는 속마음을 들키면 안 된다는 생각에 무심하게 말했다. 그러면서 그 아이를 보면서 왜 그렇게 가슴이 철렁 내려앉았는지, 가슴이 두근거렸는지 이해가 되지 않았다.

"파지라면 세수간에서 청소하는 아이를 이르는 말 아니냐?"

"그러니까요. 마마님 방에도 이제 청소하게 됐지요."

파지는 상궁도 나인도 아닌 세수간에 속한 종으로 내 방에 청소나 각종 가구를 닦는 일을 하는 사람을 일컫는 말이다. 12시간 일하고 12시간 쉬고 난 뒤 다음 날 비번이었다. 그러니 삼 교대로 사흘마다 일하였다.

"이름이 소쌍이라고 했더냐?"

나는 아무렇지도 않게 물었다.

"예. 소쌍인데 나이가 스물한 살이옵니다."

나는 눈을 감고 물속에 몸을 깊숙이 담갔다. 아직도 팔딱거리는 가슴이 느껴졌다. 궁녀들이 대식을 많이 한답니다. 언젠가 석가이가 한 말이 떠올랐다. 들키면 곤장 80대에서 100까지 맞는데도 궁궐 내 대식이 멈추지 않는다고 했다. 나는 대식이라는 말만 들어도 거부감이 생겼다.

3. 세자, 후궁을 들이다

결국 올 것이 오고야 말았다. 항상 두려움으로 언젠가는 올 것이라는 예감이 들어맞았다. 내가 세자빈으로 책봉례를 맞을 때 정사에 임명되었던 판부사 허조가 세종대왕께 아뢰었다고 했다.

"세자 저하의 후사잇는 길을 넓히는 일을 늦출 수는 없사옵니다. 서둘러 주십시옵소서."

세종대왕은 기다렸다는 듯이 곧장 윤허를 내렸고 세자는 후궁을 들였다. 내가 세자빈으로 들어온 지 2년째, 21살이었다. 아직 젊디젊은 나이에 후궁들과 함께 살아야 한다니. 치욕이었고 그 당시에는 혀라도 깨물어 죽고 싶은 심정이었다.

후궁은 세 명이었는데 권전, 정갑손, 홍심의 딸이었다. 모두 명문가의 딸이었는데 새 왕조의 권력에 줄을 대고자 딸을 세자의 후궁으로 받친 것이었다. 세 후궁은 정4품 승휘에 봉해졌다. 다음 날 그러니까 권승휘, 정승휘, 홍승휘 세 후궁은 내 처소로 와 큰절로 인사를 했는데 21살의 나이로 후궁의 인사를 받는 끔찍한 일을 당한 것이었다. 또한 이들이 들어와 나는 세자의 후사를 잇지 못하면 궁에서 쫓겨날 것이고 그다음은 죽음뿐이라는 극심한 불안에 시달렸다. 나의 이러한 행동이 궁 안에 퍼졌고 이에 세종대왕과 중전은 나를 불렀다.

"후궁이 들어왔으나 이것은 오직 왕실을 튼튼히 하고자 할 뿐이고 오직 세자빈의 몸에서 난 원자가 후사를 잇게 될 것이니 너무 심려치 말라. 세자빈으로서 마음가짐이나 행동들이 후궁들에게 모범을 보이고 또 보여야 할 것이다."

세종대왕의 어명은 근엄했다.

"원래 한 나라의 임금이나 세자는 후궁 들이는 것을 미덕으로 삼으니 혹 심란한 마음을 가지지 말고 오직 후사를 잇는 데 신경 쓰도록 하거라."

중전의 말씀은 허공에 흩어져 귀에서 윙윙거렸다. 한 마디로 투기하지 말라는 말이었다. 나는 아무 말도 하지 않고 조용히 있었다. 입안의 무수한 말들이 독이 되어 혀를 마비시켰다.

나는 내 처소로 돌아왔다.

"이제 우리는 곧 쫓겨날 거야."

나의 말에 석가이는 눈물을 흘렸고 이상궁이 아뢰었다.

"마마. 너무 심려치 마시옵소서. 후궁은 오직 후궁일 뿐입니다. 마음을 느긋하게 다스려서 원자를 보시도록 노력하시옵소서."

나는 이상궁을 노려보았다. 이런 막말이 있나, 싶었다. 하늘을 봐야 별을 따든지 달을 따든지 할 것이 아닌가. 세자가 내 처소로 오지 않는 것을 뻔히 알면서도 그런 말을 하다니.

"그만 물러가시오."

나는 이상궁을 보며 말했다. 상궁 따위에게 내 심정을 드러내고 싶지 않았다.

그러던 어느 날 친정아버지께서 찾아왔다. 내 방으로 들어온 아버지는 나에게 큰절했고 나는 엉겁결에 고개를 숙였다. 그러지 말라고 해도 아버지는 궁중법도라며 계속 고집했다. 아버지는 음직으로 벼슬하여 여러 번 승진으로 감찰부 감찰이 되었다가 외직으로 나가 창녕 현감으로 있었다. 그러다가 내가 혼례식을 마치자 종부시소윤으로 임명되었다. 정4품이었다.

　아버지는 앉자마자 내 표정부터 살폈다. 이미 아버지도 내 처지를 알 것이었다. 세자는 후궁을 본 후에도 여전히 중전이 정해준 날에만 합궁을 위해 내 처소를 찾았고 재빨리 합궁을 마치면 잠에 곯아떨어졌다. 그러나 날이 갈수록 점점 그마저도 이 핑계 저 핑계를 대고 내 처소에 오지 않았다. 그러니 친정에 가끔 왕래하는 석가이 말로는 친정 부모님의 걱정이 이만저만 아니라고 했다. 나도 솔직히 그때 초조했던 건 사실이었다. 할 수만 있다면 휘빈 김씨처럼 압승술이라는 비법을 쓰고 싶었다. 세자빈으로 궁궐에 들어왔다면 후사를 잇는 게 가장 큰 목적인데 후사를 잇지 못하면 쫓겨나는 건 시간문제일 터였다.

　아버지는 말없이 나를 바라보기만 했다. 나 또한 할 말이 없어 어머니와 오라버니들의 안부만 물었을 뿐 딱히 할 말이 없었다.

　"오늘 전하께서 교지를 내렸습니다."

　"무슨 교지 말입니까?"

　나는 공손히 말했다. 아버지의 심기를 건드리고 싶지 않았다. 이런 내 모습을 보이는 것 자체가 수치스러운 일이었다. 수태를 못 하는 여자, 남편에게 사랑받지 못하는 여자. 무능력한 여자 아닌가.

　"전하께서 효를 전국의 모든 백성이 행할 것을 주문하신 후에도 진주 김화라는 사람이 그 아비를 살해했다는 말씀을 듣고 자책하시며 효행록 등 윤리서를 널리 반포해 백성들이 항상 읽고 외워 효제와 예의의 마당으로 들어올 것을 명하신 것을 기억하시지요?"

　"예. 판부사 복계량이 건의한 것으로 알고 있습니다."

　"예. 이번에 집현전 부제학 설순에게 삼강행실도의 편찬을 지시하셨는데 중국과 우리나라 고금의 서적을 열람하여 효자 충신 열녀 각 백열 명씩 뽑아 완성하였습니다."

나는 아버지의 말을 들으며 왠지 모르게 목이 옥죄어 오는 느낌을 받았다.

"앞면에는 그 행실을 그림으로 그리고 뒤에는 사적과 시와 찬을 붙였지요."

"그러니까 알기 쉽게 모범 사례를 만들어 백성들이 보고 배우라는 말씀이시군요."

"예. 마마."

아버지는 공손하게 말씀하신 후 새 왕조를 연 태조대왕부터 현왕인 세종대왕까지 모두 고려의 멸망을 윤리가 무너진 것을 먼저 꼽았으며, 따라서 새 왕조에서는 효와 더불어 백성들의 윤리, 특히 여성들의 윤리를 강조하니 나도 그 윤리에 모범을 보여야 할 것이라고 덧붙였다.

"여성에게만 희생을 강요하는 처사인 것 같습니다. 전 왕조인 고려시대에는 남녀가 동등하여 자유롭게 어울렸는데 이제는 윤리라는 이름으로 여성을 하대하는 것 같습니다."

나의 말에 아버지는 걱정스러운 눈길로 나를 바라보았다. 사가에서부터 할 말은 다하는 내 성정을 아는지라 혹 현왕의 눈에 어긋날까 걱정하는 것임을 나는 알고 있었다.

"남녀노소 할 것 없이 누구나 배우고 따라야 할 책이므로 중앙이나 지방으로 수많은 책을 내려보낼 계획이랍니다."

"알겠습니다."

나는 더 이상 삼강윤리에 대해 말하기 싫어 짤막하게 말했다.

"너무 조급하게 생각지 마시고 길게 바라보십시오. 다 때가 되면 원자를 낳으시게 될 것입니다."

아버지는 아마도 압승술을 쓰다가 쫓겨난 휘빈 김씨처럼 되지 않을까 걱정하고 계셨다.

"예, 아버님 말씀 명심하겠습니다."

나는 아버지의 걱정을 들어드리고자 말을 했다. 아버지는 사가의 소식을 몇 가지 전하고는 어머니께 전할 말은 없느냐고 물었다. 나는 건강에 관해 물었다. 아버지는 아무 탈 없다고 말씀하시고 일어나 사가로 돌아가셨다. 문밖까지 나와 배웅했는데 아버지의 뒷모습이 쓸쓸하게 느껴졌다.

아버지가 사가로 가신 며칠 후 석가이가 방으로 들어와 내 눈치를 살피며 입술을 근질거렸다. 석가이의 저런 표정은 할 말이 있을 때 짓는 것을 익히 알고 있었다. 나는 혼자 있고 싶었지만 무슨 할 얘기가 있느냐고 물었다. 도성에 살인이 일어났다고 말했다.
"살인? 누가 누구를 죽였단 말이냐?"
나는 깜짝 놀라며 물었다.
순간 석가이의 눈빛이 반짝였다.
"글쎄 여러 날 전에 남편이 그 아내를 죽였다는데요."
"뭐? 남편이 아내를?"
나는 가슴이 쿵, 내려앉는 것 같아 손으로 가슴을 쓸어내렸다.
"예. 아내가 외간 남자랑 희롱하는 것을 보고 남편이 아내를 죽였는데 그 전에 이미 두 사람은 간통한 사이였더랍니다."
"음. 그래서?"
나는 신음을 냈다.
"근데 법에는 간통한 사람은 현장에서 발각되어야 간통죄로 처벌할 수 있다는데요. 구타살인죄인가 그거 말고 남편의 형을 깎아 준다고 하던데요?"
그게 말이나 되는 소리예요? 하고 석가이는 덧붙였다.
"그래서?"
나도 말도 안 된다는 표정으로 말했다.

"형조에서는 구타살인죄로 죄 줄 것을 전하께 아뢰었지만, 전하께서는 비록 간통 현장에서 살인이 일어나지 않았지만, 그 아내가 간통을 저지른 것은 확실하니 죄를 감해줘야 한다고 하셨대요."

"어찌. 사람을 죽였는데, 비록 간통이나마 아내를 죽인 사람의 형량을 낮춰줄 수 있단 말인가."

나는 분노가 치솟았다. 석가이도 말도 안 된다는 듯 나를 쳐다보며 말했다.

"안 그래도 그것 때문에 지금 말들이 많습니다요."

"무슨 말들을 하더냐?"

"옛 왕조인 고려 때에는 살인죄로 당연히 다스렸을 죄를 새 왕조 들어서면서 남자에게 유리하게 죄를 적용한다고요. 그때는 남녀가 공평했다는데……."

석가이는 말을 하다 문 쪽을 바라보며 말을 멈추었다. 현 왕조에서 옛 왕조를 꺼내는 것은 역모에 해당되었다. 나는 현왕인 세종대왕이 들어서면서 효행록을 비롯해 삼강행실도를 발간하여 지방까지 널리 배포하는 것을 보며 일종의 두려움을 느꼈다. 새 왕조에 걸맞은 정책을 편다고 이해했지만, 백성들에게 무리하게 옛 왕조의 문화를 없애려 한다는 생각이 들었다.

후궁들이 들어오고 나서도 세자와의 사이는 여전히 틈이 좁혀지지 않았고 나는 극심한 불면증과 불안으로 나날을 보냈다. 세자는 후궁들의 처소에는 자주 드나든다는 소문이 돌았다. 나는 애써 모른 척했지만 석가이의 입은 그렇지 않았다.

"글쎄 휘빈들이 얼마나 아양을 떨고 화장을 짙게 하는지……."

"그만해라."

나는 말을 끊었다. 그럴수록 오히려 내 얼굴이 화끈거렸다.

"쥐 잡아먹은 고양이처럼 입술이……."
"어허!"

나는 나도 모르게 큰소리를 냈고 석가이는 깜짝 놀라 나를 바라보았다. 성질 같아서야 당장 달려가 휘빈들의 머리라도 휘어잡고 싶었으나 참고 또 참아야 했다. 투기. 이 나라 여자들에게 가장 무서운 게 투기였다. 남편이 합법적으로 아내를 쫓아낼 수 있는 게 투기였으니.

꿈에서는 내가 휘빈 김씨가 되어 세자에게 쫓겨났고 그러다 잠에서 깨어 아침까지 뜬 눈으로 두려움에 떨며 보냈다. 하지만 지금 와서 하는 얘기지만 또 다른 회의가 스멀스멀 기어올랐다. 원자를 낳는다고 내가 행복할까. 평생 자식만 바라보고 살아야 하나. 나는 어디 있을까. 나는 왜 사는가. 한 번뿐인 인생, 하고 싶은 거 하며 살아야 하지 않겠는가. 어릴 때부터 막연히 생각했던 미래의 삶과 너무나 다르게 사는 내 자신이 한심하다 못해 경멸까지 느낄 정도였다.

그러던 어느 날 목욕을 하려는데 소쌍, 그 아이를 만났다. 이상하게 처음 볼 때처럼 가슴이 철렁, 내려앉았고 가슴이 두근거리는 것은 여전했다. 물을 나무통에 부은 소쌍은 옆에 서서 다른 심부름이 있을까 대기하고 있었다. 나는 나인이 옷을 벗기는 동안 소쌍을 곁눈으로 바라보았다. 역시 두툼한 입술이며 시원스럽고 커다랗고 둥근 얼굴이 매력적이었다. 여자한테 이런 감정을 느낀 것은 예전에 아버지가 현감으로 있던 창녕에서 관노인 여자아이에게 느낀 이후 처음이었다. 소쌍은 고개를 숙인 채 다소곳이 서 있었다. 나는 말을 건네고 싶었지만 입이 벌어지지 않았다. 그동안 방 청소를 할 때 볼 수도 있었을 텐데 아마도 내가 후원을 거닐 때나 웃어른께 문안 인사를 드릴 때, 그러니까 내가 방을 비울 때 청소하는 것 같았다. 나는 아쉬움을 다셨다. 물의 온도를 본 상궁이 모두 나가라고 했고 석가이만 남았다. 나는 나무통 안으로 다리를 넣으며 방을 나가는 소쌍의 뒷모습을 보고 나무통으로 눈길을 돌리는데 석가이와 눈이 마주쳤다. 나는 얼른 나무통 안으로 들어가 앉았다. 석가이는 나를 목욕시키려 하다가 손을 멈추었다.

"마마. 소쌍을 부를까요?"

나는 속으로 뜨끔하여 석가이를 돌아보았다.

"소쌍을 왜? 자네가 하면 되지 갑자기 왜?"

나는 되도록 무심하게 말했지만 가슴이 벌렁벌렁 뛰었다.

"소쌍 그년이 그래도 안마를 잘한답니다. 어디서 배웠다나요. 한번 불러 보시지요."

"그래? 안마를 잘한다고?"

나는 여전히 속마음을 숨기고 무심한 투로 말했다. 나는 목욕할 때 누군가 때를 밀어주며 안마하는 걸 좋아해 석가이가 안마를 쭉 해오고 있었다. 석가이도 나를 위해 나름 안마를 배워 제법 실력이 좋은 편에 속했다.

"예. 저야 뭐 귀동냥으로 들었으니까요. 그럼, 퍼뜩 갔다 올게요."

석가이는 쥐고 있던 수건을 놓고 방 밖으로 나가더니 밖에 있던 나인에게 소쌍을 불러오게 했다. 석가이는 성격이 밝고 활달하여 나인들과 친하게 지냈다. 물론 친정어머니께서 석가이가 궁으로 올 때 따로 불러 단단히 일렀다. 세자빈의 사비이니 혹시라도 건방을 떨어 나에게 해가 되는 걸 미리 방지하고자 했던 것이었다. 석가이도 눈치가 빨라 입의 혀처럼 내 마음을 잘 읽고 말썽 없이 따라주었다.

소쌍은 밖에서 대기하고 있었던 듯 금방 방으로 들어왔다. 나는 흘깃 쳐다보고는 지나가는 말투로 물었다.

"네가 안마를 잘한다고?"

"아니옵니다. 그냥 몇몇 상궁마마님이나 나인 항아님께 해드렸을 뿐입니다."

"정식으로 배웠다고 하지 않았니?"

석가이가 말했다. 아마도 소쌍이 전문가란 걸 말하고 싶은 것 같았다.

"그래. 어디서 배웠느냐?"

세월이 지나서 하는 말이지만 이 말은 사실 배웠느냐 안 배웠느냐의 문제가 아니라 소쌍에 대해 알고 싶은 마음 때문에 이렇게 물은 것이었다.

"내소사에 있을 때 밥하는 분께 어깨너머로 배웠습니다. 일을 많이 해 몸이 결리고 쑤시는 사람을 방에서 해 드리는 걸 어릴 때부터 보고 저도 따라 했을 뿐이옵니다."

소쌍은 시원하게 생긴 얼굴에 비해 조심스럽게 말했다.

"그래 한번 해 보려무나."

나는 눈을 감았다. 소쌍은 머뭇거리는 것 같았고 석가이가 재촉하는 것 같았다. 나는 마음이 긴장되는 걸 느끼며 기다리고 있는데 이윽고 소쌍이 뒤로 가는 소리가 들렸다.

"팔을 들어 주시옵소서."

소쌍은 조심스럽게 말했고 나는 어려워 말고 스스럼없이 하라고 하며 양팔을 통에 걸쳤다. 소쌍은 머리 정수리 부분을 엄지로 꾹꾹 눌렀다. 그러더니 양손의 손가락 끝으로 정수리에서 귀 쪽으로, 다시 정수리에서 뒤통수로 내려오며 탁탁, 두드렸다. 머리 전체를 두드리고 나자 소쌍이 말했다.

"몸이 굳어 있사옵니다. 온몸에 힘을 빼고 심신을 편안하게 하시옵소서."

나는 고개를 끄덕이곤 온몸의 힘을 뺐다. 제법 아는 것 같군. 나는 그런 생각을 하며 기분이 좋아졌다. 소쌍은 귀 뒷부분을 손가락으로 꾹꾹, 누르며 목 옆에서 어깨까지 내려왔다. 머리와 목 부분이 시원하게 느껴졌다. 반대쪽에도 귀 뒤에서 어깨까지 하고 난 뒤 이번엔 머리를 약간 숙이게 한 뒤 뒤통수에서 양어깨 사이까지 눌렀다. 그러더니 양손으로 머리를 잡고 돌리기도 하고 앞뒤로 흔들기도 했다.

"마마님 몸이 많이 경직되어 있습니다."

"마마님은 잠을 거의 못 주무시고 항상 웅크리고 주무신당께."

나 대신 석가이가 말했다.

"주무실 땐 온몸의 힘을 빼고 편히 쉰다는 느낌으로 주무셔야 합니다."

소쌍은 손을 잡고 들어 올려 팔을 흔들며 말했다.

"그렇구나. 나도 그러고 싶지만 나도 모르게 자꾸 몸이 웅크려지더구나."

나는 한결 마음이 편안해지는 것을 느끼며 말했다. 이 말도 세월이 지나고 난 뒤의 생각이지만 소쌍이 안마해서라기보다 소쌍이 옆에 있기에 그런 마음이 들었다는 것이 더 맞을지도 모른다. 어쨌든 나는 소쌍이 안마하는 동안 마음이 상당히 편안했던 건 사실이었다.

소쌍은 팔을 든 채로 어깨에서 팔 안쪽으로 손가락으로 눌러주며 손바닥까지 내려왔고 다음엔 손가락 하나하나 주물러 주었다. 그다음엔 손바닥을 손톱으로 꾹꾹 눌렀다. 팔이 시원하게 느껴졌다. 나는 속으로 제법이구나, 하며 만족스러웠다. 다른 쪽 팔도 똑같이 안마를 끝낸 후 앞으로 가 오른쪽 다리를 통에 걸치라고 했다. 나는 잠시 머뭇거렸다. 아무리 같은 여자라도 다리를 들어 올리게 되면 내 음부가 훤히 보일 것 같았다.

"사람은 서서 많이 활동하기 때문에 다리와 발을 잘 풀어주어야 합니다."

소쌍은 그렇게 재촉했다. 나는 얼굴을 붉히며 오른쪽 다리를 통에 걸쳤다. 목욕 전 나인들이 옷을 벗길 땐 부끄러움이 없었는데 소쌍에게 부끄러움을 느끼는 나 자신에게 놀랬다. 어쨌든 나는 소쌍이 머리를 안마할 때부터 처음엔 어색했지만, 소쌍의 손이 닿는 느낌- 약간은 간지

럽기도 한- 이 좋았다. 나는 눈을 감고 있으면서도 소쌍의 손가락이 닿는 느낌을 하나라도 놓칠세라 집중하며 음미하고 있었다. 궁궐에 들어와 처음 맛보는 평온이었고, 충만감이었다.

 소쌍은 발가락 하나하나를 마치 뽑을 듯이 앞으로 잡아당겼다.
 "아프면 말씀하시옵소서."
 하지만 아프다고 해도 그렇게 할 것처럼 소쌍은 계속 발가락을 번갈아가며 세게 당기며 말했다.
 "그래. 시원하구나."
 나는 약간은 비음이 섞인 소리로 말했다. 소쌍은 발가락을 모아 꼭 쥐곤 내 쪽으로 쭉 밀었다. 몇 번 하더니 그런 상태에서 다른 손의 손가락으로 발바닥 중앙을 꾹 눌렀다. 조금 있다가 손을 떼곤 다시 꾹 눌러 주기를 반복했다. 발이 시원했다. 소쌍은 그렇게 발바닥 전체를 안마하더니 발 안쪽을 안마하며 다리 안쪽을 타고 위쪽을 안마했다. 나는 소쌍의 손가락이 닿은 느낌에 약간은 희열을 느끼고 있을 때 소쌍의 손가락이 허벅지 안쪽까지 올라왔고 나는 아랫도리가 찌릿하며 정수리에서 열이 솟구치는 걸 느꼈다. 그러면서 나도 모르게 다리를 벌렸다. 순식간의 일이었다. 나는 놀라움과 수치스러움에 황급히 다리를 오므리며 눈을 떴다. 다행히 석가이는 무얼 하는지 뒤쪽에서 부스럭거리고 있었고 소쌍은 고개를 숙인 채 안마에 열중했다. 나는 나지막이 한숨을 내쉬며 소쌍을 바라보았다. 이마에 땀방울이 송송 맺혀 있었다. 마치 나무에 맺힌 이슬 같았다. 나는 순간 그 이마에 입술을 가져가고 싶은 충동이 휩싸였다.
 음.
 나는 속으로 신음을 삼키며 충동을 지그시 눌렀다. 소쌍의 손이 다른 쪽 발을 안마하고 있었지만 허벅지 안쪽의 찌릿한 느낌은 그대로 남아 있었다. 불현듯 한 여자아이가 떠올랐다. 어릴 때 아버지가 현감으로 있던 창녕에서의 일이었다. 그때 아버지는 창녕으로 가서 현감 직무를 수행하고 있었지만 우리 가족은 한양에 남아 있었다. 그러다 어머니 두 오라버니와 함께 창녕에 갔었는데 어쩐 일인지 어머니와 두 오라버니는 없었고 나 혼자 자게 되었다. 지금 생각해보면 먼 친척을 찾아갔던 것 같기도 한데 자세한 기억은 없었다. 나는 무섭다고 했고 아버지는 관노 여자아이와 함께 자게 했다. 나와 나이가 비슷했고 그 당시에 나는 노비나 이런 걸 따지지 않아 가던 첫날부터 나와 잘 놀던 아이였다. 목욕하고 새 옷으로 갈아입은 여자아이가 내 방으로 왔다. 지금 생각해보면 나는 무섭지 않게 됐다는 기쁨보다는 친하게 지내는 동무와 함께 잔다는 생각에 약간은 흥분했던 것 같았다. 우리는 소곤소곤 밤늦도록 얘기를 나누다 잠이 들었는데 나는 돌아눕다 따스한 콧김이 내 얼굴을 간질이는 느낌에 눈을 떴다. 여자아이는 내 얼굴 바로 앞에서 숨을 크게 들이쉬고 내쉬며 잠에 곯아떨어져 있었다. 나는 창문으로 들어온 달빛에 비친 그 여자아이의 얼굴을 조용히 바라보았다. 참 예쁘구나. 아마도 그런 생각이 들었던 것 같았다. 그리고 나는 나도 모르게 손을 들어 여자아이의 볼을 쓰다듬었다. 좀 거칠지만 따스한 느낌이 좋았다. 그러다 손이 여자아이의 입술에 닿았고 나는 입맞춤 하고 싶은 충동을 강하게 느꼈다. 나는 손가락으로 입술을 쓰다듬었다. 여자아이는 나의 행동에도 아랑곳없이 깊은 잠에 빠져 있었다. 나는 얼굴을 들어 여자아이의 입술에 내 입을 갖다 대었다. 여자아이의 입술에서 복숭아 냄새가 났다. 나는 얼른 떼었다가 다시 갖다 대었다. 이번엔 조금 있다가 떼었다. 입술이 닿을 때마다 몸이 떨렸다. 나는 입술을 떼고 여자아이를 바라보다 가슴으로 손을 가져갔다. 이러면 안 되는데, 라는 생각이 들었지만 손이 말을 듣지 않았다. 저고리 위로 손을 얹었지만 아직 완전히 성장하지 않은 가슴은 손에 별 느낌이 없었다. 나는 저고리 속으로 가만히 손을 넣었다. 그제야 조그마한 가슴이 손바닥 안에 들어왔다. 나는 가만히 쥐었다. 탱탱한 느낌이 가슴으로 전해왔고 나는 저릿한 느낌에 오줌이 마려웠다. 나는 그러면 안 된다는 생각과 더 만지고 싶은 충동 사이에 갈등을 겪으며 손은 그대로 있었다. 그러자 이상하게 가슴이 심하게 뛰었다. 덮고 있는 이불이 들썩일 정도였다. 나는 곧 손을 빼야지 하는데 여자아이가 눈을 떴다. 나는 숨이 멈추는 것 같았고 여자아이를 바라보기만 했다. 여자아이는 그러다 눈을 스르르 감았고 나의 품에 파고들었다. 아마도 잠결인 것 같았다. 나는 한숨을 나지막이 내쉬고 내 품에 들어온 여자아이를 꼭 껴안았다. 지금껏 느껴보지 못했던 그런 묘한 감정이 가슴 속으로 스며들었다.

 다리를 타고 꾹꾹 누르는 손가락의 느낌을 받으며 나는 예전의 여자아이로부터 깨어났고 또다시 소쌍의 부드러운 손가락 느낌을 음미했다. 그러다 또다시 소쌍의 손가락이 허벅지 안쪽을 눌렀고 나도 모르게 다리를 벌리며 아, 가벼운 탄성을 지어냈다. 이번엔 혹 눈치를 챌까 봐 눈을 뜨지 않고 속으로 삭였다. 가슴이 두근거렸다.
"다 끝났습니다. 좀 나으신지요?"
소쌍의 말에 나는 개운하다는 듯 눈을 천천히 떴다.
"어때요? 좋지요? 피로가 좀 풀리지요?"
석가이는 내 눈치를 살피며 칭찬받고 싶어 하는 학동처럼 말했다.
"제법 실력이 좋구나. 몸이 개운해."
나는 차마 소쌍을 똑바로 보지 못했다.
"감사합니다. 그럼, 소인은 이만."
소쌍은 고개를 깊숙이 숙여 인사를 하고는 밖으로 나갔다. 나는 아쉬운 마음으로 소쌍의 뒷모습을 보고 있는데 석가이가 수건을 들고 내 몸을 씻기 시작했다. 그날 밤 오랜만에 잠을 푹 잤고 몸이 개운한 채로 상쾌한 아침을 맞았다. 하지만 오래되지 않아 처소의 분위기가 이상했다.

이상궁을 부르려는데 이상궁이 들어왔다.

"대체 무슨 일인가?"

"안 그래도 말씀드리려 했는데……."

이상궁이 뜸을 들이자 불길한 예감이 들어 재촉했다.

"내 처소에 무슨 일이 일어났는가?"

"저, 그게. 오늘 새벽에 감찰상궁이……."

"감찰상궁이?"

그 호랑이 같은 감찰상궁이? 나는 속이 타서 이상궁의 눈을 보았다.

"갑자기 감찰나인과 나타나 상궁 나인들 방을 점검한다며 뒤졌는데, 그만."

"그만 뭐요?"

나는 답답하다는 듯 말했다.

"각신이 여러 개 나왔답니다."

"각신이요?"

나는 무슨 말인가 싶어 물었다.

"그 왜 있잖아요. 남자 음경 닮은 거요."

석가이가 옆에서 말했을 때야 나는 아, 하고 기억해냈다. 동물의 뼈나 뿔로 남자의 음경을 닮게 만든 노리개의 일종이라는 이야기를 들은 적이 있었다. 혼자 된 여인들이 욕정을 못 이겨 몰래 사서 자위한다는 얘기가 은밀히 돌았다. 그런데 내 처소에 있는 궁녀들이 사용했다는 말인가? 근데 그걸 들추어 각신을 압수하고 명단을 적어 가져갔다고? 내가 모욕당한 느낌이었다.

"그래서 어찌 되었소?"

"일단 감찰상궁이 각신과 명단을 가져갔는데 아마도 들킨 사람들은 벌을 받을 것이옵니다."

쩝.

나는 혀를 찼다. 궁녀들이 충분히 이해되었다. 그 정도는 봐줄 수 있는 게 아닌가 싶었다. 대식을 한 것도 아니고 젊은 여자가 결혼도 안 하고 평생을 궁궐 안에서 사는데, 그것도 같은 여자로서 이해 못 하고 꼭 벌을 주어야 하는가 싶었다. 나는 벌떡 일어섰다.

"어디 가시게요?"

이상궁이 의아한 눈으로 바라보았다.

"내가 감찰상궁을 만나 보아야겠소. 별거 아닌 걸 가지고 소란을 일으키고."

"아니 되옵니다. 그냥 모른 척하시옵소서."

이상궁이 앞을 막아섰다.

"이상궁은 같은 여자로서 이게 문제가 된다고 생각하시오?"

"문제가 되고 안 되고는 윗전의 의지에 달렸습니다. 나서시지 않는 게 옳습니다. 지금까지 그래왔고요."

"중궁전이나 대비전, 아니 동궁이나 대전에도 이렇게 한답니까?"

혹시 일부러 내 처소에만 그런 게 아닌가 싶기도 했다.

"매년 하는 것이옵니다. 그러니 고정하시고 그냥 지켜보시는 게 옳습니다."

음.

나는 머뭇거리다 자리에 앉았다. 어떻게 나오는지 보고 조처해도 괜찮을 것 같았다. 만약 들킨 상궁이나 나인들을 과하게 벌준다면 가만히 있지 않을 작정이었다. 지금 와서 하는 얘기지만 다행히 조용히 넘어갔다. 윗전의 명인지 혹은 감찰상궁의 뜻인지는 알지 못했다.

4. 술, 술을 마시다

며칠 동안 잠을 잘 잤고 가끔 소쌍의 부드러운 손길을 되새김질했다. 태어나서 처음 느낀 것이기에 실체가 불분명했지만 몸은 기억하고 있었다. 소쌍을 떠올릴 때마다 아랫배가 묵직했다. 하지만 그 후로 며칠 동안 소쌍을 부르지 않았다. 아니 어쩌면 부르지 못했다. 석가이가 부르자고 해도 내가 거절했는데 그 당시에 뭐랄까 일종의 두려움이랄까, 그런 예감이 들었던 것 또한 사실이었다. 그러다 어느 날 나는 꿈을 꾸었는데 소쌍을 안는 꿈이었다. 예전의 창녕에서 여자아이와 그랬던 것처럼 함께 자면서 입을 맞추고 가슴을 만지는 꿈이었다. 처음엔 낯선 여자아이였는데 그러다가 창녕의 그 아이로 바뀌었고 나중에 보니 어느새 소쌍으로 바뀌어 있었다. 하지만 꿈에서는 아무렇지도 않았고 소쌍의 입술에 입을 갖다 대는 게 자연스러웠다. 다만 가슴을 만질 때도 그렇고 저릿한 쾌감이랄까, 그런 느낌으로 전율을 느꼈다. 그리고 이건 말하기가 좀 그렇지만 소쌍이 내 배꼽 밑을 더듬는 것까지 꿈을 꾸었다. 나는 소쌍의 그런 행동에 몸이 마비된 듯 꼼짝 못 했는데 깨어나서도 당혹감과 수치감으로 몸을 떨어야 했다. 더구나 속속곳이 축축하게 젖어 있었던 것이었다. 그 후 나는 목욕할 때 계속 소쌍이 생각나 부끄러웠고 석가이가 소쌍을 불러 안마를 시키자고 해도 나는 부르지 않았다. 물론 아쉬움이 있었다. 아까도 얘기했지만 궁에 들어와 그런 뜨거운 손길은 처음이었고 마음 또한 그렇게 평온해진 건 처음이었으니 말이다.

어쩌면 시아버지인 세종대왕의 열녀 절부 효부를 강조하는 정책에 두려움을 느낀 것인지도 몰랐다. 전 왕조인 고려가 멸망한 것은 남녀의 방탕한 성도 한몫했다고 공공연히 말했고 전국에 많은 정문을 세웠는데 그걸 바라보는 여성 누구나 정절에서 자유로울 수 없었을 것이었다. 어느 날 이상궁조차도 정절을 높이 칭송하는 것을 보고는 그 영향이 얼마나 큰지 놀랐을 정도이니 말이다.

그날은 평소와 다름없이 세종대왕과 중전께 문안 인사를 드리고 처소로 돌아왔을 때 이상궁이 얘기를 먼저 꺼냈는데 정문에 관한 것이었다.
"강릉에서 강간 사건이 일어났는데요."
이상궁의 말에 나와 석가이는 귀를 쫑긋하며 들었다. 강간 사건이라니.
"정경이라는 사람이 선군 안승로의 딸인 처녀 연이를 강간하려고 밤새도록 때렸으나 연이라는 처녀는 끝까지 항거하였다고 합니다."
"허!"
나는 할 말을 잃고 신음을 냈다. 석가이는 그래서요? 하면서 이상궁에게 어서 말하라는 듯 바라보았다.
"결국 연이는 끝까지 항거하다가 죽었는데 다행히 몸은 더럽히지 않았답니다."
"죽다니. 어허!"
나는 연이가 죽은 것에 한탄하였는데 석가이와 이상궁은 달랐다.
"끝까지 몸을 지키다니 정말 대단합니다요."
석가이의 말에 이상궁도 몸을 더럽히지 않은 연이를 칭찬했다.
"그래도 사람 목숨이 더 중하지 않은가. 아직 처녀라면 나이도 얼마 되지 않았을 텐데. 쯧쯧."
나의 혀 차는 소리에 이상궁은 단박에 반박했다.
"처녀가 더럽혀진 몸으로 산다 한들 그게 어디 사는 것이겠습니까."
나는 더 이상 아무 말도 하지 않았지만 연이의 죽음이 안타깝게 느껴져 몸이 움찔거렸다.
"그래서요, 마마님?"
석가이는 빨리 말하라고 재촉했다.
"그래서 형조에서 정경은 참형에 처하고 처녀 연이는 정문을 세워 그 정절을 표창해 달라고 전하게 아뢰었는데 전하께서 그렇게 하라고 어명을 내리셨답니다."

"와. 대단하네요. 정문까지 세워주시고요."

"그럼. 전하께서 정절에 대해 얼마나 칭찬을 많이 하셨는데."

 석가이와 이상궁은 궁합이 잘 맞는 부부처럼 말을 주고받았다. 나는 듣기가 거북해 다 물리치고 얼른 내 방으로 들어왔다. 등줄기가 서늘했다.

 감찰부에서 급작스러운 감찰이 있은 한 달 후 큰 변이 일어났다. 감찰나인이 자살한 것이었다. 첫 세자빈인 김씨의 압승술을 밝혀 감찰상궁에게 알린 인물이고 또한 상궁이나 나인들의 대식에 대해 의심이 들면 끝까지 추적해 밝히고 벌주었다고 원망이 자자했던 감찰나인이였다. 하지만 자살이 아니라 타살이라는 소문이 끊임없이 나돌았다. 나는 일련의 사건을 보며 무언가 나를 쪼여온다는 느낌이 들었다.

 그날 나는 소쌍에 대한 꿈과 정절을 지키려다 죽은 연이와 감찰나인의 죽음에 대한 생각에 종일 우울했다. 여전히 세자는 중전께서 정해 놓은 날에만 밤늦은 시간에 도둑고양이처럼 내 처소로 왔고 동물처럼 곧장 합궁했으니 나는 항상 외로움과 원자를 낳지 못할까 두려움으로 사는 나날이었다. 저녁 무렵 나는 뜨거운 물에 목욕할까 싶어 준비하라 일렀다. 그런데 공교롭게도 목욕하는 방에 들어가니 소쌍이 고개를 숙이고 나무통 옆에 있었다. 소쌍이 근무하는 날이었다. 나는 순간 가슴이 또다시 두근거리는 걸 느꼈지만 아무런 내색을 하지 않았다. 나인 둘이 옷을 벗기기 시작했는데 자꾸만 소쌍이 신경 쓰였다. 다른 나인들이나 상궁에게는 안 그런데 소쌍에게만 내 알몸을 보이는 게 신경이 쓰였다. 그렇다고 소쌍을 지목해 밖으로 나가라고 할 수는 없었다. 옷을 다 벗고 탕에 들어가자 상궁과 나인들 그리고 소쌍이 밖으로 나갔다. 나는 소쌍을 부르고 싶은 마음을 억지로 눌렀다. 마음이야 간절한데 어젯밤 꿈이 뒤숭숭했다. 궁궐에서는 수백 개의 눈이 보고 있으니 말도 행동도 조심하라고 친정 부모님이 신신당부한 탓만은 아니었다. 정절이니 하는 것도 아니었다. 왠지 소쌍에게 늪처럼 깊숙이 빠져드는 내 마음을 나도 잘 통제할 수 없을 것 같았다. 또한 왠지 모르게 좋은 쪽이 아니라 나쁜 쪽으로 생각이 되었다. 그즈음 세종대왕은 궁녀들이 대식한다며 장 100대로 다스리라고 어명을 내렸기에 더욱 그런 생각이 든 것인지도 몰랐다. 만약 소쌍에 대한 내 마음을 들킨다면 내 앞의 세자빈이었던 휘빈 김씨처럼 쫓겨나지 않을까 하는 두려움이 컸는지도 몰랐다.

"며칠 전 중궁전에 있었던 일인데요."

석가이는 아무 말 없이 내 목욕을 시키자니 심심한 것 같았다. 나는 고개를 끄덕였다.

"소주방에서 공부하는 한 견습나인이 실수로 그릇을 몇 개 깨트렸나 봅니다. 그래서 벌칙이 주어졌는데요. 킥킥."

석가이는 혼자 웃었다.

"벌칙? 혼나지는 않고?"

나는 소쌍이 한 것처럼 발가락을 움켜쥐고 몸쪽으로 당기며 물었다. 그렇게만 해도 발이 시원해지는 느낌이었다.

"혼나기야 당연히 혼나고 또 벌칙이 주어졌는데 다들 잘 먹었다고 하네요."

"잘 먹어? 벌칙이 주어졌다면서?"

나는 발바닥을 엄지로 꾹꾹 누르며 말했다. 용천혈이라고 했지. 나는 그곳을 꾹 누르고 있다가 잠시 후 떼고 다시 꾹 누르곤 했다.

"그 벌칙이란 게 사가에서 떡 벌어지게 한 상 차려오는 것이랍니다. 근데 궁에서 맛있는 것만 먹던 상궁 마마님이나 나인 항아님들의 입맛에 맞게 하려면 얼마나 정성을 들여야겠어요."

"그런 벌칙도 있구나. 누구는 궁 안의 음식을 궐 밖으로 나가면 절대 안 된다고 하던데 궁 밖의 음식은 들어올 수 있는 모양이지?"

나는 저번에 음식을 사가에 갖다주는 문제로 세자와 싸웠던 일을 생각하며 말했다.
"그러니까 다시는 그런 실수를 하지 말라는 의미에서 만들어진 벌칙이라는데 대부분 궁녀로 들어오는 사람들이 가난하잖아요. 그래서 사가에 부담도 되고. 또 자신의 실수가 사가까지 알려지게 되니 창피하기도 하고. 킥킥킥."
석가이는 또다시 혼자 웃었다.
"그렇겠구나."
나도 따라 웃었다. 공허한 웃음이었다. 왠지 가슴이 텅 빈 느낌이었다.

목욕했는데도 개운하지 않았다. 감찰나인의 죽음이 계속 떠올라서 그런지 몰랐다. 죽음에 대한 측은지심보다 왠지 분노가 계속해서 일었다. 죽은 감찰나인의 개인에 대한 분노였다. 같은 여자면서 대식하는 궁녀들에게 왜 그렇게 모질게 했을까 싶었다.
나는 소주방에 술을 가져오라고 시켰다. 그즈음 나는 술을 즐겨 마셨는데, 사가에 있을 때 아버지에게 조금씩 얻어 마신 것도 있고 오라버니들과는 칼싸움이나 말을 타고 난 뒤 옆에서 배운 술이었다. 새 왕조 들어서서 여자들이 남자와 함께 술을 마시거나 함께 노는 풍습이 많이 사라지고 있었지만, 아직도 전 왕조의 남녀 평등사상이 남아 있는 건 사실이었다. 현 왕조에 협조해 한자리를 얻은 사람들은 새 왕조의 새로운 통치 철학에 따라 장남이 제사를 지내거나 재산 대부분을 물려받았지만 아직도 대부분 백성은 아들딸 구분 없이 1년마다 돌아가며 제사를 지냈으며 재산도 아들딸 구분 없이 공평하게 분배되었다.
술은 항상 준비해두라고 소주방 상궁에게 명을 내렸고 술이 떨어지면 석가이를 시켜 사가에서 가져오게 했다. 어젯밤 소쌍과 부끄럽고 황당한 꿈이 낮에도 계속 그림자처럼 달라붙어 떨어지질 않았다. 목욕할 때 석가이가 부르자고 했을 때도 마음은 당장이라도 부르고 싶었지만, 왠지 그러면 안 될 것 같은 마음에 부르지 않았다. 한데, 사람의 마음이 얼마나 간사한지 부르지 않으니 종일 소쌍의 뜨거운 손길의 기운이 봄의 잔설처럼 내 몸에 남아 있었다. 또한 감찰나인의 자살에 대한 의문도 몸에 달라붙어 떨어질 줄 몰랐다. 혹, 대식하던 나인이나 상궁에게 살해당한 것은 아닐까 생각하다 나도 모르게 소스라치게 놀랐다.

나는 대접에 술을 따라 쭉 마셨다. 그나마 술을 마실 때면 속에 맺힌 울화가 조금이나마 녹는 것 같았다. 술을 마실 때는 상궁이나 나인들을 물리치고 석가이만 시중을 들게 하거나 석가이조차도 내보내고 혼자 술 마실 때가 많았다. 혼자 마시는 게 그나마 소문이 덜 나는 편이었다. 다행히 이상궁이나 석가이가 되도록 다른 상궁이나 나인들 눈에 띄지 않게 술상을 준비했고 난 그들에게 고마움을 느꼈다.

혼자 술을 따르고 마시다 보면 이런저런 생각이 많이 떠오르는데 아무래도 후궁 문제였다. 뭐랄까, 뒤통수를 맞은 기분이랄까. 항상 그 기억은 회색빛으로 남아 있었다. 세자는 세 후궁에게는 번갈아 자주 가는 것 같았다. 석가이는 숨기는 눈치였지만 나도 듣는 귀가 있어 대충 짐작할 수 있었다. 이제 22살의 나이에 후궁을 끼고 산다는 게 얼마나 치욕적이고 가혹한 일인지 아마도 전하를 비롯해 중전이나 세자는 전혀 모르는 것 같았다. 하기야 그들로서는 판부사 허조의 말처럼 후사를 잇는 일을 넓히는 일이니 나쁠 것이 뭐 있겠는가. 후궁들이 자식을 많이 낳아 왕자들이 많으면 그만큼 왕실이 튼튼해지는 것이었다. 나의 사적인 감정은 고려할 바가 애초부터 없었다.

술이 한두 잔 들어가니 까맣게 딴 가슴이 조금씩 누그러들었다. 싫지만 원자를 낳기 위해 동물 같은 합궁을 해야 하는 세자, 그리고 여우 같은 후궁들. 생각할수록 가슴에 통증이 일었다. 그때 며칠 전 다녀간 아버지의 말씀이 떠올랐다. 시할아버지인 태종대왕에 관한 얘기였는데 마침 이상궁이 없던 자리였다. 태종대왕은 태조대왕의 역성혁명에 참여해 새 왕조를 세우는데 가장 큰 공을 세웠다고 했다. 정몽주를 죽여 새 왕조를 세우는 데 결정적 역할을 했고 그 후로 정도전, 심효생, 남은, 그리고 자기 형제들을 죽이고 왕이 되었다.

"마마. 그중에도 두 가지의 큰 사건이 있었는데 사돈인 심온을 죽인 것과 중전의 동생, 그러니까 처남들을 모두 죽였습니다."

아버지는 떨리는 목소리로 말했다.

심온은 태종대왕의 사돈, 그러니까 세종대왕의 아내인 소헌왕후의 아버지였는데 조선 개국과 더불어 크게 번창한 청송 심씨 가문의 자손이었다. 그의 아버지는 심덕부였는데 태조대왕의 딸 경선공주를 며느리로 삼았고 아들 심온은 세종을 사위로 삼았으니 겹사돈이었다. 그만큼 심온은 큰 가문의 후손으로 주요 관직을 두루 거쳤고 44세의 나이에 영의정에 오를 정도로 출중한 인물이었다. 그러나 출중한 게 문제였다. 왕위를 세종대왕에게 물려주고 상왕으로 물러앉은 태종대왕은 병권만은 물려주지 않고 쥐고 있어 임금인 세종대왕보다 더 권력이 셌다. 그때 심온은 왕의 장인으로 영의정이요 그의 일곱 형제는 모두 조정의 요직에 있으니 심온의 영향력은 극에 달했다. 이에 전 왕조를 무너뜨리고 새 왕조를 세운 태종대왕은 심온의 권력이 새 왕조 유지에 위협이 된다고 판단 그를 죽이고 말았다.

사건의 발단은 강상인과 박습이 군사에 관한 일을 상왕인 태종대왕에게 보고하지 않고 현왕인 세종대왕에게 보고했던 것이었다. 이에 태종은 병권을 쥐려는 심온을 의심했고 심온과 사이가 나빴던 병조판서 박은을 이용해 태종대왕이 가지고 있던 병권을 뺏기 위해 심온이 계략을 꾸몄다는 거짓 증언을 만들어냈다. 이에 심온은 죽으면서 유언을 남겼는데 대대손손 청송 심씨는 결코 박씨 집안과 혼인하지 말라고 했다. 그 후 심온의 형제들은 관직을 박탈당하고 아들 셋은 귀양을 갔다. 세종대왕의 부인, 즉 중전의 어머니는 제주 관아의 관노가 되었다. 이 모든 걸 당시 세자빈 신분이었던 중전은 아버지가 죽고 어머니가 관노 되는 걸 두 눈 뜨고 지켜볼 수밖에 없었다. 중전은 아버지를 살리기 위해 심온이 명나라 사신으로 갔다 오는 길에 상궁을 보내 피신하라고 일렀지만, 심온은 피신하지 않았고 상궁은 물에 몸을 던졌다.

 세자였던 세종대왕은 극진한 효자라 아버지인 태종대왕에게 장인이나 장모를 살려달라는 말조차 하지 않았다. 중전은 자신의 자리조차 위태로웠고 폐출될지도 모른다는 두려움에 떨어야 했다.

 "또 있습니다. 이 사건은 태종대왕이 왕으로 있을 때 일어났는데 중전인 원경왕후의 동생들을 모조리 죽였습니다."

 나는 내 목을 쓰다듬으며 말을 들었다. 이제와서 말하지만 나는 아버지의 말을 들으며 극심한 두려움에 떨고 있었다. 아버지 또한 비감한 표정으로 말씀하셨다.

 태종대왕이 세자인 당시 양녕대군에게 왕위를 넘겨줄 뜻을 비치자 중전인 원경왕후의 형제들인 민무구, 민무질은 세자를 찾아가 집권을 획책했다며 옥에 가둔 후 이틀 만에 연안에 방치했다. 이후 공신 녹록을 빼앗고 직첩을 수취하여 서인으로 전락시켰다. 그 이후 계속 형제들이 유배 중에도 대간들에게 억울함을 호소하며 정책에 간여하였다. 결국 태종대왕은 사약을 내렸다. 이후 그 동생들이 억울함을 호소하자 그 형제들마저 죽였다. 물론 그 이전에 민무구 형제들이 양녕대군을 자주 찾아가고, 양녕대군은 어릴 때부터 외가에서 자랐기 때문에 외삼촌인 민무구 형제들과 굉장히 친했다, 민무구 형제들도 왕후의 권세를 등에 업고 활개를 치고 다녔던 것도 죽음을 자초한 원인이기도 했다.

 "그렇다고 아내의 형제들을 모조리 죽입니까?"

 나는 도저히 믿기지 않아 말했다. 아버지는 여전히 목소리를 낮춘 채 말했다.

"물론 그 전에 원경왕후와 태종대왕의 사이가 좋지 않았습니다. 원경왕후께서 태종대왕이 왕이 되는 데 많은 역할을 했지요. 그 형제들도 많은 역할을 했기에 공신이 되었고요. 하지만 왕이 된 후 태종대왕께서 후궁을 많이 들이자 투기를 하여 불화가 잦았지요."

"그건 당연하지 않습니까? 후궁을 들이면 왕후께서도 당연히 불만을 토로했을 것이고 그걸 투기라고 하면 말이 되는 소립니까?"

나는 나도 모르게 음성을 높였다. 아버지는 본능적으로 문 쪽을 바라보았다.

"목소리를 낮추소서. 누가 들으면 큰일납니다."

나도 아버지를 따라 눈길을 문 쪽으로 돌렸다.

"그러니 태종대왕께서는 왕후 형제를 다 죽였으니 왕후까지 폐출시키려 했습니다."

"폐출이요?"

나는 또다시 나도 모르게 큰 소리로 말하다 입을 손으로 막았다.

"목소리 낮추셔야 합니다. 궁 안에는 안 보이는 곳에 눈과 귀가 수백 개 있습니다."

"그래서요?"

나는 재촉했다.

"그래도 세자도 있고 다른 왕자들도 있는데 차마 왕후까지 폐출은 못 시켰지요. 그 후 지금의 대비이신 원경왕후와 돌아가실 때까지 두 분은 마주치지 않았답니다."

"나 같아도 다시는 보지 않았을 겁니다. 다행히 자식들이 있기에 폐출당하지 않은 게 아닙니까."

나는 분노로 말했다. 아버지는 나를 한 번 보고는 눈길을 돌렸다. 걱정스러운 표정이 역력했다.

"그러니까 원경왕후께서도 자식이 없었다면 폐출되지 않았겠습니까?"

자식이 세자이고 다른 왕자들도 있으니 왕도 폐출시키지 못한 거 아닙니까?"

절박하게 말했다. 그랬다. 그 당시에 나는 절박했다. 한 명도 아니고 세 명의 후궁을 들이게 한 세종대왕의 뜻이 궁금했고, 제발 아버지가 아니라고 말씀하시길 간절히 바라며 말했다.

"아니옵니다, 마마."

"왜요? 왜 아니에요?"

나는 반가움보다도 더 확인하고 싶었다는 게 옳을 것이다.

"권력은 나누어가질 수 없기 때문입니다."

의외의 말이었다.

"권력이요?"

나는 다행스럽다는 듯 한숨을 길게 내쉬며 물었다. 아버지는 다시 문쪽을 흘깃 보고는 말했다.

"그 당시에 소헌왕후의 아버지는 상당한 권력이 있었습니다. 가문도 가문이지만 그 자신이 영의정에다 동생은 병권을 쥐고 있었습니다. 그러니 사신으로 명나라 갈 때 집 앞이 인산인해로 대소신료들이 많이 모였다고 합니다. 그러니."

"그래서요? 혹 심온이 새 왕조처럼 역성혁명이라도 일으킬까 두려워서 그랬답니까?"

나는 그때까지만 해도 권력의 속성을 몰랐기에 그렇게 물었다. 아버지는 헛기침하고 나서 말을 이었다.

"태종대왕 자신이 역성혁명에 가담하여 아버지가 왕위에 오르셨지요. 또한 자신도 형제들을 죽이고 왕이 되셨지요. 그러니 왕의 안위를 위해 권력이 있는 자들을 몰아냈다고 보시는 게 옳을 듯합니다."

"그럼, 처남들인 민씨 형제들을 다 죽인 것도 같은 이유입니까?"

"예 똑같은 이유입니다. 민무구 형제들이 누나인 원경왕후를 믿고 너무 많은 권력을 가졌습니다. 그러니 설사 역성혁명을 일으키지 않더라도 왕의 힘이 약해 그들에게 휘둘릴 가능성이 컸겠지요. 아마도 태종대왕께서는 그 점이 염려스러웠을 겝니다."

"음."

나는 갑자기 궁궐이 무서워졌다. 세종대왕도 남편인 세자도 무서워졌다.

"태종대왕께서 그렇게 자신의 외척이나 전하의 외척을 몰아냈기에 지금 전하께서 성군의 소리를 들으며 마음껏 뜻을 펼칠 수 있습니다. 안 그러면 계속 공신들에게 휘둘려 하고 싶은 것을 제대로 할 수 없을지도 모릅니다."

"그렇군요."

권력세계란 게 참 무섭구나 하는 생각을 했다. 다행히 친정 쪽으로 권세를 가지지 않았으니 그 점에 대해서는 무서울 게 없었다. 다만 아직 원자를 낳지 못한 게 걸렸다. 아버지는 내 눈치를 살폈다.

"전하께서는 그런 태종대왕의 아들이며 세자 저하 또한 손자이옵니다. 그 점 명심하셔야 합니다."

"예?"

나는 불안한 마음에 출렁이는 가슴으로 손을 가져가며 말했다.

"항상 몸가짐을 조심하셔야 합니다. 전하나 세자 저하의 눈 밖에 나는 일은 절대로 삼가셔야 합니다."

나는 아버지 몰래 한숨을 크게 내쉬었다. 이미 눈 밖에 난 거나 마찬가지가 아닌가. 그래서 후궁을 들였고 세자는 후궁에게 가도 나한테는 오지 않으니. 그렇다고 아버지가 걱정하시게 미주알고주알 다 말할 수는 없었다. 나는 할 말을 잃었다.

나는 예전의 그 생각을 하며 들었던 술잔을 단숨에 비웠다. 전하나 세자가 태종대왕의 자식이요 손자란 말이 꺼림칙했다. 무서운 사람들이다. 잔에 술을 따라 또다시 단숨에 비웠다. 그리고, 아버지의 말을 되새겼다. 아버지는 부정했지만 당시 태종대왕의 아내였던 대비께서도 자식이 있어서 폐출되지 않은 건 확실한 것 같았다. 만약 자식이 없었다면 당장 폐출당했을 것이다. 아내의 형제들을 다 죽였는데 어떻게 아내와 아무 일도 없었던 것처럼 지낼 수 있겠는가. 형제들이 역적이라면 누나인 원경왕후도 역적이 아닌가. 나는 몸서리를 치며 술잔을 비웠다. 취기가 금방 올랐다. 상에 있는 고기나 전은 그대로 있었다. 아버지와 만났던 일을 회상하며 안주는 먹지 않고 술만 마신 탓이었다. 몸이 흔들거렸다. 술. 다행이다. 만약 술이 없었더라면 어떻게 견디겠는가.

"밖에 석가이 있느냐?"

나의 물음에 예, 하며 석가이는 곧장 문을 열고 들어왔다.

"소쌍을 불러오너라. 산책 좀 해야겠다."

나의 말에 석가이는 고개를 갸웃거렸다. 나는 술 마시면 나인들과 산책하는 습관이 있었다.

"예, 마마."

석가이가 나가며 문을 닫는데 느낌이 이상했다.

"잠깐, 잠깐!"

나는 허겁지겁 석가이를 불렀다.

"예 마마."

석가이는 곧장 문을 열었다.

"내가 방금 뭐라 했느냐?"

"소쌍을 불러오라지 않았습니까? 산책하신다고."

석가이는 눈을 크게 뜨고 바라보았다.

"내가 그랬단 말이지."

나는 지금이라도 바로 잡아서 다행이라는 생각이 들었다.

"소쌍이 아니고 변나인 말이다. 내가 술 마시면 언제 소쌍을 불렀더냐, 변나인을 불렀지."

나는 말을 하고선 휴, 한숨을 내쉬었다.

"저도 이상하다 생각했습니다, 마마. 오늘 근무이니 금방 대령시키겠나이다."

석가이는 문을 닫았다. 왜 소쌍을 부르려고 했던가. 태종대왕의 아들이 전하이시고 세자 저하는 손자이시옵니다. 순간 아버지의 말이 귀청을 때렸다. 나는 빈 잔에 술을 따랐다. 조심 또 조심해야지. 술이 확 깨는 걸 느끼며 중얼거렸다. 그러다 또다시 감찰나인의 자살이 머릿속에 떠올랐다. 정말 대식하고 있던 상궁이나 나인이 죽인 것은 아닐까. 과거 대식하던 상궁이나 나인들에게 모질게 했다는데. 의심스러운 궁녀의 명단을 적어놓고 틈틈이 내사했다는데. 혹시 현나인이? 현나인은 대식하다 걸려 상대방은 죽고 자신은 불구자가 됐지 않은가. 현나인 정도면 충분히 살해할 수도 있다는 생각에 미치자 머릿결이 쭈뼛 서는 느낌이었다. 현나인을 불러 추궁하려다 겨우 참았다.

나는 변나인이 오기를 참지 못하고 밖으로 나갔다. 차가운 공기가 얼굴에 와 닿았다. 차가운 느낌이 좋았다. 이상궁이 뒤따라와 윗옷을 하나 어깨에 걸쳐주었다.

"괜찮소. 고뿔이 문제요."

나는 옷을 벗어 이상궁에게 주었다. 마당을 좀 걸으니 한결 기분이 나아지는 것 같았다. 잎사귀를 모두 떨어뜨리고 있는 나뭇가지 사이로 다람쥐 두 마리가 기어오르는 것이 보였다. 주먹보다도 더 작은 것이었다. 이 추운 겨울에 저것들은 무얼 먹고 사는고. 다람쥐를 바라보는데 괜히 눈물이 나려 했다.

"마마. 찾으셨나이까?"

뒤를 돌아보니 변나인이 고개를 숙이고 있었다.

"오늘 근무라지?"

"예. 마마."

"그래. 비번이면 미안해서 어쩌나 싶었는데."

나는 변나인에게 미안한 마음이 들어 말했다.

"아니옵니다. 비번이라도 언제든 불러주시옵소서."

"그래, 말이라도 고맙구나. 근데 내가 좀 취했는데 업어줄 수 있겠느냐?"

나의 말에 변나인은 당연히 해드려야지요, 하며 내 앞으로 와 허리를 숙였다. 언젠가 후원에서 산책하다 발목을 삐었는데 그때 따르던 변나인이 나를 업고 내 처소로 온 적이 있었다. 나는 고마움에 작은 노리개를 선물했는데 그 후로 술에 취하면 변나인을 불러 업어달라고 했다. 몸집은 크지 않은 편인데도 힘이 아주 세어 가뿐히 나를 업었다. 변나인에게 업히면 사가의 생각이 났다. 어릴 때 오라버니들이 번갈아 나를 수시로 업어주었다.

"고맙구나."

나는 휘청이며 변나인의 등에 업혔고 이상궁은 아무도 못 들어오게 대문을 잠갔다. 석가이가 혹 넘어질까 내 옆에 바짝 붙었다.

"힘들지 않으냐?"

나는 미안한 마음에 변나인에게 말했다.

"아니옵니다. 저번보다 좀 가벼워진 거 같습니다. 식사를 제대로 못 하신다고 들었습니다."

변나인의 말에 눈물이 나려고 했다. 오라버니들도 나를 업어주며 밥을 잘 안 먹으면 걱정해주었다. 내가 무슨 일이 있어 울기라도 하면 두 오라버니는 서로 업어주려고 다투기도 했다. 나는 공연히 하늘에 뜬 달을 보았다. 달이 구름 사이로 막 빠져나오고 있었다. 달은 참 자유롭다는 생각이 들었다.

"고맙구나."

나는 진심으로 고마워했다.

"언제든 부르시옵소서. 비번이라도 할 일이 없으니 언제든 올 수 있습니다."

나는 달을 보다가 얼굴을 변나인의 등에 기댔다. 가슴이 변나인의 등에 밀착되자 문득 소쌍이 떠올랐다. 아냐, 아냐. 고개를 저었다. 한갓 나인의 몸에 끌림을 느끼는데 세자의 몸은 왜 그리 징그러운지. 또다시 소쌍이 떠올랐고 나는 세차게 고개를 저었다.

"고맙구나. 고마워."

나는 얼굴을 반대쪽으로 돌리며 중얼거렸다.

얼마나 그렇게 있었을까. 내가 업겠다, 괜찮다, 하는 소리에 나는 잠에서 깨어났다. 깜빡 잠이 든 것 같았다.

"내려라."

나는 서둘러 말했다.

"괜찮습니다, 마마."

변나인은 내려줄 생각을 안 했고 석가이한테 괜히 자기가 업겠다고 해서 마마께서 잠이 깼다고 혼냈다.

"항아님께서 힘드셔서 그랬지요."

석가이는 미소를 지으며 말했다.

"빨리 내려달라니까."

나는 미안한 마음에 화난 듯 말했다. 그제야 변나인은 나를 내려놓고 이마의 땀을 훔쳤다.

"미안하구나. 추운데 공연히."

나는 변나인을 보며 말했고 변나인은 절대 아니라고 고개를 숙였다. 가슴에 남아 있는 열기가 부끄럽기도 하고 미안하기도 하여 방으로 얼른 들어왔다.

"그래도 변항아님이 힘도 좋고 마음씨가 착해서 다행입니다."
나는 석가이의 말에 돌아보며 말했다.
"깨우지 그랬니. 변나인이 얼마나 힘들었겠어."
"그래서 제가 업겠다고 해도 자꾸 자기가 업겠다고 해서리."
석가이는 한쪽 입꼬리를 내리며 웃었다.
"궁녀들은 참 불쌍한 거 같습니다."
석가이는 방으로 들어오자 뜬금없이 말했다. 내가 돌아보자 눈을 동그랗게 떴다. 자기 말이 맞지 않느냐는 뜻이었다.
"궁녀는 궁에 들어온 이상 살아서는 못 나간다고 하지 않습니까? 물론 처소의 주인이 죽으면 나간다고 하지만요. 그리고 결혼도 못 한 채 평생 살아야 하잖아요. 밥 짓는 사람은 평생 밥만 짓고, 빨래하는 사람은 평생 빨래만 하다 죽을 때 되면 궁 밖으로 쫓겨난다잖아요."
나는 달리 할 말이 없었다. 다 맞는 말이기 때문이었다. 또한 원자를 낳기 위해 사랑하지도 않은 사내와 합궁을 꿈꾸는 나 또한 궁녀들과 별반 다르지 않다는 생각이 들었다.

5. 두려운 날들이여

결국 그날 밤 나는 소쌍에 대한 꿈을 꾸었다. 사가에서 소쌍과 노는 꿈이었다. 오라버니들도 있었다. 오랫동안 알아 왔던 것처럼 오라버니들도 소쌍과 잘 어울렸다. 말도 탔다. 소쌍과 나는 말을 타고 들판을 달렸다. 소쌍이 앞서가고 내가 뒤를 따르던 참이었다. 소쌍의 옷이 흩날리며 가슴이 보였다. 소쌍은 그것도 모르고 말을 타고 달리는 데만 열중하였다. 내가 빨리 가서 알려주어야겠다고 말에게 채찍을 때리며 달렸는데도 소쌍을 따라갈 수 없었다.
"소쌍아, 좀 기다려 봐."

내가 소리를 질러도 소쌍은 뒤를 돌아보며 웃을 뿐이었다. 이제는 옷이 점점 더 날리어 가슴이 완전히 밖으로 드러났다. 달덩이 같은 하얀 젖가슴이 출렁거렸다. 나의 입에 침이 고였다. 소쌍은 계속 달리기만 하였다. 나는 부끄러움에 빨리 가서 얘기해주어야겠다며 채찍을 가하며 달리는데 소쌍은 오히려 가슴을 더 드러내며 달렸다.
　"남들이 봐. 옷으로 감싸."
　내가 소리쳤고 소쌍은 하하하 웃었다.
　"누가 본다고 그러니. 아무도 안 봐."
　소쌍은 내게 가슴을 보여주기까지 했다. 나는 내가 부끄럽고 창피하여 말에게 채찍을 내리치며 빨리 달렸다. 그러자 이번엔 내 윗옷이 벌어져 가슴이 밖으로 드러났다. 차가운 공기가 가슴을 스쳤다. 희열 같은 게 느껴졌다.
　"하하하."
　소쌍이 바라보더니 웃었다. 부끄러움에 옷으로 가리려고 했지만 손이 말을 듣지 않았다. 이러면 안 되는데. 나는 달리며 주위에 혹 누가 있을까 두리번거렸다. 그때 저 멀리서 전하와 세자가 걸어가고 있는 게 보였다. 덜컥, 겁이 났다. 나하고 소쌍이 서로 가슴을 드러내 놓고 말을 타고 달리는 것을 보면 당장 쫓아낼 거야. 그런 불안한 생각이 들었다. 한 손으로 옷을 잡고 가슴을 가리려 해도 금방 바람에 날리어 가슴이 드러났다.
　"얘 소쌍아, 너도 가슴 감춰!"
　내가 소리 질렀지만, 소쌍은 괜찮다며 큰 가슴을 흔들며 계속 말을 타고 달렸다. 겁이 났다. 들키면 우린 참형이다. 나는 그런 생각을 하며 가슴을 안간힘을 쓰며 감추었지만, 번번이 실패하곤 말았다.
　"뭐가 겁난다고 그러니. 이렇게 가슴을 내놓으니 시원하고 좋지 않니?"

소쌍은 오히려 깔깔깔 웃기까지 했다. 한겨울인데도 땀이 났다. 이마에서 땀이 흘러내렸다. 들키면 죽는다. 들키면 죽는다. 나는 그런 생각으로 옷으로 가슴을 가리려 애쓰다가 잠에서 깨어났다. 잠에서 깨어나서도 한참 동안 불안한 마음으로 누워 있었다. 금방이라도 참형을 당할 것 같은 두려움으로 진저리 쳤다.

다음 날 아침 겨우 세자와 함께 윗전에 문안 인사를 갔다 오고 나서 곧장 누웠다. 아침상을 손도 대지 않고 물렸다. 먹을 마음이 없었다. 기분이 영 좋지 않았다.

"무슨 일이 있으세요? 의원님을 부를까요?"

석가이와 이상궁이 물었지만 나는 고개를 저으며 나가라고 했다. 조용히 있고 싶었다. 눈을 감으며 고적한 마음을 달랬다. 석가이와 이상궁이 나간 후 조금 지나자 문이 열리며 누군가 들어오는 기척이 느껴졌다. 나는 실눈을 뜨고 바라보니 소쌍이 나를 바라보고 있었다.

"네가 웬일이냐?"

나는 깜짝 놀라 말했다.

"청소하러 왔습니다."

소쌍은 무슨 꾸지람을 들을까 조심스럽게 말했다.

"그렇구나. 그렇게 하거라."

나는 다시 눈을 감았다. 그러자 어젯밤 꿈에 소쌍과 가슴을 드러내놓고 말을 타던 광경이 생생하게 떠올랐다. 탐스럽게 부풀어 오른 하얀 젖가슴이 떠오르자 가슴이 쿵닥쿵닥 뛰었다. 진정시키려 했지만 소용없었다. 신경이 온통 소쌍에게 가 있었다. 탁자를 닦는구나, 문갑을 닦는구나, 기척이 다 느껴졌다. 나는 결국 눈을 뜨고 소쌍을 바라보았다. 그러자 가슴이 더 심하게 쿵쿵쿵 뛰었다. 문 쪽으로 방바닥을 닦는 소쌍의 푸짐한 엉덩이를 나도 모르게 한참 동안 바라보다 깜짝 놀라서 고개를 돌리곤 했다. 이럴 때 안마라도 하면 좋겠다는 생각이 들었지만, 용기가 나지 않았다. 그러다가 뒤로 가서 한 번 안아봤으면 좋겠다고 생각했다가 얼굴을 붉히기도 했다. 소쌍은 그런 내 마음을 모르는지 청소하기에 바빴다. 나는 눈을 감고 있다가 문득 대식하다 걸려 곤장 맞고 내가 세자빈에 봉해진 날 죽은 두 나인이 떠올라 몸서리쳤다. 결국 심란한 마음을 어찌지 못하고 결국 청소하지 못하게 했다.

"됐다. 그만하고 나가보거라."

나의 말에 소쌍은 의아하다는 듯 큰 눈을 동그랗게 뜨고 나를 바라보았다. 또다시 가슴이 저릿하였다.

"그만해도 된다. 좀 조용히 쉬고 싶다."

나는 팔을 들어 이마에 올리고 눈을 감았다. 여전히 가슴이 뛰었다. 혹 가슴이 뛰는 걸 소쌍이 알아챌까 봐 걱정되었다.

"안마해드릴까요? 잠을 못 주무셨을 때 안마하시면 시원하기도 하고 잠도 잘 오실 텐데요."

"어허! 나가래도. 왜 그렇게 말이 많은가!"

나는 고함을 질렀다. 그리곤 내가 놀랐다. 어찌 내가 이런 말을 하다니, 후회하고 있는데 소쌍은 알겠습니다, 하고는 문을 열고 나갔다. 갑자기 가슴이 텅 비는 것 같았다. 석가이가 들어와 말했다.

"마마. 무슨 일이옵니까?"

"아무 일도 아니다. 너도 나가거라. 밖에 일체 조용히 하거라."

나는 나에게 짜증이 나는 걸 겨우 참으며 말했다.

"예, 마마"

석가이는 조용히 말하곤 밖으로 나갔다. 그러자 외로움이 몰려왔고 후회가 몸을 조여 왔다. 왜 내가 소쌍에게 화를 냈던가. 지금껏 상궁이나 나인들에게 큰소리를 내 본 적이 없었다. 그런데 어찌하여 그것도 소쌍에게 큰소리를 쳤는가. 나는 무를 수만 있다면 물리고 싶었다.

이제와서 한 사람을 얘기해야겠다. 바로 대비다. 태종대왕의 정비이신 원경왕후이신데 이미 얘기했듯이 태종대왕이 왕권 강화를 위해 처가를 쑥대밭으로 만들었을 때, 당시 중전이셨던 대비의 동생들은 다 죽고 아버지는 화병으로 돌아가시고, 어머니와 누이는 관노로 끌려갔을 때 당시 중전의 심정은 어땠을까. 친정은 조선 개국의 일등 공신 집안이자 중전 자신 또한 남편 태종대왕을 도와 조선 개국에 큰 공을 세웠건만, 자기 집안이 망할 줄이야 누가 상상이나 했겠는가. 그 후로 남편인 태종대왕과 한 번도 마주치지 않았다는데, 뒷방으로 물러난 그 심정 오죽했겠는가.

세자빈이 되고 첫 인사 갔을 때 대비께서는 인형 같았다. 하얀 머리에 얼굴까지 하얀 목각 인형 같았다. 무표정한 얼굴에 말은 하지 않고 고개만 끄덕였다. 오랫동안 독방의 고독한 냄새가 풍겼다. 하지만 매일 문안 인사를 드리면서 느낀 것은 측은지심이 아니라 동질감이었다. 나도 대비와 다를 바가 없다는. 대비를 보면서 내 미래를 떠올리곤 몸서리쳤다. 대비께서도 나와 같은 생각이었을까. 점점 입을 열기 시작하더니 어느 때는 나를 부르기도 했다. 특별한 일이 있어서가 아니라 담소나 나누자고 했다. 그나마 윗전 중에 말이 좀 통하는 분이라 나도 궁중 생활의 어려움을 말씀드렸고 대비께선 미소를 띠시며 고개를 끄덕이곤 했다. 그러면서 무슨 일이 있어도 원자를 꼭 낳아야 한다고 말씀하셨는데 그건 종사를 이어야 한다는 당위성보다는 오직 나를 위해서 한 말씀이었다. 설사 자식이 없어도 궁에서 쫓겨나지 않고 후궁의 자식을 양자로 삼지만 양자가 왕이 되면 뒷방 신세를 면치 못하는 것은 당연할 것이었다. 대비께선 그런 점을 염려하여 원자만은 꼭 낳아야 한다고, 세자에게도 몇 번이나 다그쳤다고 말씀하셨다. 그러니 나 또한 친정어머니만큼은 아니더라도 내 속마음을 알아주시는 대비께 자주 들러 담소를 나눈 사이가 되었다. 나중에 또 얘기하겠지만 대비께서 나에게 큰 힘이 되어주신 것은 사실이었다.

　나는 여전히 극심한 불면증으로 나날이 힘들었고 거기다 음식조차도 별로 당기지 않아 상을 그대로 물리기 일쑤였다. 세자는 세 후궁을 들인 후 여전히 세종대왕과 중전이 후사를 이어야 한다는 간곡한 부탁으로 내 처소에 와 동물이 교접하듯 금방 파정하고 돌아누워 잤다. 그나마도 최근 들어서는 내 처소를 찾지도 않았다. 나는 우울한 마음으로 불면증과 식사를 제대로 하지 못해 잎이 다 떨어진 겨울의 앙상한 나무같이 말라 갔다. 또한 후사를 잇지 못할까 봐 두려움에 떨었다. 세자가 나를 찾지 않는 게 내가 여자로서 아양도 떨지 않고 고분고분하지 않아서 그런가 싶어 세자가 온 날은 일부러 교태도 부렸지만 세자는 아무런 반응이 없었고 나는 죽기보다 더 싫은 그런 행동들에 또한 화가 났다. 세자와 합궁할 때도 세자의 흥을 돋우기 위해 아랫도리가 찢어지는 고통을 감내하며 가짜 교성을 지르기도 하고 세자를 꼭 안기도 했는데 그럴 때도 세자의 딱딱한 몸은 임무를 충실히 하는 군사 같았다. 합궁이 끝나면 나도 모르게 치욕으로 몸을 떨었다. 그러면서 회의가 들었다. 계속 이렇게 살아야 하는가. 세자가 왕이 되고 내가 중전이 된다 한들, 원자를 낳고 그 원자가 세자가 된다 한들, 과연 내가 행복할까? 내 인생은 어디 있는가?
　그럴 즈음 결국 올 것이 오고 말았다. 세자의 후궁으로 승휘에 봉해졌던 세 사람 중 권전의 딸이 임신한 것이었다. 권승휘의 임신으로 궁궐엔 웃음이 피어났으며 왕실의 경사라며 신하들은 세종대왕께 인사를 드렸다. 이상궁 등 지밀에 속한 상궁과 나인들은 입을 다물고 내 눈치를 봤지만, 석가이는 궁궐에 일어나는 일을 나에게 소상히 알렸다.
　나는 술을 마셨다. 이제는 소주방에 명할 것도 없이 큰 통에 술을 담아 내 방에 두고 마셨다. 안주는 먹히지 않아 빈속에 마시니 금방 취했다. 그러면 변상궁이 와서 나를 업고 마당을 돌았고 나는 등에 업힌 채 잠이 들기도 했다. 때론 어떻게 하면 승휘 권씨를 유산 시킬 수 있을까 생각하다 깜짝 놀라기도 했다. 또한 아무도 모르게 권승휘가 먹는 음식에 약을 타는 상상을 무수히 했고 권승휘의 머리채를 휘어잡고 마당으로 질질 끌며 돌아다니는 상상도 술을 마시며 했다.

 그러던 어느 날 세종대왕이 나를 불렀다. 그 전날에 술을 많이 마셨기에 아침 문안도 못 가고 자리에 드러누워 있을 때 대전 상궁이 와서 아뢰었다. 어제는 너무 많이 마셔 기억이 나지 않았다. 무슨 일이 있는가? 석가이에게 물어보아도 아무 일도 없었다고 했다. 다만 석가이의 눈이 통통 부어 있었다. 거울을 보니 내 눈도 부어 있었다. 나는 화장을 짙게 했다.

 "권승휘가 임신했으면 왕실의 경사이건만 그것 때문에 울고불고 소란을 피우다니 그게 세자빈으로서 할 일인가?"

 세종대왕은 나를 보자마자 대뜸 소란을 부렸다고 노기를 띠었다. 나는 기억을 더듬었지만 아무런 기억이 없었다. 잠자코 있었다. 오기였다.

 "윗전으로서 후궁이 임신하면 선물을 내리고 경하해야 할 것이 아닌가."

 "소인이 잘못했습니다."

 나는 무슨 영문인지도 모르고 고개를 숙였다.

 "후궁이 아무리 많은 자식을 낳는다 해도 세자빈이 낳으면 적장자가 되는 거야. 왜 그걸 모르는 건가. 그러니 아무 걱정하지 말고 어떻게 하면 후사를 이을까 그것만 생각해야 할 것이야."

 중전께서 준엄하게 말씀하셨다.

 "예."

 나는 죄인처럼 고개를 숙이고 예를 표했다. 친정아버지가 시아버지에게 죽고도 살아남아 이리 영화를 누리는 소헌왕후이지 않은가. 자식을 낳는 것이 무엇보다 중요하다는 걸 몸소 느꼈으리라.

"그리고."

세종대왕께서 뜸을 들이다 말했다.

"술을 많이 마신다고 하는데 그건 또 무슨 해괴한 일인가. 술 마시고 나인들 등에 업혀 추한 꼴을 아랫것들에게 보이다니. 그게 어디 세자빈으로서 할 일인가."

궁궐에는 안 보이는 곳에도 눈과 귀가 수백 개 있다더니. 나는 또다시 고개를 숙이며 잘못했다고 용서를 빌었다. 머리가 어질했다. 치욕이었다.

"여자의 목소리가 담을 넘으면 안 되는 거야. 항상 행동거지에 특별히 조심하고."

중전마마의 말씀을 끝으로 나는 고개를 숙여 예를 표하고 거처로 돌아왔다. 도대체 어제 술 마시고 무슨 일이 있었던가. 나보다 어떻게 세종대왕과 중전께서 더 많이 알고 계시는가. 처소로 오자마자 석가이를 방으로 들어오게 했다.

"도대체 어젯밤 내가 무슨 일을 했는가."

"왜요? 전하께서 무슨 말씀 계셨습니까?"

석가이는 걱정스러운 눈빛으로 되물었다.

"대답이나 얼른 하지 않고?"

나는 요즘 들어 계속 날카로워진 마음을 지그시 눌렀다.

"어제 마마께서 술을 과하게 드시고……"

석가이는 말을 아꼈다.

"또!"

나는 음성을 높였다. 석가이는 망설이다 입을 열었다.

"그 다음에 저를 붙잡고 우시면서 권승휘가 아들을 낳으면 이제 우리는 궁에서 쫓겨나고 죽을 것이야, 하셔서 저도 따라 울고 …….”

석가이의 말이 하얀 허공을 떠다녔다.

"허"

나도 모르게 탄식이 터져 나왔다.

"다른 것은 없었더냐?"

"예. 그냥 우시기만. 소쌍을 부르라고 하셨다가 그만두라 하셨다가 그러긴 했어도 그냥 우시기만 했습니다."

"크게 울었단 말이냐? 크게?"

나는 여자의 목소리가 담을 넘으면 안 된다는 중전의 말을 떠올리며 물었다. 또 소쌍을 부르라니, 시퍼런 가슴이 덜컥, 내려앉았다.

"조금 크게 우시긴 했어도. 저도 따라 우느라 …….”

들으니 상상만 해도 가관이었다. 세자빈과 사가에서 데리고 온 종비가 서로 목 놓아 울고 있었으니 소문이 안 날래도 안 날 리가 없었다.

"알았다. 물러가거라."

나는 폐허 같은 마음으로 앉아 있었다. 어쩌면 권승휘가 아들을 낳으면 실제로 폐출되어 쫓겨나는 게 아닐까? 두려움으로 몸을 떨었다. 그때 언젠가 아버지가 내게 들러 하신 말씀이 생각났다. 내가 잘못 행동할까 불안했던 것일까. 새 왕조의 유교적 도덕관에 대해 말씀하셨다. 현 왕인 세종대왕은 유교의 가장 핵심 윤리 개념인 삼강을 가장 중하게 여기신다고 했다.

"삼강은 곧 군위신강, 부위자강, 부위부강으로 군신 부자 부부관계를 가장 근본적인 인간관계로 여깁니다. 또한 삼강은 왕과 신하 아버지와 자식 남편과 아내와의 관계에서 왕 아버지 남편이 중심이 되어야 합니다."

나는 어째서 왕과 신하가 동등하지 않고 왕이 중심이 되어야 하며 아버지와 자식 관계에서도 왜 아버지가 중심이 되어야 하며 또한 부부관계에서 왜 남편이 중심이 되어야 하는가에 대해 묻지 않았다. 두려움이었다.

"전하께서는 앞으로 계속 삼강을 어기면 엄벌한 형벌로 다스리고 실천할 때 표창하겠다고 하셨습니다."

나는 듣기만 했다. 세종대왕이 펼치는 통치이념은 나의 목을 옥죄는 올가미였다. 나의 소망은 오직 세자가 내 처소를 자주 찾아 원자를 낳는 것이었다. 아니 세자는 자주 오지 말고 아들만 낳으면 그만이었다. 그런데 그런 지아비의 의무는 세종대왕은 강조하지 않았다.

"삼강윤리 중에서 여성에게는 부부관계가 기본입니다. 부부관계 중에서도 여성의 정절이 가장 중요하고 정절을 행한 대표적인 여성을 열녀라고 합니다. 앞으로도 계속 윤리서가 발간되어 전국에 배포될 것입니다."

나는 왜냐고 묻지 않았다. 왜 남편의 정절은 강요하지 않고 여성의 정절만 강요하는지 묻지 않았다. 다만 속만 새카맣게 타들어 갔다. 점점 아버지와도 멀어지는 느낌이었다. 사가에 있을 땐 아버지는 나와 오라버니를 차별하지 않았다. 국가에서는 아들 위주에 장남 위주로 정책을 펴서 높은 지위를 가진 사람들은 그렇게 했지만, 아직도 백성의 대부분은 전 왕조인 고려 때의 남녀평등 사상이 생활에 깊숙이 물들어 있었다.

"전하께서 이번에 세 곳에 정문을 세우셨습니다."

"세 곳에나요?"

나는 가만히 있기도 민망하여 지나가듯 한마디 했다.

"예. 절부에 대한 정문이온데 첫 번째는 강릉에 사는 허매라는 여인이 송은산의 아들에게 시집을 갔는데 남편이 큰 병을 얻어 시름시름 앓다가 죽었습니다. 허매는 남편이 죽었어도 시부모님에게 더욱 효도하였답니다. 허매의 친정아버지가 허매를 가엽게 여겨 억지로 시집보내려 하자 일부러 물에 빠져 죽었다고 합니다."

그 여인이 그렇게 죽은 게 비참하지 않은가요? 나는 입 밖으로 나오는 말들을 틀어막았다.

"두 번째 정문은 유씨라는 제관의 아내가 있었는데 제관이 군사가 되어 싸우다가 죽었다고 합니다. 그런데 오랑캐 군사가 유씨를 욕보이려 하자 유씨는 삼 월 삼 일에 꼭 할 일이 있으니 그 일을 다하고 난 뒤 네 말을 들으리라 하였답니다. 다음 날 유씨는 천녕사란 절에 가서 탑 맨 꼭대기에 올라가 하늘에 빌기를 나는 정절을 잃지 않으리라 하며 땅으로 떨어져 스스로 죽었답니다."

음.

나는 차마 아버지의 얼굴을 볼 수 없어 고개를 숙였다. 나에 대한 불안이 얼마나 컸으면 내가 싫어하는 기색을 보이는데도 저렇게 계속 말씀하실까 싶었다.

"세 번째는 익산에 사는 조민의 아내 구씨입니다. 나이 열여섯에 시집가서 일찍 과부가 되었는데 자신은 새로 남편을 맞이하지 않으리라 하고는 남편의 초상을 그려 방에 걸어놓고 옷도 걸어놓고 밤낮으로 슬퍼하여 울고 아침저녁으로 제사 지내며 나갈 때나 들어올 때 반드시 고했답니다. 또한 계절 음식으로 반드시 제사를 지내고 나물과 국도 먹지 아니하고 죽게 되었는데 죽을 때까지 흰옷만 입었답니다. 전하께서는 쌀을 주시고 정문을 세워주셨습니다."

아버지는 잠깐 내 눈치를 보시다가 말을 이었다.

"선대왕이신 태종대왕께서는 스무 명이 넘는 자식들이 있었습니다. 종친들이 많다는 것은 분란이 있을 수도 있지만 왕실이 안정되는 데 많은 도움이 됩니다. 무슨 수를 쓰든 원자를 낳으셔야 합니다. 그리고."

아버지는 머뭇거렸다. 하지만 아버지의 침묵에서 나는 무슨 말씀을 하고 싶은 건지 알고 있었다. 잠시 후 결국 아버지는 경계하는 듯 뒤를 돌아 문을 보며 입을 열었다.

"전하께서는 태종대왕의 아들이십니다. 태종대왕은 아시다시피 사돈

집과 외가를 멸문지화 시킨 장본인이십니다. 전하께서도 왕실을 위한다면 어떠한 일도 하실 겁니다. 물론 세자께서도 마찬가지입니다. 조심 또 조심하셔야 합니다."

아버지의 시퍼런 말씀이 끝나고 잠시 서늘한 침묵이 흘렀다. 나는 마침내 입을 열었다.

"아버님 너무 심려치 마세요. 저도 세자를 잘 모시고 있고 세자 저하 또한 저를 사랑하시니 무슨 일이 있겠습니까. 다만 태기가 없으나 계속 노력하고 있으니 걱정하지 마세요. 어머님께도 일러주세요. 저는 아주 잘살고 있습니다."

그렇게 말을 하고 나니 가슴이 턱, 막히며 눈물이 나려 했다. 아버지는 내 말이 끝나자 새 왕조의 뜻에 따라 사셔야 한다는 말씀을 남기고 무거운 몸을 일으켰다. 나는 문밖까지 배웅하고 나자 겨드랑이에서 서늘한 땀방울이 흘러내렸다. 그러면서 전하께 한 가지 의문이 생겼다. 효를 그렇게 강조하시는 분께서 장인이 죽는데 왜 아무 말도 안 했을까. 처부모도 부모인데 죽는 것을 알면서도 가만히 있었다니. 앞뒤가 안 맞지 않은가. 어쨌든 개판의 집안이구나. 외가도 처가도 도륙 내는 집안이라니. 그런 집안이 효가 어머니 인간의 도리가 어떠니 하는 걸 생각하니 코웃음이 나왔다. 혹시, 전하는 속으로 좋아하고 있지 않았을까. 손 안 대고 코 풀었으니. 태종대왕의 의도도 사돈이나 외가의 권세가 세져서 왕권을 넘볼까 봐 그랬지 않은가. 아버지가 권세자들을 알아서 없애주니 자신으로서는 권세가들이 없는 조정에서 맘껏 하고 싶은 거 할 수 있지 않은가. 사람 속은 알 수 없는 일이다. 없는 일이야. 하여튼 지랄들 하는구나, 지랄을. 나는 그 당시에 분노로 중얼거렸다.

그러던 어느 날이었다. 궁 밖뿐만 아니라 궁녀들 사이에서도 정절에 대한 교육이 강화되었고 감찰상궁의 눈초리가 전과 다르게 날카로웠는데도 불구하고 궁 안에서 불미스러운 일이 일어났다. 대전의 별감과 세자가 거처하는 동궁의 나인이 서로 정을 통하다 발각되었다. 꽤 오랫동안 둘은 정을 통했던 것으로 알려졌는데 나인은 임신했으나 궁 밖으로 의원을 찾아 겨우 유산을 했다고 했다. 하지만 감찰이 심해진 탓에 두 사람의 애정 행각은 발각되었는데 둘 다 곧장 참형에 처해졌다. 궁녀들은 참형까지는 가지 않으리라 생각해 다들 놀란 눈치였다.

궁중의 물을 대어 쓰는 곳인 수사간에는 수시로 불미스러운 일이 일어났다. 물을 길어 쓰다 보니 힘이 센 남자들이 필요해 별감 넷이 근무했는데 별감들과 무수리들이 애정 행각을 벌이다 들키곤 했다. 무수리는 궁내에서 먹고 자는 때도 있지만 궁 밖에서 출퇴근하는 무수리도 있어 감찰상궁에게 들키면 참형은 면했다. 대신 별감은 멀리 귀양 보내졌고 무수리 또한 관노로 멀리 쫓겨났다. 그즈음 내 처소의 수라간 나인과 세수간의 나인이 대식했는데 감찰상궁이 알기 전에 석가이가 먼저 알았다. 들키면 장 100대였다. 나는 당장 두 사람을 내 방으로 부르고 아무도 곁에 못 오게 했다.

"죽을죄를 지었습니다. 제발 목숨만은 살려주십시오."

두 사람은 내 앞에 무릎을 꿇고 살려달라고 두 손을 빌었다. 가슴이 저릿했다. 목숨을 내놓을 만큼 사랑할 수 있다는 게 부러웠다. 목숨보다 더한 사랑이라니. 나는 부러움으로 두 사람을 바라보았다.

"정말로 죽을죄를 지었느냐?"

"예, 마마. 죽을죄를 지었습니다. 목숨만은 살려주시면 하라시는 무엇이든 하겠습니다."

나는 순간 심사가 꼬였다. 죽을죄를 지었다니. 누구의 목숨을 뺏은 것도 아니고 사랑한 게 죽을죄인가.

"두 사람은 진정 사랑했느냐?"

잠시 두 사람은 마주 바라보기만 했다. 말 한마디에 목숨이 왔다 갔다

하니 조심스러웠을 것이었다.

"왜 말이 없느냐. 사랑하지 않았단 말이냐?"

내 말이 잔혹하게 들릴 수 있겠다는 생각이 퍼뜩 들었다. 법도에 사랑하면 안 되었다. 당연히 몸을 섞어도 안 되었다. 사랑은 안 하고 몸만 섞었느냐, 아니면 사랑을 해서 몸을 섞었느냐는 중요한 문제였다. 그야말로 목숨이 왔다 갔다 했다.

"말을 하라. 두 사람은 사랑했느냐 안 했느냐."

같이 잤다는 것은 확인이 되었으니 그 당시 나는 사랑을 중요시했다.

"……."

"……."

두 사람은 고개를 숙인 채 말이 없었다. 나는 답답했다. 그럼 사랑하지 않으면서 욕정을 이기지 못해 몸을 섞었단 말인가. 나는 분노가 일어 다시 말했다.

"두 사람은 서로 사랑했느냐?"

나의 음성이 올라갔다. 빨리 사랑했다고 말해라, 어서! 내 몸속의 누군가 소리쳤다. 오히려 두 사람의 입을 바라보는 내 속이 탔다.

"사랑했습니다."

"사랑했습니다. 진정."

두 사람의 입에서 동시에 말이 튀어나왔다. 죽음을 각오한 말이었다. 욕정에 눈이 어두워 잠시 일탈한 것이 아니었다. 죄가 무거웠다. 그럼에도 두 사람은 사랑했다고 당당히 말했다.

휴.

나는 나도 모르게 한숨을 쉬었다.

"정말이더냐?"

잔인하지만 나는 한 번 더 확인하고 싶었다.

"그렇습니다. 사랑했습니다. 죽여주시옵소서."

두 사람은 머리를 바닥에 찧었다.

"죽어야지. 법도를 어겼으니."

나는 두 사람을 밖에서 기다리라 하곤 방으로 석가이를 불러 금붙이를 주었다.

"궁 밖까지 사람들 눈에 안 띄게 잘 나갈 수 있도록 해라."

"마마!"

"그거면 집 한 칸은 얻을 수 있을 것이다."

"혹 윗전에 아시면 경을 치실 건데요."

석가이는 물러서지 않았다.

"사랑한다지 않는가. 사랑이 우선이지 그 무슨 법도가 우선인가. 빨리 서두르게."

나는 보료에 털썩 주저앉았다. 석가이는 머뭇거리다 밖으로 나갔다. 소곤거리는 석가이의 말이 들렸다.

"내 말 잘 들으시오. 임자들은 이미 죽은 사람이오. 그러니 궁 밖으로 나갈 때까지 누구의 눈에 띄어서도 안 됩니다."

석가이의 말에 흑흑 두 사람이 우는 소리가 났다. 저것들이 빨리 안 가고 무얼 꾸물거리는가. 내가 조바심이 났다.

"궁 밖에 나가서는 되도록 멀리 아무도 모르는 곳에 가서 사시오. 이건 얼마 안 되지만 용히 쓰시오. 자, 따라오시오. 뒷문을 아니께."

순간 울음이 들렸다.

"마마."

"마마."

어허. 저것들이 빨리 가지 않고. 들키기라도 하면 어쩌려고. 나는 속이 타서 일어섰다가 앉았다.

"빨리 따라오시오."

석가이의 말에 또다시 울음이 터졌다.

"마마. 옥체 보존하소서."
"마마. 강건하소서."
석가이의 재촉에 울음이 멀어졌다. 그제야 막혔던 숨이 터져 나왔다.

나는 참형을 당한 대전별감과 나인을 생각하면서 소쌍을 멀리하려고 했다. 되도록 내가 방에 없을 때 청소하라 일렀고 목욕할 때 근무가 걸려 물을 떠 올 때도 본체만체했다. 하지만 생각하지 않으려 할수록 오히려 더 생각났다. 석가이를 부른다는 게 소쌍아, 하고 부를 때도 있어 깜짝 놀라곤 했다. 꿈에서도 보였는데 처음엔 나를 시중들던 궁녀가 상궁이나 나인이었는데 언제 바뀌었는지 소쌍이 시중을 들고 있었다. 꿈에서도 이러면 안 되는데 하면서도 소쌍의 시중을 기쁘게 받아들였고 아침에 일어나면 가슴이 벌렁벌렁 뛰었다. 당연히 아랫도리는 축축이 젖어 있었다. 사내처럼 몽설을 한 것이었다. 이런 일이 한두 번이 아니었다.

6. 새 세상을 맛보다

"어마! 마마!"
석가이의 말이 허공에서 날이 시퍼렇게 섰다.
"왜 그러느냐?"
나는 닭 다리를 들고 입으로 가져가 한 입 물며 말했다. 이렇게 행복하다니. 씹을수록 충만해오는 기분. 그동안 왜 배를 곯았던가. 이 맛있는 음식을 두고. 나는 석가이를 보지도 않고 쫄깃쫄깃한 닭 다리의 살을 이빨로 뜯어 씹었다.
"마마!"
이번엔 이상궁이 나를 불안스러운 눈빛으로 보았다.

"언제는 내가 안 먹는다고 그러더니 이제는 잘 먹으니까 그러는구나."

배가 부르면 마음조차 느긋해지는가. 예전 같으면 버럭 화를 냈을 텐데도 나는 마음씨 좋은 사람이 되어 미소까지 띠었다.

"마마. 지금 닭 한 마리를 다…… 조기도 한 마리 다 드시고 밥도 한 공기 다 드시고……."

석가이는 밥상을 보며 울상을 지었다. 그러고 보니 상의 고기는 거의 다 먹었다. 근데 이렇게 먹어도 배가 부르지 않다니. 나는 대접에 있는 술을 따라 한 잔 쭉 마셨다. 좋다. 이 쾌감. 언젠가 소쌍이 안마해 줄 때 느꼈던 쾌감이었던가. 나는 충만함에 사로잡혀 다른 생각이 나지 않았다.

"마마. 그만 드시옵소서. 이러다 탈이라도 나면."

"왜 그러느냐. 이렇게 맛있는 걸 먹지 말라는 거야? 언제는 먹지 않는다고 하더니."

나는 석가이와 이상궁을 흘깃 보고는 닭고기를 먹는 데 열중했다. 이상한 일이었다. 후궁 권승휘가 임신했을 때 내가 만취해 실수했다고 세종대왕께 불러가 혼나고 난 뒤 식욕이 돌아왔다. 종일 거의 먹지 않았던 나는 볼이 쏙 들어가고 팔의 핏줄이 도드라져도 아무것도 먹고 싶지 않아 밥상을 그냥 그대로 되돌려 보내기 일쑤였다. 그런데 어느 날 밤 배가 고팠다. 석가이를 시켜 소주방에 가 식은 밥이라도 가져오라 일렀다. 석가이는 내가 밥을 먹겠다는 말에 흥분해서 당장 소주방 나인들을 시켜 상을 대령시키겠다고 했을 때 얼마 먹지 않을 텐데 굳이 나인들 시키지 말고 자네가 조금만 가져오라고 했다. 근데 밥 한 사발과 고등어 한 마리 그리고 나물뿐인 상을 나는 허겁지겁 다 먹었다. 나도 놀랐고 석가이도 놀랐다.

"더 없느냐?"

내 입에서 나도 모르게 말이 툭, 튀어나왔을 때 석가이는 웃지도 울지도 못한 채 없다고 강하게 고개를 저었다.

"그래, 그러면 내일은 좀 더 일찍 아침을 먹도록 준비하라고 해라."

그렇게 말하고 난 뒤 나는 그 자리에서 먹은 걸 모두 토해냈다. 의원을 부르고 난리가 났는데 의원은 급체라며 침을 놓고 갔다. 토해내서 그런지 아니면 침을 맞아서 그런지 속이 개운했다. 그 뒤로 항상 음식이 당겼다. 밥을 먹고 상에 고기가 남으면 종이에 싸서 병풍 뒤에 넣어 두었다. 배고플 때 언제든 먹기 위해서였다. 떡이나 전도 마찬가지였다. 병풍 뒤엔 항상 먹을 게 푸짐해서 마음이 안정되었다.

"그만 좀 드세요. 이러다 또……."

석가이와 이상궁은 걱정이 가득한 눈빛으로 나를 보았다. 나는 아랑곳하지 않고 상에 있는 모든 걸 먹고 난 뒤 상을 물렸다.

"괜찮으세요?"

석가이는 불안스레 물었다.

"괜찮대도."

나는 말했지만 잠시 뒤 배가 너무 불러 호흡이 가빠왔고 불쾌감이 온몸을 엄습했다. 순간 나에 대한 환멸감을 느꼈고 그 자리에서 고개를 숙였다. 그리곤 검지를 입속으로 깊숙이 넣어 먹은 걸 토해냈다. 석가이는 울상이 되어 내 뒤로 가 등을 두드렸다.

욱. 욱. 욱.

한참 동안 속의 것을 게우고 나니 속이 한결 편안해졌다. 손을 보니 검지에는 지렁이처럼 깊숙한 상처가 나 있었다. 토할 때마다 검지를 넣은 탓에 이에 긁힌 자국이었다.

"한두 번도 아니고 왜 이러신데요."

석가이는 울상이 되어 나를 바라보았다. 그런데 그건 내가 묻고 싶은 것이었다. 내가 왜 이러는지. 나는 음식을 보면 미친 듯이 허기를 느꼈다. 안 먹으면 아사증으로 쓰러질 것 같았다. 그래서 먹고 싶은 대로 마구 먹었다. 먹을 때 그 쾌감은 이 세상에 비길 데가 없었다. 너무나 행복했다. 아이를 못 낳아도, 세자가 찾아오지 않아도 될 만큼 좋았다. 석가이도 이상궁도 이제 한시름 놓았다는 표정을 지었다. 거의 굶다시피 하다가 식사를 잘하니 너무나 좋아했다. 그러나 그 다음이 문제였다. 점점 먹는 양이 늘었고 급기야 상에 있는 음식을 모두 먹었다. 그러다 속이 부대끼면 검지를 넣어 토해냈다. 처음엔 체해서 그러나, 혹은 과식해서 그러나 하던 이상궁과 석가이는 불안한 표정으로 나를 보았다.

"마마. 이제 조금만 드시옵소서."

"언제는 안 먹는다고 그러더니 이제는 잘 먹는다고 그러느냐?"

나는 핏, 웃으며 말했다. 거울을 보았더니 홀쭉하던 볼이 통통하게 살이 쪘다. 이게 정상이야. 그래 이렇게 먹으니 얼마나 좋으냐. 나는 조금만 배가 고파도 참지 못하고 소주방의 상궁을 재촉했다. 소주방에서는 항상 음식을 준비해 놓았고 밤에도 언제 달라고 할지 모르니 야참도 준비해 놓았다.

나는 점점 살이 쪘고 먹는 쾌감에 아편처럼 빠져들었다. 수시로 의원이 와서 침을 놓았고 검지의 상처는 가실 날이 없었다.

그러던 어느 날 권승휘는 딸을 낳았는데 딸은 이틀 만에 죽고 말았다. 권승휘는 양원으로 승진하여 권양원이 되었지만 궁궐 내에는 슬픔이 가득했다. 나 또한 권양원이 아들을 낳지 않아 안도했지만, 딸이 죽어 내 탓이 아닌가 하는 죄책감에 시달려야 했다. 그럴 때마다 나는 폭식을 했고 검지를 입속에 넣어 게워냈다.

술은 날마다 마셨는데 그날따라 혼자 마시지 않고 이상궁과 석가이가 시중을 들었다. 저녁을 먹으며 마신 터라 해는 벌써 진 상태였다. 권양원이 아들을 낳지 않았음에 안도감도 한 몫 차지했을 것이었다. 술을 마시다 문득 태조대왕 시절에 세자빈이 쫓겨났다는 사실을 사가에서 들은 기억이 났다. 나는 이상궁에게 물었고 이상궁은 난감한 표정을 지었다.

"왜 그러시오? 무슨 말 못 할 사정이라도 있으시오?"

나는 이상궁의 태도가 못마땅했다.

"마마. 그건 궁궐 내에서도 함부로 입에 올리지 않습니다. 그 때문에 귀양 간 사람도 많았고요."

"귀양? 내가 귀동냥으로 듣기론 환관과 무슨 일을 저질러 세자빈이 쫓겨났다는 정도만 아는데 귀양 간 사람들은 또 무엇이오?"

나는 심상치 않다는 걸 느끼며 물었다. 내가 예전의 세자빈이 쫓겨난 것에 예민하게 받아들인다는 걸 이상궁도 아는지라 아무한테도 말을 하지 말라고 하며 작은 목소리로 말했다.

그때 세자빈은 현빈 유씨였는데 어느 날 태조대왕이 세자빈을 폐출시키고 환관 이만을 참형시켰다. 교지도 없었고 신하들에게 단 한마디도 하지 않았다. 이에 대간과 형조에서 연유를 밝혀달라고 상언을 하였는데 태조대왕은 내가 내 며느리를 쫓아냈는데 왜 남의 집 사정을 알려고 하느냐며 당시 상언했던 대간들을 모두 귀양 보냈다고 했다.

"아무리 사사로이는 며느리라 해도 한 국가의 세자빈이 폐출되었는데 집안의 문제라고 그럴 수 있는가요?"

나는 무슨 큰 내막이 있을 거라는 짐작으로 말했다. 석가이도 세자빈과 환관 이만이 그렇고 그런 사이가 아니었느냐고 말했다가 이상궁에게 말조심하라고 구박받았다.

"그럼 왜 환관은 참형당했겠어요? 그리고 세자빈은 대간들과 상의도 없이 가정사라며 폐출시키고요."

석가이도 지지 않겠다는 듯 말했다.

"우리도 자세히는 모릅니다. 다만 본방나인 말처럼 환관 이만과 세자빈께서 정을 통했으리라는 것밖에요."

"아니 환관은 사내구실을 못 하지 않소? 근데 어찌."

내 말에 이상궁도 의아하다고 말했다.

"그런데 가끔, 그러니까 저도 들었는데 완전히 양물을 잘라내지 않아 다시 살아난 환관도 가끔 있다고 들었긴 들었습니다만."

이상궁은 얼굴을 붉히며 말했다.

"음."

나는 입을 다물었다가 다시 말했다.

"그럼 세자는 어떠했다던가요? 세자빈을 찾아가지도 않고 독수공방시켰다는가요?"

나는 다급하게 물었다.

"예. 세자와 잘 안 맞았던가 봅니다."

"음. 왜 세자빈만 쫓아내면 다 끝나는 거야. 자식을 낳는 건 세자도 연관이 있는데 말이야."

나의 칼날 같은 말에 이상궁은 가만히 있었다.

"그럼, 세자빈께서는 그 후 어떻게 되었습니까?"

석가이가 물었다. 나도 묻고 싶었지만 참았던 것이기도 했다.

"사가로 갔다가 자결했다는 소문도 있고."

나는 이상궁의 말이 끝나자 대접에 있던 술을 한 번에 다 마셨다. 내 앞의 세자빈이었던 휘빈 김씨도 그렇고, 생각할수록 가슴이 일렁거렸다. 나는 대접에 술을 따랐다. 요즘은 음식을 많이 먹는 데다 살이 불어 술에 잘 취하지 않았다.

"그만 드시지요, 마마. 윗전에서 알면 또 불호령이 떨어질 텐데요."

이상궁은 걱정된다는 듯 말했다.

"그래야지요. 근데 술이 없으면 내가 살 수 없고. 이것 참 난감하네요. 하하하."

나는 허옇게 웃었다.

"그만 나가주시오. 석가이 너도 그만 나가거라. 혼자 있고 싶다."

나는 현빈 유씨가 폐출되었다는 얘기를 듣고 나서 침울해졌다. 차라리 나처럼 독수공방하는 것보다 환관이라도 끌어들여 정사를 벌이는 것도 괜찮다는 생각이 도둑고양이처럼 들었다. 이상궁과 석가이가 방을 나서는 것을 보고는 석가이를 다시 불렀다.

"소쌍을 불러오너라. 몸도 그렇고 안마라도 받아야겠다."

나는 석가이의 귀에 대고 조용히 말했다. 술기운을 빌려 오늘 단 한 번만 볼 작정이었다. 다음부터는 다시는 안 볼 생각이었다. 오늘같이 쓸쓸하고 외로운 날 소쌍의 안마를 받으면 기분이 한결 나아질 것 같았다. 석가이는 알았다면서 고개를 끄덕이며 밖으로 나갔다. 나는 거울을 가져와 얼굴을 바라보았다. 갸름했던 얼굴이 어느새 살이 쪄서 둥글게 변해있었다. 이런. 나는 음식을 좀 줄여야겠다고 생각하며 손으로 머리와 옷의 차림새를 손질하였다. 가슴이 두근거리기 시작했다. 왜 이런담. 나는 대접을 들어 술을 단숨에 비웠다.

"소인이옵니다."

밖에서 여자의 목소리가 들렸다.

"소쌍이더냐? 들어오너라."

내 말에 소쌍은 고개를 숙인 채 들어왔다. 석가이는 문을 닫고 들어오지 않았다. 눈치가 빠르니. 나는 흡족한 마음으로 소쌍을 바라보았다.

"그래 잘 지냈느냐?"

"예. 마마."

소쌍은 무릎을 꿇고 짤막하게 말했다.

"괜찮다. 편히 앉거라. 근데 오늘 당번이더냐?"

"아닙니다. 이게 편하옵니다. 소인은 오늘 비번이옵니다."

소쌍은 여전히 무릎을 꿇은 채 말했다.

"미안하구나. 오늘 쉬는 날인데."

소쌍은 손사래를 쳤다.

"아니옵니다, 마마. 오늘 할 일도 없었고 무료한 참이었습니다."

나의 말에 소쌍은 얼굴을 붉히며 말했다.

"그래? 말이라도 고맙구나."

"비번이라도 상관없으니 언제라도 필요하시면 불러주시옵소서."

나는 감동했다.

"말만 들어도 고맙구나."

나는 벌렁거리는 가슴을 안고 소쌍을 바라보다 병풍 뒤에서 대접을 꺼냈다. 병풍 뒤에는 각종 음식과 술과 대접이 있었다. 일종의 내 보물창고였다.

"술 할 줄 아느냐?"

나는 대접을 소쌍 앞에 놓으며 말했다. 소쌍은 내 얼굴을 한 번 보더니 말했다.

"조금 할 줄 압니다만."

"그래? 그 참 잘 되었구나. 다른 사람들은 술도 마실 줄 모르고 말이야."

나는 소쌍의 대접에 술을 가득 따르며 말했다. 다른 사람은 이상궁과 석가이를 이르는 말이었다. 이상궁은 아예 입에 대지 않았고 석가이는 내 강요에 몇 잔 마셨다가 토하고 기절했다가 다시는 술을 입에 대지 않았다.

"먼저 안마를 하시고 드시지요. 근데 술을 드시면 안마 효과도 없을 텐데."

소쌍은 말하다 중단하였다. 나는 피식 웃었다.

"그럼, 안마는 내일 하고 너와 오늘은 대작하면 되지 않느냐?"

나의 말에 소쌍은 저 같은 미천한 소인과 어떻게 대작하냐며 물러가겠다고 했다.

"술 못하는 저 사람들보다 네가 천 배 만 배 낫다. 자 한 잔 쭉 들거라."

나는 흡족해하며 먼저 한 잔을 마셨다. 소쌍도 돌아앉아 한 잔을 쭉 들이켰다. 어쭈? 나는 소쌍의 술 마시는 행동이 귀여워 미소를 띠며 다시 따랐다.

"자, 안주도 먹고."

각종 마른 어물을 내놓았다. 종비 처지에서는 평생 먹어보지 못할 음식이었다.

"아니옵니다. 마마. 전 이만 물러가겠나이다."

"무슨 일이 있는 게야?"

나는 서운한 마음이 들었다.

"그게 아니고 이상궁마마께서 아시면 혼쭐납니다."

"뭐? 하하하. 내가 말려주마. 걱정하지 말고 오늘 나하고 술친구 하자꾸나."

나는 소쌍이 아무 일도 없다는데 마음이 놓였다. 소쌍 앞으로 마른 어물을 내밀었다. 소쌍은 머뭇거렸다. 나는 소쌍을 빤히 쳐다보았다.

"내가 무서우냐?"

"아, 아니옵니다."

나는 소쌍의 얼굴을 빤히 바라보았다. 커다란 눈, 튀어나온 광대뼈, 커다란 코, 두툼한 입술. 이목구비가 시원스레 생겼다. 아랫도리가 저릿했다.

"자, 한 잔 들거라."

나는 잔을 들었다. 소쌍도 잔을 들어 반만 마시고 내려놓았다.

"조금씩 드시옵소서. 잔이 커서 금방 취하옵니다."

"그래, 그래."

나를 걱정해주는 소쌍이 고마웠고 황송했다. 그렇다. 지금 와서 되돌아보면 그날 나는 소쌍에게 많이 의지하고 싶은 마음이 있었던 거 같았다. 그날 나는 많이 취했고 소쌍 또한 많이 마셨다. 하지만 소쌍은 크게 취한 것 같지 않았다.

"이제보니 술이 아주 세구나."

나는 함박웃음을 지으며 말했다. 이렇게 좋은 술친구가 생기다니.

"마마께서 술을 소인보다 일찍 마시기 시작해서 먼저 취했을 뿐이옵니다."

"그래, 그래. 그렇구나. 너도 가끔 술을 마시느냐?"

"예. 나인 항아님이나 상궁마마께서 힘든 일을 하고 나면 소주방에서 술을 얻어와 마실 때 좀 나눠 주시기도 합니다."

소쌍은 술기운인지 아무런 거리낌 없이 말을 하였다. 나는 그게 또 좋았다. 여러모로 외모도 시원스레 생겼고 말하는 것이나 행동도 거리낌이 없었다.

"같이 마셔야지, 지들끼리 마시다가 나눠 주는 게 뭐람?"

"아닙니다, 마마. 제가 감히 어디 항아님이나 상궁마마와 같이 술을 마십니까?"

"지금 나하고도 마시지 않느냐? 아냐, 아니야. 그러니까 너와 나는 같다는 말이다. 같다고."

나는 혀가 꼬여서 겨우 말을 했다.

"마마. 많이 취하셨는데 그만 취침하시는 게 어떠실는지요. 제가 자리를 봐 드리겠습니다."

"네가 자리를 봐준다고?"

원래는 잠자리를 봐주는 나인이 따로 있었다. 근데 소쌍이 스스로 봐주겠다니.

"아냐. 아니야. 우린 술 동무야, 술 동무. 자 한 잔 더 들거라. 이 고기 좀 먹고."

나는 소쌍이 술을 마시고 난 뒤 고기 먹는 것을 바라보았다. 잘도 먹는구나. 먹는 것까지 저렇게 예쁠 수가 있나. 나는 소쌍이 먹는 걸 바라보는데 소쌍도 먹다가 나와 눈이 마주쳤다. 순간 나는 숨이 멈추는 거 같았다. 애욕이 가슴 속에서 서걱거렸다.

"이리 오너라. 손 한 번 잡아보자꾸나."

나의 말에 소쌍은 머뭇거리지 않고 내 옆으로 왔다. 그때 문밖에서 석가이의 말이 들려왔다.

"마마. 밤이 깊었사옵니다. 그만 취침에 드시는 게 좋을 듯싶습니다."

아마도 내가 말하는 것을 듣고 있었던 것 같았다. 나는 웃음이 나왔다.

"나는 더 있다 잘 테니 다들 들어가 자라고 일러라. 너도 가 자도록 해라."

나는 문밖을 보고 말한 후 소쌍의 손을 잡았다. 손이 거칠었다. 찬물에 청소하니 그런 거 같았다. 나는 손을 쓰다듬었다.

"고생이 많구나."

나는 눈물이 나려 했다. 소쌍이 나를 바라보았다.

"아니옵니다. 마마. 편하게 지내고 있습니다."

그래? 나는 소쌍을 바라보다 입술을 바라보았다. 두툼한 입술이 나의 가슴에 불을 지폈다. 불은 금방 가슴으로 타올랐다. 나는 자석에라도 끌리듯 소쌍의 입술에 입을 가져갔다. 소쌍은 피하지 않고 나의 입술을 받아주었다. 나는 소쌍의 입을 내 입술로 빨아들이니 살구 냄새가 났다. 나는 혀로 소쌍의 입술을 핥았다. 소쌍도 입술로 나의 입술을 빨았다.

아.

불기둥이 아랫도리에서 가슴을 거쳐 정수리로 솟구쳤다. 나는 혀를 소쌍의 입속에 깊숙이 넣었고 소쌍은 내 혀를 받아들였다.

음.

나의 입에서도 소쌍의 입에서도 신음이 났다. 순간 나의 손이 빠르게 소쌍의 윗옷을 헤치고 가슴을 더듬거렸다. 마치 손이 제멋대로 움직이는 것 같았다. 소쌍은 스스로 옷고름을 풀었다. 커다란 박 같은 가슴이 드러났고 나는 가슴을 미친 듯이 애무했다. 아. 소쌍의 입에서 신음이 터져 나왔고 소쌍은 부리나케 손으로 입을 막았다. 나는 다른 쪽 가슴으로 입술을 옮겨 애무했다. 몸을 비틀던 소쌍이 손을 뻗어 내 윗옷 속으로 넣었다. 가슴이 소쌍의 손으로 파르르, 떨 때 소쌍은 손으로 내 가슴을 움켜쥐었다.

아.

나도 모르게 신음을 냈다. 소쌍은 내 양쪽 가슴을 번갈아 움켜쥐더니 옷을 벗기고 입을 가져갔다. 나는 팔을 뒤로 짚고 고개를 뒤로 젖혔다. 애욕으로 가득한 소쌍의 혀가 내 목을 거쳐 가슴에 머물렀다. 나는 몸을 비틀었고 소쌍의 손이 치마 속으로 들어왔다.

아.

나는 몸을 움찔거렸다. 소쌍의 뜨거운 손이 내 불두덩을 헤집고 다녔다. 나는 몽롱해지는 정신을 바로잡으려 애쓰다 팔에 힘이 풀려 뒤로 드러누웠다. 소쌍은 내 치마와 속옷을 모두 벗기더니 입술을 배꼽으로 가져갔다.

아.

나는 혼미해지는 정신으로 소쌍의 머리를 양손으로 잡았다. 소쌍은 아랑곳하지 않고 불같은 혀를 밑으로 내려갔다. 수풀을 거쳐 불두덩에 가 닿았을 때 난 나도 모르게 헉! 엉덩이를 들썩거렸다. 열락이었다. 태어나서 이런 느낌은 처음이었고 여자한테 이런 황홀한 느낌을 받는 것이 이상하다 싶으면서도 몸을 꼼짝할 수가 없었다. 내 몸을 모두 소쌍에게 내맡겼다. 내 불두덩에서 농염한 혀가 태풍처럼 휘젓고 다녔고 나는 벼락 치는 듯한 느낌에 정신을 잃었다 깼다 반복했다. 소쌍은 마침내 자기 옷을 모두 벗더니 내 위로 올라왔다.

헉.

불두덩에서 번개가 치면서 정수리로 솟구쳤다. 활활 타오르는 불두덩이 내 몸을 모두 불태웠다.

허!

내 몸이 허공으로 산산이 흩어졌다. 육체는 없어지고 영혼만 남았으나 그 영혼마저 아득히 멀어져 갔다. 이대로 소쌍의 몸에 내가 들어가 영원히 나오지 않고 함께 했으면 싶었다. 여자와의 육체적 쾌락이 이렇게 깊고 깊은 바닷속인지 태어나서 처음 깨달았다.

음. 음.

소쌍도 거친 숨을 내쉬며 교성을 질렀다. 소쌍의 등을 두 손으로 꼭 안으니 땀으로 미끈거렸다.

이대로 죽어도 좋아.

나는 이대로 죽어 영원히 깨어나지 않으면 좋겠다고 생각했다. 태어나서 처음 맛보는 희열. 폐허가 된 가슴에 이렇게 불기둥이 솟아오를지 어떻게 알았겠는가.

눈물이 흘렀다. 참으려고 했는데 자꾸만 눈물이 흘렀고 소쌍은 입으로 내 눈물을 핥았다. 내 생채기로 가득한 눈물을 소쌍은 부드러운 혀로 핥았다.

아.

나는 소쌍을 두 팔로 꼭 안았다. 떨어지지 않도록, 영원히 나와 한 몸이 되도록 꼭 껴안았다. 소쌍도 내 목뒤로 손을 넣어 내 얼굴을 안았다. 내 얼굴이 소쌍의 물컹한 가슴에 스펀지처럼 빨려 들어갔다.

이대로 죽어도 좋아. 이대로 죽어도 좋아. 이제 오로지 내가 되고 싶다. 주위에 영향을 받지 않는 오로지, 내가 되고 싶다. 나는 나다.

나는 눈물을 흘리며 중얼거렸다.

7. 임신을 했건만

다음 날 아침 나는 심한 두통으로 괴로워하다 이상한 예감에 잠에서 깨어났다.

헉. 내가 어젯밤 무슨 일을 저지른 겐가.

나는 깔았던 자리를 이리저리 보았다. 황갈색 얼룩이 마치 파도가 거품을 일으키듯 희미하게 나 있었다.

이런.

소쌍과의 어젯밤 정사가 마치 아득히 먼 곳에서부터 서서히 다가왔다. 부끄러웠고 황망했다. 어찌 여자와 그런 짓을 했단 말인가. 나는 세자의 씨를 받아 원자를 낳아야 하는 몸인 걸 잊었단 말인가. 후회가 태풍처럼 밀려왔다. 내 앞의 세자빈이었다가 폐출되어 사가로 쫓겨나 아버지의 손에 목 졸려 죽은 휘빈 김씨가 눈에 어른거렸다. 궁에는 수백 개의 눈과 귀가 있다는데 이미 세종대왕의 귀에 들어가지 않았을까. 세자는 이미 알고 있는 건 아닐까. 두려움에 몸을 떨다 문갑을 뒤졌다. 인절미가 눈에 띄었다. 나는 인절미를 꺼내 손으로 집어 허겁지겁 먹었다. 먹어도 허기졌다. 입안에 가득 넣고 씹다가 삼키는데 순간 헉, 숨이 막혔다. 앞이 노랬다.

억.억.

나는 가슴을 치는데 문이 열리며 석가이가 뛰어 들어왔다.

"마마."

석가이는 밖에다 물을 가져다 달라고 소리치며 내 등을 주먹으로 두드렸다.

"마마."

석가이의 목소리가 멀어졌다. 친정아버지의 얼굴이 언뜻 보였다. 어머니의 근심스러운 얼굴이 퍼뜩 지나갔다. 석가이의 목소리가 멀리서 들렸다. 온몸에 힘이 빠지는 찰나 입에서 덩어리가 툭, 튀어나왔다.
휴.
나는 숨을 몰아쉬며 헐떡거렸다.
"마마. 물을 좀 드시옵소서."
이상궁의 얼굴이 희미하게 보였다. 석가이가 나를 부축했고 나는 이상궁에게 대접을 받아 겨우 물을 마셨다. 가슴이 답답한 게 한결 덜했다.
"나가거라. 괜찮다."
나는 그 와중에도 혹 다른 사람들이 요를 볼까 걱정했다. 석가이만 남고 이상궁과 나인들이 나가고 없자 석가이에게 일렀다.
"요는 자리 보는 종비에게 맡기지 말고 자네가 직접 걷어서 빨게나."
나는 겨우 말하곤 요에서 내려왔다. 석가이가 요를 옆으로 치우고 새 요를 깔았다. 나는 쓰러지듯 요에 누웠다.

감찰상궁과 새로 온 감찰나인이 자주 마마님 처소를 기웃거리고 궁녀들도 감시한다고 합니다.
며칠 전 석가이가 한 말이었다. 또 무슨 꼬투리를 잡으려 하는 걸까. 나는 고민 끝에 며칠 후 감찰상궁을 내 방으로 불렀다. 감찰상궁은 무슨 명이라도 내릴까 싶은 표정으로 왔다.
"그냥, 감찰상궁께서 호랑이라 소문나서 차나 한잔할까 싶어 불렀소."
"송구하옵니다, 마마."
감찰상궁은 예의를 갖췄다. 이런 사람이 무섭다. 깎듯이 예의를 차리는 사람. 한동안 사담이나 나누다 은근슬쩍 물었다.
"원래 감찰부에 있으면 궁녀들에게 그렇게 엄격하신가요?"
"마마, 감찰은 원래 엄격해야 하옵니다."

"그래요? 감찰상궁도 나인도 했고 상궁이지 않소? 같은 처지라 어려움을 잘 알 텐데요."

"마마, 궁녀는 궁궐의 바닥이옵니다. 바닥이 건실해야 건물이 튼튼하옵니다. 궁녀들의 규율이 엄격하고 맡은바 잘해야 궁궐이 평안하고 전하께서 국정을 잘 돌보십니다."

"충신이오. 진심이오."

이런 상궁들이 있다면 전하나 세자는 든든할 것이라는 생각이 들었다.

"하지만, 하지만 말이오. 궁녀들의 인간적인 처지를 생각해보았소? 결혼도 못 하고 인간의 본능도 억제한 채 평생 감옥 같은 궁궐 안에서 지내는 처지 말이오."

"이미 궁녀가 된 이상 어쩔 수 없는 일입니다."

이쯤에서 본론으로 들어가야겠다는 생각이 들었다.

"대식하는 궁녀들에게 엄격하다는 소문을 들었소. 같은 궁녀라 그 속사정을 누구보다 잘 알 텐데 왜 그리 엄격하시오?"

"어명입니다. 고려가 망한 건 문란한 성문화 때문입니다. 도덕과 윤리가 무너지……."

"그건 전하의 윤리관이지 않소?"

나는 말을 끊고 말했다.

"저희는 어명을 받들 뿐입니다."

"그렇다고 해도 각신을 지녔다고, 사내도 아니요, 대식한 것도 아닌데 각신이라는 노리개쯤은 봐줄 수 있는 거 아니겠소?"

"둑이 무너질 때는 작은 구멍에서 시작됩니다."

벽이었다. 바위였다. 찔려도 피 한 방울 안 나올 사람이었다. 하긴 그렇기에 감찰상궁이 되었구나 하는 생각이 들었다. 하지만 오기가 나서 말했다.

"감찰상궁도 여자가 아니요? 본능이 있는 사람 말이요?"
"저희들은 여자가 아니라 궁녀이옵니다."
"허."
내 입에서 탄식이 흘러나왔다.
"근데 말이요. 대전이나 중궁전, 하다못해 동궁의 감찰부보다 내 처소의 감찰부가 더 깐깐한 이유가 뭐요?"
날 무시하는 것이오? 라는 말을 겨우 삼켰다.
"그건, 빈궁마마께서 아직 궁궐 생활한 지가 얼마 안 되어 궁녀들의 기강이 무너질까 싶은 윗전의 의지가 아닌가 싶습니다."
그러니까 자신이 원해서 그런 게 아니고 윗전의 뜻이라 이거지? 나는 콧방귀를 뀌며 찻잔을 들어 한 모금 마셨다. 저 감찰상궁이 내 약점을 잡아 언제 윗전에 고해바칠지 등줄기가 서늘했다.

그 후 나의 폭식증 증세는 여전하였다. 먹어도 허기졌다. 먹지 않으면 불안했고 항상 문갑에 음식이 가득해야 안심이 되었다. 먹고 난 뒤엔 검지를 입속 깊숙이 넣어 토해냈다. 속이 부대껴서 견딜 수가 없었다.
세자는 여전히 중전이 정해놓은 날 늦은 밤에 왔고 나무토막처럼 내 위에 올라왔다. 그럴 때면 세자도 나처럼 폐허가 된 가슴을 안고 사는 게 아닌가 싶었다. 나는 임신을 해야겠기에 흥분하려고 거짓 교성을 지르기도 했지만 뻣뻣한 몸은 쉬 풀리지 않았고 아랫도리는 소금을 뿌린 듯 쓰라렸다. 그럴 때 나는 소쌍을 생각했고 소쌍의 몸을 안듯 세자의 몸을 안았다. 소쌍은 잊으려 해도 그림자처럼 잠자리까지 따라 들어왔다. 나는 세자가 소쌍이라 상상하며 안았고 그러면 어느 정도 굳었던 몸이 풀렸고 흥분이 되었다. 그러니까 나는 세자가 아닌 소쌍과 합궁을 한 셈이었다.

그러던 어느 날 아침이었다. 그날따라 이상하게 입맛이 없어 하나도 먹지 않고 상을 물렸다. 특히 조기 냄새가 싫었다. 구역질이 났다. 내가 그토록 좋아하는 생선인데 왜 그럴까 의아해하며 구역질했다. 석가이와 이상궁은 놀라서 물었다.

"마마. 속이 안 좋으십니까?"

"의원을 부를까요?"

아직 방안에 남아 있던 조기 냄새에 구역질하며 손사래를 쳤다.

"나가거라. 혼자 있고 싶다."

나는 구역질하며 둘 다 나가라고 했다. 이상궁과 석가이는 걱정스러운 눈빛으로 나를 보며 나갔다. 순간 다시 문이 열리며 이상궁이 소리쳤다.

"마마. 혹시?"

"뭐? 혹시? 뭐가 혹시란 말이……."

나는 말을 하다 놀라서 이상궁을 보았다.

"예 마마. 맞는 거 같아요. 배도 부른 게."

"언제 달거리하셨사옵니까?"

석가이와 이상궁이 번갈아 물었다. 나는 가슴이 쿵닥쿵닥 뛰며 기억을 되짚었다. 최근 몇 달 동안 달거리를 한 기억이 없었다. 가슴이 더 심하게 뛰었다. 다시 기억을 더듬었지만, 달거리를 한 게 두세 달은 넘은 것 같았다.

"없었어. 달거리가 없었어."

나는 흥분하여 말했다.

"의원을 부르겠습니다."

석가이가 일어섰다.

"아냐. 잠깐만."

나는 심호흡을 했다. 세종대왕께 알려야 한다는 생각밖에 들지 않았다.

"배가 이리 부르고 입덧하는데 의원을 부를 필요가 무어 있느냐?"

나의 말에 석가이는 그래도, 하며 머뭇거렸다.

"확실한 것 같사옵니다. 의원을 안 부르시겠다면 혹 다른 증상은 있으신지요?"

이상궁은 환한 표정으로 말했다. 이상궁도 임신을 확신하는 것 같았다. 경험이 많은 상궁이니 그 말에 나는 확신이 들었다.

"그래, 맞아. 가슴에서 젖이 좀 나왔다. 그리고……."

다른 점을 생각해보았지만 떠오르는 게 없었다.

"가슴에 유륜이 생기지 않았습니까? 색도 진하게 변하고요."

"그래 변한 거 같아."

나는 흥분하여 부끄러움도 잊고 윗옷을 들어 올리고 가슴을 꺼냈다.

"마마. 감축드리옵니다. 유륜이 확실하고 유두 색소가 침착된 걸 보니 임신이 확실하옵니다."

이상궁도 흥분하여 말하였다. 석가이도 어쩔 줄 몰라 했다.

"이러고 있을 때가 아니야. 윗전에 고해야지. 채비하거라."

나의 말에 이상궁은 밖에다 채비를 준비하라 일렀고 밖에 있던 나인 둘이 방으로 들어왔다. 나는 나인들이 머리를 손질하고 얼굴에 분 바르는 것을 끝까지 기다리지 못하고 방을 나왔다.

"전하께서는 어디 계시는지 알려라."

나는 말을 하며 신발을 신었다.

"전하께서는 대전에 계시옵니다."

나인 하나가 아뢰었다.

"그래. 대전으로 가자."

나는 큰 전쟁에서 승리를 거둔 장수처럼 대전으로 향했다. 대전에는 마침 세자와 함께 세종대왕이 계셨다.

"경사로다. 경사로다."

세종대왕은 내 말을 듣자마자 큰 소리로 외쳤다.

"그동안 고생 많았소."

세자 또한 밝은 얼굴로 말했다.

"당장 거처를 중궁전으로 옮기도록 하라. 그리고 태교에 있어 한 치의 실수도 없도록 하라."

세종대왕은 경탄하여 말했다. 나는 세상을 다 얻은 기분이었다. 나에게 드디어 이런 행운이 찾아오다니.

나는 당장 궁중에서 제일 조용하고 안쪽에 있는 중궁전으로 옮겼다. 그리고 그날부터 중궁전에 있는 우상궁이 태교를 담당하였다. 이 모든 것이 일사천리로 진행되어 나는 꿈인지 생시인지 모를 지경이었다. 나의 폭식증은 사라졌고 마음이 안정되었다. 중전은 나의 부른 배를 보며 흡족해했고 세자는 내 입덧을 보며 안타까워했다. 친정아버지와 어머니가 다녀갔다. 어머니는 임신 중 행동에 대해 이런저런 말씀을 하시면서 우상궁이 태교를 담당하기로 했다고 해도 안심하는 눈치가 아니었다. 영락없는 친정 어미의 모습이었다. 의원과 의녀가 옆방에서 항상 대기하였다. 나는 불러오는 배를 손으로 쓰다듬으며 궁에 들어와서 처음으로 행복한 나날을 보냈다.

우상궁은 첫날부터 먼저 태교에 대해 말했다.

"마마께서 보는 것은 태아가 보는 것입니다. 듣는 것도 또한 태아가 듣는 것과 같습니다. 예전부터 내려온 태교법은 옆으로 누워 자지 않을 뿐만 아니라 비스듬히 앉아도 아니 됩니다. 또한 외발로 서지 않아야 하며 이상한 맛의 음식도 먹지 말아야 합니다. 그리고 사특한 빛깔을 보지 않아야 하며 음란한 소리도 듣지 않아야 합니다. 그러니 바깥출입은 되도록 하시지 마시옵소서. 또한 늘 자세를 바르게 하여 앉되 너무 오래 앉아 있거나 누워 있지 마시옵소서."

우상궁은 많이 해 본 것처럼 거침없이 말했다.

"여부가 있겠소. 또 다른 것은 무엇이오?"

나는 말 잘 듣는 학동처럼 우상궁에게 고분고분했다.

"처소에 관련된 것은 제가 다 알아서 할 테니 마마께서는 마음을 편히 가지옵소서. 내일부터는 바느질하셔야 합니다."

"바느질이요?"

침방이 따로 있는데 내가 무거운 몸을 이끌고 그런 것을 하다니. 나는 이해가 안 된다는 표정으로 우상궁을 바라보았다.

"앞으로 태어나실 원자의 무명 배냇저고리, 두렁치마, 턱받이를 비롯해 쑥뜸들인 배꼽받이 등을 만드셔야 합니다."

"아, 태어날 원자가 입을 것을 내가 직접 만든단 말이지요?"

"그렇습니다. 그렇게 누비옷을 만드는 데는 정교한 손재주와 섬세함, 정성, 집중력이 필요한데 누비질하면서 마마의 마음을 안정시키고 반듯한 원자께서 태어나시길 기원하시며 바느질하시면 됩니다."

"여부가 있겠소."

나는 흡족했다. 태어날 원자를 위한다면 무슨 일이든 못할까. 아들이 태어나길 간절히 기원하며 바느질을 하는 것도 괜찮겠다는 생각이 들었다.

다음 날부터 배냇저고리 만드는데 우상궁이 문밖에 악사를 대령시켰다. 악사들은 가야금과 거문고를 들고 있었다.

"가야금과 거문고를 들으면 마음이 차분해지고 태아도 함께 듣게 됩니다."

우상궁은 가야금을 연주하게 하고는 방으로 들어왔다. 너무 요란하게도 아닌 조용하게 가야금을 켜니 바느질하는 데 도움이 되었다. 참 신기한 태교법이라 여기며 나는 잠시 바느질감을 놓고 뒤에 기대었다. 배가 부르다 보니 허리가 아파서 오래 앉아 있기가 힘들었다.

"너무 힘들게 하지 마시고 천천히 하시옵소서. 그리고 필요한 거 있으시면 언제든 소인을 부르시옵소서."

상냥하면서도 빈틈없이 예의를 차리는 우상궁을 보며 한 편으로 불편하면서도 안심이 되었다. 우상궁의 말만 들으며 태교한다면 역대 여느 성군보다 더 나은 성군이 될 원자가 태어날 것 같았다.

다음 날에는 저녁을 먹고 나자 우상궁이 나인 둘을 데리고 왔다. 손에는 책이 들려 있었다.

"오늘부터 매일 낮과 밤으로 나인들이 조금씩 책을 읽어드릴 겁니다."
"책을요?"

나는 의아해서 물었다. 책이야 내가 읽으면 되지 구태여 나인들을 시킬 필요가 뭐 있느냐는 생각이었다. 무슨 책인지 궁금했다.

"천자문과 동몽선습, 명심보감입니다."
"그렇구려."

나는 흡족했다. 불만이 있을 수 없었다. 또한 방에는 해 나무 거북 사슴 등 장수를 상징하는 십장생도를 걸어두었다. 나는 심심하면 그 십장생도를 보았다. 아들이 태어나서 무병장수하기를 속으로 빌었다.

음식도 남달랐다. 음양오행에 기반을 둔 유가의 우주관으로 식탁을 차렸는데 나무, 불, 흙, 쇠, 물의 기운으로 나눠 음양오행의 상극 상생을 바탕으로 하였다.

"보통 초기에 산모들이 신맛을 찾는 이유는 태아에게 필요한 혈기를 모으는 음식이 대부분 신맛을 내기 때문입니다. 신맛을 내는 음식의 기운은 오행상 나무에 속하는데 이에 맞는 음식이 달과 보리입니다."

먹는 것도 까다로우나 다 뱃속에 든 원자를 위한다고 생각하니 음식 하나하나가 귀하게 여겨졌다. 다만 단맛을 특히 경계했는데 나중에 출산 후 뼈가 약해진다고 했다.

우상궁의 말에 특히 신경 쓰인 음식은 머리가 좋아진다는 것이었다.

"순두부와 콩, 그리고 채소, 김, 미역, 새우, 생선을 많이 드셔야 합니다."

그래야 머리가 좋은 원자가 태어난다는 것이었다. 지나고 나서 얘기하는 것이지만, 우상궁은 그렇게 얘기하지 않았지만 나는 뱃속에 든 아기가 아들이라 믿었고 태어나면 원자라 여겼기에 계속 나도 모르게 원자라 하는 것을 독자들이 이해해주길 바랄 뿐이다.

음식에 가리는 게 있다면 옆으로 걷는 것인데 게 같은 종류였고 또한 뼈가 없는 문어 같은 음식도 금기였다.

나날이 행복했다. 매일 아침 세종대왕과 중전께서는 문안 인사를 드릴 때 나를 보자마자 환한 웃음을 지었고 어디 불편한 것은 없느냐고 거듭 물었다. 세자 또한 매일 낮에 한 번 밤에 한 번 왔으니 이보다 더 좋은 경우가 어디 있겠는가. 다만 임신 중에는 합궁을 금지하기 때문에 세자는 밤에도 오래 있지 않고 갔다. 지금 와서 하는 얘기지만 솔직히 나는 그게 더 좋았다. 세자와 합궁할 때마다 동물이 된 기분이라면 심한 말일까. 정해진 날에 의무적으로 치르는 합궁은 몸을 굳게 만들었고 그러다 보니 애액이 잘 나오지 않아 아랫도리가 쓰리고 아팠다. 이제는 그런 도리를 지키는 합궁을 하지 않아도 되니 더 바랄 게 없었다. 좋은 시간은 금방 지나간다고 했던가. 행복한 시간은 금방 몇 개월이 지나갔다.

그즈음 세종대왕께서는 무속 신앙에 대해 금지하였는데 무속 신앙 행위에 참여한 여성들을 처벌하였다. 내용은 이러하였다. 조부모나 부모의 혼을 무당의 집으로 불러 '위호'란 이름을 붙이고 혹은 형상을 그리기도 하고 또한 무당집에 노비를 증여하기도 하는데, 위호를 설치하고 조고의 신을 무당집에서 제사 지내는 자가 많다. 그 가장은 불효로 논죄하되 '봉양을 궐한 율'에 의하여 과죄하고 영원히 허용하지 않을 것이며 그 노비는 관에 몰수할 것이다. 구병을 핑계대어 '대명노비'란 칭호를 붙여 무당집에 바칠 경우 그 가장을 또한 제서유위율로 과죄하고 노비는 역시 관에서 몰수한다.

 또한 야제 및 무당집과 송악산 감악산 개성부의 대정과 각각 그 고을의 성황 등지에 직접 가서 음사를 지내는 자와 양가의 부녀자로서 피병을 핑계대고 무당집에 가서 머물러 있는 경우는 각 가장을 제서유위율로서 과죄한다.

 세종대왕께서는 아버지인 태종대왕이 권력이 센 사람들을 모조리 죽였기에, 왕권을 강화하는 데 시간과 힘을 소모하지 않고 오직 유교 이념을 백성들에게 심어주는 데 주력하였다. 경국대전에 이런 법령을 넣었다. 사노비나 전지를 절이나 남녀 무당에게 시주로 바친 자는 죄를 논한 뒤 그 노비와 전지를 국가에 소속시킨다. 무당집이나 절에 가는 사람들은 대부분이 여성들이므로 여성들을 통제하기 위한 통치이념이 아닌가 생각되었다.

 사헌부에서 여러 가지 금령을 광화문에 내걸 것을 요청하여 허락하였는데, 거기에는 여성들이 상사하는 것을 금지하는 조항과 승려가 과부의 집에 출입하는 것을 금지하는 조항이었다. 음사 참여 또한 성내에서 금지하였다.

 아마도 이러한 정책들에 대해 만약 내가 임신하지 않았더라면 그래서 세자와 계속 사이가 안 좋은 상황이라면 아마도 속으로 많은 비판을 했을 것이다. 하지만 나는 아무 걱정이 없었고, 걱정하면 태아에게 해롭다고 하여 못 하게 했지만, 그 당시에 나는 부녀자들이 절에 가는 것을 금지하는 것에 대해 아무런 생각이 없었다. 물론 이제와서 생각해보면 그 당시의 나의 처지에서 그러한 정책들이 나의 목을 옭아매는 역할을 할지 어떻게 알았겠는가. 어쨌든 석가이가 물어온 이러한 정책들에 대해 나는 귓등으로 듣고 태교에만 정성을 쏟았다.

 태교에 온 정성을 쏟던 어느 날 밤 나는 꿈을 꾸었다. 유산하는 꿈이었다. 꿈속에서 잠을 잤는데 자고 일어나니 자리에 피로 물든 주먹만 한 것이 있었다. 나는 기겁을 해서 부리나케 이불을 덮다가 꿈에서 깨어났던 것이었다. 며칠 동안 몸살 기운이 있었는데 아마도 그런 것 때문인 것 같았다. 나는 다음 날 책 읽어 주는 나인도 가야금이나 거문고를 연주하는 악사도 물리쳤다. 이제 배냇저고리를 다 만들고 턱받이 만들고 있었는데 기분이 언짢아 그마저도 쉬고 있었다. 우상궁은 몸도 안 좋으니 진맥하고 약을 드시라고 했다. 또한 진맥해서 태아가 잘 자라고 있는지도 알아보자고 했다. 나는 처음에 거절했다가 태아가 잘 자라고 있는가 걱정되어 의원을 불러오라고 했다.

"이상하옵니다."

의원은 진맥하고 나서 내 얼굴을 살피며 말했다.

"뭐가 말이오?"

나는 불길한 예감으로 물었다. 의원은 다시 한번 더 진맥하더니 또다시 고개를 저었다.

"이상하옵니다. 태아의 맥이 잡히지 않습니다."

"뭐라?"

나는 놀랐고 우상궁도 놀라 의원과 나를 번갈아 보았다.

"달거리도 없고 이렇게 배가 불러오는데 무슨 말이오? 요 며칠 동안은 발길질도 했단 말이오.

나는 노기를 띠며 말했다. 결국 다른 의원이 불려 왔고 같은 진단을 내렸다. 기가 막혔다. 나는 아무것도 하지 않고 온종일 누워 있었다. 일어날 기운도 없었다. 그러면서 어째서 궁 안의 의원이란 것들이 하나같이 돌팔이냐고 욕을 했다. 결국 세종대왕이 나를 불렀다. 나는 옷을 갖춰 입고 갔더니 중전과 세자도 함께 있었다. 아마도 소식을 들은 모양이었다. 입구엔 나를 처음 진맥한 의원이 굴복하고 있었다.

"어찌 된 일인가?"

세종대왕이 나를 보고 말했다.

"분명 임신이 맞습니다. 요 며칠 동안은 태아의 발길질도 느꼈습니다."

나는 항변했고 중전이 말했다.

"달거리도 안 하지 않느냐?"

"예 중전마마. 배도 이렇게 부르지 않습니까?"

나는 억울하다는 듯 말했다. 세종대왕은 의원을 보고 물었다.

"그대는 이 나라 최고의 의원인데 진맥도 제대로 못 한단 말인가?"

세종대왕의 말씀 역시 노기를 띤 목소리였다.

"황송하옵니다. 전하."

의원은 죽을죄를 지었다는 듯 머리를 바닥에 대었다.

"의원은 지금도 그렇게 생각하는가?"

여전히 세종대왕은 서늘한 목소리로 말했다.

"저뿐만 아니라 다른 의원도 진맥했으나 맥이 잡히지 않았습니다."

"그 참 이상하지 않느냐? 세자빈이 달거리도 없고 발길질도 했다고 하지 않느냐?"

중전도 싸늘하게 말했다. 나는 오한이 들어 덜덜 떨면서 의원을 바라보았다.

"소인 생각엔……."

의원은 머뭇거렸고 나는 재촉했다.

"빨리 말해보시오."

"소인 생각엔 아마도 상상임신이 아닌가, 사료되옵니다."

"뭐라? 상상임신? 허."

방 안에 있던 사람들의 탄식이 터져 나왔다.

"그럼, 상상임신인데 발길질은 무엇인가?"

세자가 어이가 없다는 듯 마침내 입을 열었다.

"그건 아마도 장의 움직임을 그렇게 느낄 때도 있나이다."

"아니요. 분명 태아의 발길질이었소. 내가 그런 것도 구분 못 한단 말이오?"

나는 화가 나서 세종대왕 앞이란 걸 잊고 음성을 높였다.

"상상임신일 경우 그렇게 느끼십니다. 워낙 임신을 바라서 일어난 증상이라."

의원은 머리를 바닥에 대었다. 세자가 말했다.

"어째서 임신 증세와 똑같단 말인가?"

"원래 임신을 극도로 원할 때 일어나는 증세로 증상은 실제 임신과 다름없사옵니다. 조금 지나면 달거리도 하게 될 것이옵니다."

"그럼, 이 부른 배는 무엇인가?"

나는 옷을 벗고 불룩한 배를 보여줄 태세로 물었다.

"아마도 살이 쪄서 그런 듯합니다. 몇 개월 전 폭식증세가 그렇게 된 게 아닌가, 추측됩니다."

"아니 추측이라니. 명확한 근거를 대야 하지 않겠소."

나는 음성이 자꾸 올라갔다. 앞이 노랬고 절벽에 선 기분이었다.

"허. 일단 기다려보자. 좀 지나면 임신 증세가 없어진다니."

중전이 포기한 듯 말했다.

"믿어주시옵소서. 태아가 발길질도 했습니다. 젖도 나왔습니다."

나는 하얀 허공에서 서늘한 기운을 느끼며 말했다.

"근데 어젯밤……."

나는 말을 하다 멈추었다. 이런 말을 해야 하나 싶었다.

"어젯밤 무슨 말이냐? 어서 말하라."

세종대왕이 다그쳤다.

"어젯밤 꿈에 유산하는 꿈을 꾸었습니다."

나는 꿈에서 핏덩이를 보았고 사산하는 꿈이었다고 말했다.

"허. 그런 불길한 꿈을."

중전이 한탄했다.

"우선 세자빈께서 안정을 취하셔야 합니다. 이런 경우 보통 우울증세가 나타납니다."

의원은 여전히 머리를 바닥에 댄 채 말했다. 이 모든 것이 자신의 불찰인 것처럼 행동했다. 의원은 산모가 출산을 잘하게 되면 상과 승진을 하지만 만약 무슨 일이 생기면 목숨이 위태로웠다.

"세자빈은 일단 물러가 있거라."

세종대왕의 말에 중전이 말을 이었다.

"그래 좀 더 지켜보자. 태교는 성심을 다해 하고."

중전은 말은 그렇게 했지만 실망한 기색이 역력했다.

"의원은 그 말 책임질 수 있겠소?"

나는 일어설 생각은 안 하고 의원을 노려보았다.

"그만 물러가라지 않소."

세자가 차갑게 말했다. 나는 억울해서 목 놓아 울고 싶었지만 참았다. 그래 두고 보자. 내 꼭 원자를 낳고 말 것이다. 그땐 네 목을 치리라.

나는 중궁전으로 들어와 더 성의를 다해 태교했다. 태어날 원자의 누비옷도 더 정성스레 만들었고 거문고와 가야금 소리도 열심히 들었다. 하지만 불길한 예감은 맞아떨어졌다. 한 달여 후 나는 달거리를 했다. 나는 급한 마음에 피가 묻은 속속곳을 숨기려 했지만 우상궁에게 들켰고 나는 곧장 내 처소로 돌아왔다.

8. 폐위를 꿈꾸다

나는 거처로 돌아온 후 매일이다시피 폭음했다. 폭식증은 사라졌지만 술 단지를 방에 놓고 대접으로 퍼마셨다. 항상 취해 있었다. 특히 힘들었던 건 궁에서 이상한 소문이 돌았기 때문이었다. 내가 윗전에 잘 보이려고 거짓말했다는 것이었다. 그러다 들키자 사산했다고 둘러댔다고 했다. 환장할 일이었다. 궁중에 이미 소문이 다 퍼졌으니 소문낸 사람들을 일일이 찾아내 혼낼 수도 없었다. 나는 양원으로 승진한 권씨와 나머지 승휘 둘 등 후궁들을 의심했지만 확실한 증거가 없는 이상 불러 혼낼 수도 없는 노릇이었다. 자칫 투기로 몰릴 수도 있었다.

　내가 처소로 돌아온 후 세종대왕은 세자에게 자주 나를 찾아가라고 일러 세자가 자주 찾아왔다. 하지만 내가 술을 마시는 것에 대해 불만이 많았다. 세자빈으로서 체통을 지키라고 했고 술도 못 마시게 제지만 하는 세자를 비난했다. 그러니 나날이 세자와의 사이는 좋지 않았다. 합궁도 여전히 의무적으로 했으며 나는 뻣뻣하게 굳은 몸으로 세자를 받아들였다. 그러니 애액이 적게 나와 합궁하고 나면 아랫도리가 아파 잘 걷지도 못할 지경이었다. 임신했을 때 좋았던 게 세자와 합궁하지 않아도 된다는 것이었는데 또다시 중전이 정해준 날에 합궁해야 하니 이만큼 고통스러운 게 없었다. 그럴 때마다 나는 세자를 소쌍이라 여겼다. 그러면 몸이 많이 풀어졌고 아랫도리의 고통도 덜했다. 그러니까 난 세자와 합궁을 한 게 아니라 여전히 소쌍과 합궁을 한 셈이었다.

　세종대왕과 세자는 내가 폭음하는 것을 알고 소주방에 술을 주지 말라고 일렀다. 하지만 노름꾼이 두 손목을 자른다고 노름을 끊지 못하고 발로 노름하는 이치로 나는 사가에 석가이를 몰래 보내 술을 가져오게 했다. 그러니 술을 소주방에 보관하는 것이 아니라 내 방에 보관했고 그러니 술을 더 많이 마시게 되었다.

"소쌍을 불러라."

나는 술을 마시다 밖을 소리쳤다.

"소쌍을요?"

석가이가 의아하다는 듯 물었다. 나는 정신이 번쩍 들었다.

"내가 언제 소쌍이라고 했더냐. 변나인을 불러란 말이다. 참, 그리고 나인 중에 누가 노래를 잘 부르더냐?"

나의 말에 석가이는 불안한 눈으로 내 표정을 살폈다. 그즈음 나는 이상한 버릇이 생겼는데 술에 취하면 노래가 듣고 싶어졌다.

"천나인이 잘 부릅니다만."

"그럼, 변나인과 천나인 둘 다 불러오너라."

나는 혀가 꼬부라진 소리로 말했다. 석가이는 여전히 불안한 기색으로 문을 닫았다. 잠시 후 변나인과 천나인이 대령했다.

"너는 어디에서 일하느냐?"

내가 있는 처소엔 상궁과 나인이 40명이 있었다. 세자가 있는 동궁엔 60명이 있었고 세종대왕이 있는 대전과 중전이 있는 중궁전에는 100명씩 있었다.

"침방에서 일하옵니다."

"그래? 손놀림이 좋겠구나. 그래 노래를 잘 부르느냐?"

술기운으로 나는 몸이 흔들리는 것을 느끼며 물었다.

"잘은 못 부르고 수를 놓으며 동무들과 심심할 때 가끔 불렀나이다."

"그래, 그래도 좋다. 자 밖에 나가자."

나는 마당으로 나왔다. 하얀 보름달이 떠 있었고 대낮같이 환했다.

"달 한번 좋구나. 이런 날은 사랑하는 임이 옆에 있으면 좋겠지."

나는 변나인의 등에 업혀 천나인에게 연인을 사모하는 노래를 부르라고 했다. 천나인은 변나인 등에 업힌 나를 놀란 눈으로 바라보았다. 아마도 소문으로만 듣고는 실제로 본 것은 처음인 것 같았다.

"무얼 하느냐. 당장 불러라."

"예. 마마."

천나인은 두 손을 맞잡고 길고 긴 밤에 임은 어디 가고 나뭇가지만 달밤에 떨고 있느냐, 하는 노래를 불렀다.

"그래, 좋구나. 내 마음을 그리 잘 아는구나."

나는 계속 부르라고 했다. 천나인은 계속 노래를 불렀고 나는 변나인 등에 업혀 마당을 돌아다녔다. 석가이가 대문을 꼭꼭 걸어 잠갔던 것은 물론이었다.

"그만 들어가시지요. 날이 춥습니다."

석가이는 마침내 내게 다가와 말했고 나는 노래 부르는 천나인과 업어 주는 변나인을 흘깃 보았다.

그래 정신을 차려야지.

나는 변나인에게 내려달라고 했다.

"아닙니다, 마마. 마음도 울적하실 텐데 좀 더 산책하시지요."

변나인은 내가 상상임신 후 우울해 있다는 것을 잘 아는 듯했다.

"아니다. 달을 보며 산책했더니 기분이 많이 좋아졌다. 고맙구나."

나는 석가이에게 문갑에 있는 노리개를 가져오라고 해 두 나인에게 하나씩 주었다. 지금 와서 생각해보건대 아마도 그런 변나인이나 천나인 같은 나인들이 주위에 없었더라면 내가 견딜 수 있었겠는가 하는 의구심이 들곤 했다. 내가 거짓으로 임신했다는 소문에도 끝까지 나를 믿고 우울할 때 노래를 불러주고 또 업어주기도 했던 두 나인에게 나는 항상 미안하고 고마운 마음을 가지고 있었다.

나는 두 나인에게 선물을 준 후 방으로 들어왔다. 내가 아쉬움을 달래며 방으로 들어온 이유는 또 있었는데 친정 문제였다. 친정아버지는 음직으로 들어와 여러 번 승진 끝에 감찰부 감찰을 거쳐 정6품 창녕 현감이 되었다. 하지만 내가 세자빈이 된 후 단계를 뛰어넘어 병조 우참판, 형조 좌참판을 거쳐 종2품인 이조 참판까지 이르렀다. 사실 아버지는 권력에 대해 큰 욕심이 없던 분이셨다. 다만 당신은 내가 잘살기를 바랐을 뿐이었다. 특히 왕의 외척에 대해 권력을 가지면 안 된다고 주장하시던 분이셨다. 태종대왕이 처가와 며느리의 아버지까지 죽이는 것을 보았기 때문이기도 했지만, 천성적으로 권력을 탐하시는 분이 아니셨다.

그래서 전하께서 아버지를 거듭 승진시킬 때마다 사양하셨고 나중엔 나를 도와야겠다는 생각에 이조 참판까지 올랐던 것이었다. 하지만 두 오라버니는 달랐다. 특히 큰 오라버니는 예전부터 태종대왕과 연을 갖고 싶어 태종대왕의 먼 친척 문지기하고도 어울릴 정도로 권력에 애착이 강했다. 내가 세자빈이 되었을 때도 누구 못지않게 좋아했던 분이 큰 오라버니였는데 이제 집안을 일으켜 세우고 권력을 가질 수 있다는 야망 때문이었다. 가끔 나를 찾아와 자리를 부탁했을 때도 나는 청을 들어줄 수 없어 안타까워했다. 세자와 사이가 안 좋은데다 음식을 사가의 부모님께 드리는 것도 궁중의 법도 운운하며 거절했던 세자가 나의 청을 들어줄 리 만무했다. 그렇더라도 내가 잘못을 저지르게 되면 결국 피해는 친정으로 가기 때문에 나는 조심할 수밖에 없었다. 사실 소쌍이 생각나고 부르고 싶어도 부르지 못한 것은 친정도 크게 한몫했다.

그러던 어느 날 내 처소에서 큰일이 벌어졌다. 지나고 나서 생각해보면 어쩌면 내가 의도한 게 아닌가 하는 생각도 들었다.
내가 대비에게 갔다가 내 처소로 돌아온 참이었다. 그런데 문에 다다랐을 때 안에서 남자의 큰소리가 났다. 세자의 목소리는 아니었다. 이 무슨 소린가 하는데 석가이가 먼저 문을 열고 들어갔다.
"나으리."
석가이의 당황한 목소리가 들렸다. 나으리? 나는 부리나케 안으로 들어갔다.
"마마."
석가이가 정신을 차리지 못하는 나를 불렀다.
"빈궁마마."
남자는 나를 보더니 고개를 숙이고 예를 차렸다. 남자 앞에는 나인이 무릎을 꿇고 있었다. 이상궁과 함께 수족처럼 부리는 나인이었다. 나는 인사를 받을 겨를도 없이 나인을 바라보기만 했다. 이 무슨 일인가. 내 처소의 나인이 남자 앞에 무릎 꿇고 있다니.

"집현전 부제학 이병학이옵니다."

부제학이면 정3품이다. 집현전은 전하가 가장 아끼는 인재들이 모여 있는 곳인데 그런 만큼 다들 부러워하는 곳이었다. 근데 이 자가 여길 어떻게. 저 나인의 꼴은 무엇이고. 나는 어이가 없어 인사를 받지도 못하고 이병학과 나인을 번갈아 보았다.

"아, 마마. 소인이 법도를 모르고 날뛰는 나인을 혼 좀 냈습니다."

이병학은 미소를 띠며 말했다.

"법도요?"

나는 이병학을 보다 나인을 보고 소리쳤다.

"뭐하느냐! 당장 일어서지 않고."

나의 목소리가 카랑카랑 울렸다. 옆에 있던 석가이와 이상궁이 움찔거렸다. 이병학의 표정이 굳어졌다.

"말씀해 보시오. 저 애가 무슨 법도를 어겼는지. 또 어떻게 혼냈는지."

이병학은 머뭇거리다 말했다.

"제가 빈궁마마께 볼일이 있어 청하고자 했는데, 방자하게도 안 계신다고만 하지 않습니까."

"그래서요?"

나는 이를 악물었다.

"그래서, 어디 가셨느냐 물으니 모른다고만 하고. 알 수는 없느냐고 해도 계속 모른다고만 하고. 예의도 차리지 않고."

"모르면 모른다고 하는 게 법도에 어긋나는 일이요?"

"저, 그게 아니라 제가 물으면 하던 일을 멈추고 공손히 답을 해야지 않겠습니까? 근데……."

"공손히 답을 하지 않았다?"

나는 이병학을 쏘아보다 나인에게 고개를 돌렸다.

"공손하지 않았느냐? 집현전 부제학이면 정삼품이거늘 어찌 대했느냐?"

"마마님 방 정리하고 나오다 마루에서 답을 했습니다. 공손하게 대했습니다."

나인은 억울한 듯 울먹이며 말했다. 나는 이병학에게 고개를 돌렸다.

"뭐가 문젭니까?"

이병학은 뜨악하게 바라보더니 나인을 바라보았다.

"마루에 있다가도 누가 물으면 마루 아래로 내려와서 답을 고하는 것이 법도가 아닐는지요."

"음. 그래서요?"

"그래, 냉큼 내려오라고 했더니 내려오지도 않고……."

"내려왔사옵니다. 마마."

여전히 나인은 억울한 듯했다.

"네년이 언제 내려왔느냐. 내가 혼내니까 내려왔지 않느냐."

"내려오던 중에 말씀하셨지 않습니까."

주인이 옆에 있으면 개도 50% 따고 들어간다더니 나인은 또박또박 말했다.

"저 말대꾸하는 것 좀 봐라. 네 이년!"

이병학은 나인에게 눈알을 부라렸다. 나인은 고개를 숙였다. 내 처소의 궁녀에게 년이라니. 화가 치밀어올랐다. 숨을 크게 들이마셨다.

"법도를 어겼으면 벌을 줘야겠지요?"

나는 이병학을 보며 말했다. 이병학은 당연하다는 표정으로 나를 바라보았다.

"그래 벌준다는 게 겨우 무릎을 꿇리는 것이었습니까? 그건 법도를 어긴 벌치고는 약하지요."

나는 이상궁에게 눈길을 돌리며 말했다.

"당장 형틀을 준비하시오. 내 친히 벌주리다."

"마마."

이상궁의 얼굴이 하얗게 변했다. 이병학은 놀란 눈으로 나와 이상궁을 번갈아 보았다.

"마마. 감찰상궁에게 넘기심이 옳은 줄로 아옵니다."

"마마. 그렇게 하시지요."

석가이까지 나섰다.

"아니다. 전하께서 가장 아끼시는 집현전 대감 아니시더냐. 그런 대감에게 잘못했으니 내 친히 벌주겠다. 당장 형틀 준비하라!"

이상궁은 형틀 준비하러 나갈 수도 안 갈 수도 없어 안절부절못하였다.

"빈궁마마. 감찰상궁에게 넘기시지요."

이병학이 말했다.

"그렇게 하면 되겠습니까? 큰 죄를 지었는데."

"하. 그래도."

나는 이병학의 말에 아랑곳없이 고함을 질렀다.

"어서 형틀을 가져오래도!"

마침내 형틀이 마당에 갖추어졌고 나인은 속옷까지 모두 벗기고 치마를 입혀 형틀에 묶였다. 이병학이 애원했다.

"마마. 이러지 마시옵소서. 빈궁으로서 체통을 유지하소서."

"체통이요? 이 궁녀가 나를 체통 못 지키게 하는데 어쩌겠소."

나는 곤장을 직접 들었다.

"마마. 제발 직접 곤장만은."

석가이가 매달렸다. 나는 뿌리쳤다.

"자, 세거라."

나는 곤장을 내리쳤다. 철썩, 하는 소리가 마당 가득 휘몰아쳤다.
"마마."
이병학은 얼굴이 사색이 되어 어쩔 줄 몰라 했다. 나는 아랑곳하지 않고 계속 쳤다.
"마마. 제발 멈추십시오. 소인이 잘못했나이다."
"그래요?"
나는 곤장을 손에 쥔 채 숨을 몰아쉬었다.
"소인이 잘못했으니 제발 곤장만은 멈춰주시옵소서."
이병학이 사정했다.
"대감께서 무얼 잘못했는지 아시겠소?"
"저, 그게."
이병학은 주저했다.
"잘못한 게 없구려. 그럼, 계속 곤장 칠 수밖에."
나는 다시 곤장을 높이 들었다.
"마마."
석가이가 팔에 매달렸다.
"어허!"
나의 말에 이상궁도 팔에 매달렸다.
"마마. 소인이 잘못했나이다. 용서해주시옵소서."
이병학이 사색이 되어 용서를 구했다.
"그럼, 어디 한번 들어봅시다. 무얼 잘못했다는 겁니까?"
"소, 소인이 빈궁마마님의 나인을 함부로 벌준 게……."
"그래서요?"
나는 마침내 곤장을 떨어뜨리고 물었다.
"소인이 잘못했나이다. 용서하시옵소서."
"잘못했으면 벌을 받아야지요. 안 그렇습니까? 집현전 부제학 나으리?"

순간 이병학은 내 앞에 무릎을 꿇었다.

"살려주시옵소서. 마마."

"허허. 내가 어찌 감히 전하께서 총애하시는 신하를 죽이겠소."

나의 말에 이병학은 더욱 고개를 조아렸다.

"어떤 벌이라도 달게 받겠나이다."

"어떤 벌이라도 달게 받겠다?"

"하명만 내려주시옵소서."

이병학은 부들부들 떨었다. 나는 이병학을 똑바로 보았다.

"그럼 이러면 어떻겠소. 저 아이가 대감께 잘못해 무릎을 꿇고 곤장을 맞았으니 대감도 똑같은 벌을 받는 거요."

"예?"

이병학은 말귀를 못 알아듣고 눈알을 굴렸다.

"대감께선 중전마마를 능멸했고 세자빈인 나를 능멸했소."

"저, 그게……."

"아직도 모르겠소? 궁녀는 어니 소속이요? 내명부 소속이 아니요? 내명부는 전하도 간여하지 않고 중전마마께서 총괄하십니다. 그런 궁녀를 사사로이 벌준 죄!"

"마마."

이병학은 이마가 땅에 닿을 듯 조아렸다.

"둘째! 내 처소에 있는 궁녀는 일차적으로 내게 책임이 있소. 근데 나에게 벌을 청하지 않고 직접 벌준 죄!"

나는 쪼그리고 앉아 이병학을 똑바로 바라보았다.

"이제 아시겠소?"

"마마. 죽을죄를 지었나이다."

이병학을 이마를 바닥에 찧었다.

"석가이야, 곤장을 몇 대 쳤느냐?"

"열일곱 대 이옵니다."

나는 일어섰다. 형틀에 묶인 나인과 이병학을 번갈아 보았다.

"열일곱이라."

나는 이병학을 바라보다 나인을 풀어주라고 했다.

"어찌하겠소. 죄를 지었다면 마땅히 벌을 받는 게 사대부의 도리가 아니겠소."

"마마."

이병학은 말을 잇지 못하고 마치 도살장에 끌려온 소처럼 몸을 부들부들 떨었다.

"대감께서 저 아이가 한 것처럼 하면 될 것 같은데."

"마마. 고정하시옵소서."

내 말에 이상궁이 나섰다.

"무슨 소릴 하는 거요? 그래야 공평하지 않소?"

"마마. 그렇지 않사옵니다. 일개 궁녀를 대감과 어찌 감히……"

나는 인상을 찌푸렸다. 때리는 시어머니보다 말리는 시누이가 더 밉다더니.

"이상궁도 상궁 되기 전에 나인 아니었소?"

"그렇사옵니다."

"그럼 오히려 내 말에 찬동하고 나서야 할 판에. 쯧쯧."

나는 어이가 없어 혀를 찼다.

"하지만, 마마……"

"됐소."

나는 이병학에게로 고개를 돌렸다.

"대감. 어찌하겠소?"

이병학은 머뭇거리다 말했다.

"마마께서 그리 원하신다면 그리하겠사옵니다."

"그럼. 해보시지요. 저 아이에게 무릎 꿇고 곤장은 열, 이상궁! 열 몇 대라 하셨소?"

나는 짐짓 여유롭게 말했다. 되도록 이 여유를 오래 즐기고 싶었다. 그때 털썩, 소리가 났다. 눈길을 돌리니 이병학이 나인을 향해 무릎을 꿇었다.

아.

주위에서 비명 같은 한숨이 튀어나왔다. 나는 빙긋이 웃었다. 이제 나를 능멸하면 어찌 되는지 똑똑히 알겠지. 나는 이병학을 바라보며 다음 행동을 기다렸다. 이제 형틀에 묶이고 곤장을 칠 일만 남았다. 소소하게 불던 바람이 멈추었다. 어깨에 내려앉았던 햇빛이 우수수 떨어졌다. 이병학의 굳은 얼굴엔 하얀 분말이 뚝뚝 떨어졌다.

"마마. 제발 그만하시옵소서."

이상궁이 내 앞에 무릎을 꿇었다.

"마마. 고정하시옵소서."

김상궁이 무릎을 꿇었다. 뒤에 있던 나인들도 모두 무릎을 꿇었다. 곤장을 친다면, 나도 무사하지 못하리라는 것을 궁녀들도 알고 있을 터였다. 나는 머뭇거렸다. 앞으로 나아갈 것인가 물러설 것인가.

"마마. 안으로 들어가시옵소서."

눈치 빠른 석가이가 내 팔을 잡고 끌었다.

"놔라!"

내 말이 바늘처럼 하늘로 솟구쳤다.

"안 되옵니다. 마마."

석가이와 이상궁이 강제로 나를 방으로 끌었다. 나는 두 사람의 힘을 못 이기는 척 방으로 들어갔다.

음.

나는 보료에 털썩 앉아 이병학의 표정을 볼 수 없음에 안타까웠다. 밖이 잠시 부산스럽더니 이내 조용해졌다. 석가이가 내 눈치를 살피며 방으로 들어왔다. 나는 짐짓 허공에 눈길을 주었다.

"갔사옵니다."

"알았다."

내 말에 석가이는 머뭇거리다 방을 나갔다. 그때 하마터면 나는 소리 내 크게 웃을 뻔했다. 지금 생각해도 참기를 잘했다는 생각이 든다.

현명한 독자들은 내 행동 이면의 의도를 이해하리라 믿는다. 집현전이라 함은 고려시대 때 만들어졌지만 이내 유명무실해졌다가 전하께서 근간에 재정비한 기관이었다. 명분은 인재 양성을 목표로 하였지만 실상은 막강한 세력을 가진 공신들을 견제하기 위한 인재 양성이었다. 따라서 집현전의 학자들은 모두 전하와 세자의 총애를 받았고 출세의 지름길이었다. 전하와 세자가 총애하는 신하를 내가 중궁전에 고하지 않고 직접 망신 준 것은 무엇 때문이겠는가. 전 왕조인 고려의 멸망이 여자들의 자유분방한 성도덕 때문이라는 저들의 고고한 통치 철학에 정면 도전하고 싶은 마음 또한 왜 없었겠는가. 역시 똑똑한 세자는 그날 밤 예고도 없이 내 처소로 찾아왔다.

"이리 늦은 시간에 어인 일이시옵니까?"

나는 짐짓 여유롭게 말했다. 세자는 얼굴이 붉으락푸르락하여 제대로 말도 못 했다.

"이병학 대감이 사직 상소를 냈소."

나는 깜짝 놀랐다. 그 정도까지 갈 줄은 몰랐다.

"사직 상소라뇨? 그 정도로 사직 상소를 내다니. 남자가 쫌스럽소."

"뭐요?"

나는 겉으로 여유를 부리며 말하자 세자가 발끈했다.

"인과보응이라 했습니다."

"어찌 사대부를 한갓 나인한테 무릎 꿇게 하다니요."

세자는 화가 나서 말이 떨렸다.

"잘못했으면 한갓 나인이 아니라 노비한테도 무릎을 꿇어야지요. 그게 이 나라 법도가 아닙니까?"

"대감이 뭘 그리 크게 잘못했단 말이오?"

여전히 세자는 자리에 앉지도 않고 부들부들 떨었다.

"그게 진정 전하와 나를 능멸한 것인지 모른단 말이오?"

이제야 세자의 속마음이 나왔다. 전하와 자신이 총애하는 집현전의 학자를 감히 벌주다니. 속마음을 좀체 드러내지 않는 세자였지만 흥분하자 여느 사내와 다름없었다. 나는 속으로 비웃으며 말했다.

"전하와 세자 저하를 능멸하다니요? 오히려 그자가 전하와 세자 저하를 능멸하지 않았습니까?"

"뭐요?"

"내명부의 일은 중전마마의 소관입니다. 그런데 그자가 벌준 것은 월권행위고 중전마마를 능멸한 것입니다. 내 처소의 아이를 내게 의논 한마디 없이 벌준 것은 나를 능멸한 것이고요. 숭선마마를 능멸한 것은 전하를 능멸한 것이고 나를 능멸한 것은 저하를 능멸한 것이 아니겠습니까?"

"허."

나의 침착한 말에 세자는 말을 잃고 나를 노려보기만 했다.

"그렇다고 집현전 부제학을! 전하께서 총애하시는 신하를."

"법도를 어기는 신하는 멀리하는 게 저하의 뜻이 아닐는지요."

"허허. 이젠 나까지 능멸하는 거요?"

"그럴 리가 있겠습니까. 이치가 그렇다는 것이지요."

"하여튼 이번 일은 전하께서 그냥 안 지나갈 것입니다."

세자는 찬바람을 일으키며 방을 나갔고, 나는 세자의 비루한 등을 보며 또 한 번 크게 웃을 뻔했다.
 세자의 장담과 달리 전하는 나에게 한마디도 없었고 사직서는 반려했다. 하지만 이병학은 이미 한갓 나인에게 무릎을 꿇었다는 소문이 궐 안팎으로 돌아 고개를 들고 다닐 수가 없다며 두문불출한다고 했다.

 그 당시에 세종대왕의 통치이념을 엿볼 수 있는 사건이 일어났는데 석가이가 물어온 바에 의하면 다음과 같았다. 예문 직제학인 김전이라는 사람이 본처를 버리고 첩과 사는 죄로 사헌부에서 장 90대를 청했다. 그런데 세종대왕께서는 100세에 가까운 노부모를 봉양하고 있다는 이유를 대며 용서하셨다. 세종대왕께서는 이렇게 말씀하셨다고 했다.
"부부는 비록 삼강의 하나이나 부모 자식은 실로 강상 중에서도 큰 것이니라. 김전의 어미가 나이 아흔이 넘어 죽을 날이 얼마 남지 않았는데 김전이 어미 집에 들어와 살면서 조석으로 봉양하니 그 마음이 아름답지 아니한가. 또 세상 사람이 처자만 아끼고 부모의 봉양을 돌보지 않는 자 많은지라. 집을 나가 살면서 부모에게 찾아가지도 않는 자를 나는 심히 그르게 여기는 것이니 김전을 죄 줌은 불가하노라."
 효를 위해 조강지처를 버려도 죄가 되지 않는다는 세종대왕의 말씀에 사실 나는 어떤 두려움을 느꼈다. 여자인 내가 조그마한 잘못을 저지르면 일체 용서는 없을 것 같았기 때문이었다.
 그런 세종대왕의 뜻을 석가이도 눈치를 챈 것일까, 내가 술에 취해 소쌍을 부르라고 하면 정색하고 안 된다고 하였다. 그럴 때면 지난 소쌍과의 첫 잠자리 때문이라고 짐작했고 나 또한 이제는 그런 짓은 안 한다고 맹세하였지만, 석가이는 아예 입에 올리는 것조차 못 하게 하였다. 술에 취하면 어떤 짓을 벌일지 두려웠으리라.
 그때 그즈음 또 한 가지 변화가 있었다면 복통이었다. 외롭고 외로워 술을 마시다 소쌍의 부드러운 손길을 그리워하면 어김없이 왼쪽 배가 날카로운 칼로 긋는 것 같은 통증이 왔다. 희한하게도 그냥 술 마시면 괜찮은데 꼭 소쌍을 생각하면 배가 아프니 의원을 부르지도 못했다. 석가이 또한 소쌍이 비번이어서 어디 가서 밤에 없다거나 아파서 드러누웠다거나 뻔히 눈에 보이는 거짓말을 했고 나 또한 그런 석가이의 뜻을 알아 소쌍을 부르지 못했다. 어떨 땐 자다가도 바람 소리로 외로움에 떨다 갑자기 복통이 시작되면 환장할 노릇이었다. 날카로운 칼로 깊숙이 살을 베는 것 같은 통증은 배를 잡고 뒹굴다 보면 차츰 진정되어 언제 그랬느냐는 듯이 멀쩡했다. 다른 사람이 보면 꾀병이라고 할 만했다. 그렇게 몇 개월 동안 복통에 시달렸다.

9. 임은 저기, 있는데

어느 날 나는 술에 취한 상태에서 나인 한 명을 벌주었다. 처소에 소속된 궁녀는 사실 그 처소의 주인이 총괄했는데 나는 그동안 내 처소에 속한 상궁과 나인 40명에 대해 별로 신경을 쓰지 않았다. 지밀상궁인 이상궁이 알아서 상궁들과 나인들을 통제 관리했고 또한 감찰상궁이 있어 감찰했기에 내가 직접 나서서 궁녀를 다스리는 일은 없었다. 그런데 조나인이라는 소주방에서 일하는 나인이 내가 직접 술을 사가에서 가져다 마신다고 세자에게 일러바친 것이었다. 내가 달 밝은 밤에 석가이와 이상궁을 대동하고 산책하고 왔는데 세자가 내 방에서 있었다. 나는 깜짝 놀라 방에 들어가며 언제 오셨느냐, 나를 부르지 그랬느냐, 물었으나 세자는 화가 난 듯 자리에 앉지도 않았다. 나중에 알고 봤더니 방에 있는 술 단지— 나는 세자가 오지 않으리라 생각하고 잘 숨겨놓지 못했다—를 봤던 것이었다. 그래서 세자는 소주방 상궁과 나인들을 불러 어찌 된 일이냐, 전하께서 소주방에 술을 만들지도 말고 보관하지도 말라고 하지 않았냐며 꾸짖었다. 하지만 소주방에서 일하는 조나인이 내가 사가에서 가져온 술이라고 일러바친 것이었다. 내가 더 화난 건 조나인의 몸가짐이었다. 전에도 가끔 짙은 화장에다 머리에 나비 모양의 떨잠을 꽂았던 것이었다. 언젠가 석가이가 그런 조나인을 보고 세자에게 잘 보이려고 그런다고 욕하는 것을 들은 적이 있는지라 직접 불렀다. 조나인은 세자에게 사가에서 가져온 술이라고 고해바친 죄를 알고 있는지라 방에 들어오자마자 잔뜩 겁먹은 얼굴이었다.

"그래 세자께 고해바치니 속이 시원한가?"

나는 준엄하게 꾸짖고 그만두려고 했다.

"죽을죄를 지었습니다, 마마. 하도 세자 저하에서 물어셔서."

"그래, 단속을 못 한 내가 잘못이지."

나는 이쯤에서 몸단장에 대해 한마디하고 끝내려고 했다.

"근데 머리에 꽂은 그건 뭐요?"

석가이는 비꼬는 투로 조나인에게 말했다. 석가이도 화가 났기 때문이었다. 하지만 조나인 입장에서 보면 석가이는 사가에서 데려온 종비에 불과했는데 나인인 자기한테 건방지게 군다고 생각한 것 같았다.

"자네가 뭔데 그런 것 갖고 시비를 거시나?"

예의상 존댓말도 아니고 하게를 썼다. 모든 상궁과 나인들이 석가이를 내가 데려온 종비라 보통 본방나인이라고 불러 예를 갖추었다.

"시비가 아니고, 입술도 쥐 잡아먹은 고양이처럼 새빨갛게 칠하고 분도 얼굴에 잔뜩 처바른 게 꼭 성은이라도 입어 성은상궁이라도 될 작정이 아니었나 싶어서 그렇지."

석가이도 지지 않고 말했다. 조나인은 성은상궁이라는 말에 빙긋 웃었다. 궁녀들의 소망이 임금과 하룻밤 자는 것인데 그런 일은 600명에 달하는 궁녀들에겐 그야말로 하늘의 별 따기였다. 만약 임금과 하룻밤 자면 곧장 정5품 성은상궁이 되어 일은 고사하고 상궁 한 명에 나인들을 거느리고 독채를 얻어 생활하였다. 아기라도 임신하게 되면 그보다 더 좋은 일이 없겠지만 일단 하룻밤 잔 대가로 나인에서 금방 성은상궁이 되니 이보다 더 큰 상은 없었다. 따라서 나인들은 임금이나 세자 눈에 띄기 위해 몸치장을 가끔 과하게 하는 경우가 있는데 그런 나인은 다른 나인들과 상궁들에게 따돌림을 받았다.

몸단장도 큰 문제가 아니었다. 나인들의 처지를 이해하려고 노력하는 나는 되도록 몸단장이 좀 지나치다 해도 그냥 못 본 척 넘어갔다. 또한 세자에게 성은 입어도 괜찮다고 생각했다. 궁에 들어온 처음과 달리 지아비로서 세자보다 씨앗 뿌리는 세자에게 관심이 있었기 때문이었다. 하지만 석가이를 대하는 말투에 저 빙긋 웃는 조소라니. 그때 내가 세자빈에 봉해지던 날 죽은 나인 둘이 생각났다. 그 나인들의 대식을 감찰나인에게 일러바친 사람이 바로 조나인이었다. 몇 개월 전 석가이가 물어온 정보였다. 그때도 같은 나인끼리 봐도 못 본 척 넘어갈 일이지 왜 고해바쳤느냐는 투로 석가이가 중얼거리는 것을 보았다.

"그래 네가 세자 저하께 성은이라도 입어볼 요량으로 술을 일러바치고 요상하게 몸을 꾸몄단 말이지?"

이젠 나인들에게까지 멸시당한다는 생각이 절제를 잃게 했다.

"형틀을 준비하렷다!"

나는 소리쳤다.

"마마. 죽을죄를 지었습니다."

그제야 조나인은 나의 표정이 심상치 않다는 걸 깨닫고 이마를 바닥에 찧었다.

"그래 네 죄를 아는구나. 죽을죄를 지었으면 죽어야지."

나는 이상궁을 바라보며 소리쳤다. 하지만 이상궁은 나를 보며 조심스럽게 다가왔다.

"뭐 하시오? 형틀을 준비하라고 하지 않았소? 이상궁도 나를 능멸할 것이오?"

나의 말에 이상궁은 움찔거렸다. 하지만 40여 년을 궁에서 살아온 상궁이라 침착했다.

"마마. 마마께서 직접 벌을 주시는 것보다 감찰상궁에게 이르는 것이 옳을 듯하옵니다."

"아니요. 내가 직접 저년을 벌줄 것이오. 당장 형틀을 준비하시오."

나의 말에 이상궁은 더는 설득을 포기하고 조나인을 데리고 밖으로 나갔다.

"마마. 고정하시옵소서. 만약 마마께서 조나인을 벌주면 투기했다고 궁에 소문이 날 것이옵니다."

석가이가 말했다.

"뭐라? 투기?"

나는 화가 더 났다. 남자는 조강지처를 버리고 첩과 살아도 아무 죄를 묻지 않으면서 내가 데리고 있는 궁녀 하나 벌을 준다고 투기로 몬다면 그게 어디 사람이 할 짓인가. 나는 끝까지 가보자고 했다. 그래 세종대왕에게도 세자의 귀에도 제발 소문이 나서 들어가거라. 나는 석가이의 만류를 뿌리치고 밖으로 나왔다. 마당 중앙엔 형틀이 놓여 있고 옆에 조나인이 꿇어앉아 있었다.

"당장 저년을 형틀에 묶어라."

나의 말에 지밀에 속해 있는 나인 둘이 조나인의 옷을 벗기고 형틀에 묶었다. 속속곳까지 벗기고 치마를 입힌 채였다. 남자는 바지를 내리고 직접 엉덩이를 때리지만, 여자는 속에 아무것도 입지 않고 치마만 입었다. 대신 치마 입은 엉덩이에 물을 뿌리고 때렸다.

"쳐라."

나는 마루에 앉아 소리쳤다.

"마마. 한 번만 더 생각해보소서. 마마께 혹 나쁜 소문이라도 날까 그것이 두렵나이다."

이상궁의 애걸에도 나는 물러가라 이르고 곤장을 치라고 했다. 나인이 나무통에 있던 물을 조나인의 엉덩이에 부었고 다른 나인 둘이 곤장을 들어 조나인을 쳤다. 조나인은 몇 대를 맞고는 비명을 지르며 살려달라고 애원했다.

"이제 겨우 몇 대 맞았을 뿐인데 벌써 죽는시늉을 내느냐?"

나는 화가 치밀어 소리쳤다.

지금 와서 고백하건대 나 또한 두려웠다. 효행록과 삼강행실도 열녀전을 만들어 전국에 배포했던 세종대왕이 나를 투기로 몰면 나는 꼼짝없이 쫓겨날 수도 있겠다는 생각이 들었다. 그러나 이상하게도 내 행동이 멈춰지지 않았다. 이쯤에서 그냥 방으로 들어갈 수도 있었는데도 나의 입에선 서릿발 같은 목소리가 터져 나왔다.

"네가 저번에도 내 처소에 들어와 나비 모양의 떨잠을 가져간 것을 알고도 용서해주었더니 이제는 노골적으로 나를 능욕한단 말이지? 마구 쳐라."

나는 자제를 잃었다. 조나인의 신음을 듣자 오히려 더 흥분하였다. 그리고 지금 와서 하는 부끄러운 얘기지만 그 당시에 짜릿한 쾌감도 느꼈던 것 또한 사실이었다. 그 당시에 내가 때리고 싶었다면 누구겠는가. 그 당시 나는 보이는 게 없었다. 지나고 나니 조나인에게 미안할 뿐인데 그 당시에는 자제력을 잃었다. 결국엔 내가 직접 곤장을 쳤다.

"그것밖에 못 때리는가."

나는 나인의 손에 들린 곤장을 빼앗아 직접 쳤는데 이미 엉덩이에 들러붙어 있는 치마는 붉게 물었다. 나는 마구 쳤고 결국 석가이가 팔에 매달리면서 끝났다.

"이러다 사람 죽겠습니다. 제발, 마마."

나는 석가이가 팔에 매달리는 바람에 곤장을 손에서 떨어뜨렸는데 그때 고개를 돌리다 구경하는 사람 중에 소쌍을 보았다. 그렇게 보고 싶어도 참았던 소쌍이 많은 상궁과 나인들 틈에 끼어 보고 있었다. 소쌍도 나를 보았고 눈길이 마주쳤다. 나는 순간 온몸에 힘이 쏙 빠지는 것을 느끼며 황급히 방으로 들어왔다. 곧장 후회되었다. 소쌍이 보고 있었다는 것에 부끄러움을 느꼈다. 나는 잔인한 욕망에 술 단지를 꺼내 연거푸 몇 대접을 마셨다. 내가 맞은 느낌이었다. 어쩌면 내가 나를 곧장 쳤다는 생각이 들었다. 원자 낳기를 바라는 내게 환멸을 느낀 것인지도 몰랐다.

며칠 후 내 거처에서 불미스러운 일이 일어났다. 내 거처의 문을 지키는 수문 별감과 내 거처 소주방의 한 나인이 정을 통하다 감찰상궁에게 들킨 것이었다. 이미 오랫동안 둘이 서로 사랑하는 사이였다고 했다. 궁에는 궁녀들과 환관들이 많은데 궁녀들은 사내를 접할 기회가 거의 없었다. 환관들이야 어디 사내라고 할 수 있겠는가. 그러니 각종 경계 업무나 전하를 비롯해 세자 중전과 세자빈의 신변 보호를 하는 별감들은 궁녀들에게 인기가 좋았다. 하지만 인기가 좋을 뿐이지 마음대로 접할 수도 없었다. 궁녀는 왕의 여자이기 때문에 궁녀의 남자관계는 엄격했다. 아무리 그렇다고 해도 궁에도 사람이 사는 곳이라 불미스러운 일이 자주 일어났는데 특히 그중의 하나가 수문 별감이었다. 각 처소의 문을 지키다 보니 궁녀들과 가까이 있는 곳이고 그러다 보니 궁녀들과 정을 통하는 일이 번번이 벌어졌다. 이번 사건도 소주방의 나인이 수문 별감에게 간식을 갖다주면서 둘이 친하게 되었고 결국 정을 통하는 사이가 되었다고 했다.

"죽을 짓을 했네요."

석가이는 참형을 당할지도 모른다는 소문에 그렇게 말했다. 궁에서는 궁녀가 누구와 정을 통하면 참형이었다. 보통 사형은 양이 무성할 때인 봄부터 가을까지는 시행하지 않고 음의 계절인 겨울에 집행하는데 궁녀의 탈선으로 인한 사건은 계절과 관계없이 곧장 사형을 집행했다. 소주방의 나인은 임신까지 했는데 궁 밖으로 나가 아이를 떼고 돌아왔다고 했다. 전혀 모르는 일이었지만 나도 조금의 책임이 있었다. 하지만 석가이가 죽을 짓을 했다는 말에 나는 가슴이 철렁 내려앉았다. 지금 생각해보면 궁의 관례대로 참형시켜야 한다는 말인지 아니면 여자의 절개를 지켜야 한다는, 내게 소쌍을 더는 만나지 말라는 말인지 구분이 잘 안되었다. 어쨌든 난 소주방의 나인이 불쌍하게 느껴졌다. 꼭 내가 그런 것 같았다. 나는 이상궁의 만류에도 불구하고 감찰상궁을 찾아갔다.

"마마께서 이런 누추한 곳까지 어떻게 오셨는지요."

감찰상궁은 나의 갑작스러운 출현에 당황하는 눈치였다. 나인은 심문받는 중이었다.

"어떻게 되었소?"

나는 품위를 잃지 않으려 천천히 말을 했다.

"꽤 오랫동안 정을 통한 것까지 발설했으나 임신했다가 유산시킨 것까지는 안 그랬다고 딱 잡아떼고 있습니다."

"임신을 안 했을 수도 있지 않겠소? 어디까지나 소문만 무성하지 않소?"

나는 감찰상궁의 눈을 똑바로 보며 말했다.

"수문 별감이 이미 실토했습니다."

감찰상궁도 나를 똑바로 보며 말했다. 세자가 업신여기니 이런 것까지 나를 업신여기는구나 싶었지만 아쉬운 사람은 어쨌든 나였다.

"수문 별감이 그렇게 말했단 말이오? 곤장을 못 이겨 그랬던 것은 아니고?"

나는 여전히 음성을 낮추고 천천히 말했다.

"한쪽이 이미 시인한 이상 어쩔 수 없습니다."

감찰상궁답게 목소리가 차가웠다.

"다시 차분하게 심문해주시오. 목숨만은 살려주시오. 꼭 부탁하오."
 나는 몇 번이나 부탁했으니 내 뜻을 알아들었다고 생각했다. 하지만 다음 날 소문대로 세종대왕께 보고가 되었고 두 사람은 곧장 참형에 처해졌다. 가슴이 아팠다. 마치 내가 참형당한 기분이었다. 세종대왕이 참형시킴으로써 궁에 있는 별감들과 궁녀들의 불미스러운 일을 미리 막기 위한 고육지책이었다 해도 궁에 들어와 평생 독신으로 살아가야 하는 궁녀들의 처지는 하나도 고려하지 않은 처사였다. 여자들에겐 절부니 열녀니 효부니 따지면서 남자들에겐 요구하는 게 없었다. 이러한 감정은 결국 세자를 만났을 때도 그대로 나타났다.
 며칠 후 늦은 밤 세자는 중전이 정해준 날에 찾아왔다.
 "며칠 전에 빈께서 나인 하나를 직접 곤장쳤다고요?"
 세자는 자리에 앉자마자 힐책하듯 말했다.
 "제 처소에 있는 궁녀들은 제가 다스릴 권리와 의무가 있습니다."
 나도 똑바로 보며 말했다.
 "그렇더라도 빈의 체면이 있지, 어떻게 직접 곤장을 든단 말이오."
 "직접 치나 다른 상궁이 치나 벌주는 건 같지 않겠습니까?"
 칼날 같은 날카로운 말들이 허공을 떠다녔다.
 "허."
 세자는 한탄하는 조로 말했다.
 "집이나 처소나 그 가장이 잘해야 아랫것들도 본받을 것이요. 그리고 곤장을 누가 쳤는가도 중요하지만 며칠 전 사건은 별감과 궁녀가 정을 통했던 것이오. 그것도 빈의 처소에서 일어난 일이니 각별히 조심하시오."
 세자의 말에 나는 서운하였다. 평소에 후궁의 처소만 가다가 오랜만에 왔으면 다정하게 어떻게 지내느냐, 잘 지내느냐 하는 말이라도 건네야 도리가 아닌가. 나는 세자의 말에 분노가 일어 아무 말도 하지 않고 가만히 있었다.

"열녀전에 보면 이런 이야기가 나옵니다."

세자는 헛기침하더니 나를 보았다. 나는 말해보라는 듯 세자를 바라보았다.

"여종이란 여자가 있었는데 포소의 아내이지요. 포소가 첩을 얻자 여종은 더욱 시어머니를 공양하고 첩에게도 잘했답니다."

"첩한테도요?"

나는 어이가 없다는 듯 말했다. 도대체 무슨 말을 하려는가 싶었다.

"그때 동서가 지아비는 이미 사랑하는 사람이 있으니 집을 떠나는 게 좋다고 하자 여종이 그랬답니다. 부인은 한 번 초례를 치르면 고치지 않으며 지아비가 죽어도 시집가지 않으며 삼을 손에 쥐고 명주실과 누에고치를 매만져 비단을 짜고 끈을 엮어 의복을 지어 올리고 술과 단술을 맑게 하고 음식을 장만하여 시부모를 섬기되 한결같이 섬기는 것으로 곧은 절개로 삼고 잘 따른 것을 순종의 덕으로 삼아야 하는 법인데 어찌 저보고 지아비의 사랑에만 오로지 뜻을 기울이는 것만을 좋은 일이라 여기겠습니까?"

"그래서요? 그래서 그 여자는 평생 첩을 모시고 잘 살았답니까?"

나는 비꼬듯 말했다. 세자는 나를 흘깃 보더니 내 말에 아무런 대꾸 없이 말했다.

"또한 여종이 이렇게 말했답니다. 예에 의하면 천자는 아내가 열둘이요 제후는 아내가 아홉이요 경대부는 셋이요 선비는 둘이라, 나의 지아비는 선비이니 두 아내가 있는 것은 당연한 것이 아닙니까. 또한 부인은 일곱 가지 버림받는 게 있는데 지아비는 한 가지도 버림받는 게 없습니다. 일곱 가지 버림받는 것으로 질투하는 것이 첫째가 되고 음란한 것 도둑질하는 것 말이 많은 것 교만한 것 자식이 없는 것 나쁜 병이 있는 것은 모두 그 뒤에 있습니다. 동서가 예로 나를 가르치지 않고 도리어 내가 버림받을 행동을 하게 하려고 하니 장차 어디 쓰겠습니까? 하고는 시어머니께 공경하고 첩을 위해주며 살았답니다."

"그리고 보니 나는 버림받아도 벌써 버림받아야 할 몸이었군요. 일곱 가지 모두에 해당되니 말입니다."

나는 몸에 소름이 돋는 것을 느끼며 말했다.

"그런 말이 아니지 않소. 아직 궁에 들어온 지가 얼마 안 되니 세자빈으로서 행동을 잘해서 모범을 보여야 한다는 말이오."

세자의 음성은 높낮이는 없는 말투였다.

"그러니까 지금 내가 나인 하나를 벌주었던 게 투기에 해당한다고 말씀하시고 싶은 게 아닙니까?"

내가 따지듯 말했다.

"하여튼 오늘 얘기한 열녀전에 나오는 이야기를 명심하시오."

세자는 표정 하나 변하지 않고 말했다.

"그럼 왜 지아비는 버림받을 일곱 가지가 없습니까? 부인을 찾지 않고 첩을 두어도 되고 심지어 조강지처를 버려도 벌을 받지 아니하지 않습니까?"

까맣게 탄 말들이 허공으로 뛰어올랐다.

"허!"

세자는 탄식하였다. 세자의 버릇이었다. 세자는 언제나 자기 말에 토 다는 것을 죽도록 싫어했다. 어릴 때부터 그렇게 컸으니 당연했다. 반론도 안 되었다. 그냥 허! 하고 탄식하면 그만이었다.

"원자도 못 낳는 제 처지를 한 번이라도 생각해보셨습니까? 그런데 저하께서는 후궁들의 처소만 찾으시고 저에게 안 오시니 저의 심정이 어떨지 생각해보셨습니까?"

나는 서러움과 분노로 눈물을 닦을 생각도 없이 말했다. 세자는 나를 물끄러미 바라보더니 기어코 한마디 했다.

"투기를, 아녀자가 투기하면 안 된다는 걸 모르시오. 후궁을 들이는 건 내 뜻도 아니었지만, 법으로도 그렇게 둘 수 있다고 돼 있는 걸 지금 빈은 트집을 잡는 거요?"

나는 기가 막혔다. 잘못한 궁녀 벌준 것도, 후궁에게만 가고 나한테 안 오는 것을 얘기한 것도 모두 투기였다. 지금 돌이켜보면 내가 폐출될 때 교서에는 투기한 죄도 포함되었는데 이러한 일이 폐출과 관련될 줄은 꿈에도 생각지 못했다. 결국 세자는 내 방에서 자지 않고 갔다. 나는 또다시 시퍼런 밤을 떨며 지새워야 했다.

나는 단지를 꺼내 한 대접 떴다. 안주는 병풍 뒤에 있었다. 말린 문어였다. 폭식증이 없어지면서 먹을 것을 병풍 뒤에 숨겨놓지 않았지만 안줏거리는 여전히 병풍 뒤에 숨겨 두었다. 몇 잔 몇 잔 마시다 보니 소쌍이 생각났다. 세자가 자지 않고 싸우고 그냥 가니 더 외로운 것 같았다. 며칠 전 조나인의 볼기를 칠 때 소쌍을 본 모습이 계속 달라붙었다. 굳은 얼굴에 화가 난 것 같기도 했다. 불러서 사연을 설명하고 싶었다. 오해하지 말라고. 난 독한 사람이 아니라고. 궁녀라고 해서 함부로 다루거나 그렇지 않다고. 그런 생각을 하니 오늘 부르지 않으면 안 된다는 생각이 들었다.

"소쌍에게 안마하러 오도록 해라. 온몸이 쑤시는구나."

나는 석가이의 눈치를 보며 말했다.

"아니 되옵니다, 마마."

석가이는 한 치의 틈도 없이 말했다.

"왜 안 된다는 거야? 내가 몸이 쑤신다지 않느냐?"

"그럼, 소인이 해 드리겠나이다."

석가이는 일어설 것처럼 말했다. 픽, 웃음이 나왔다.

"대체 왜 그러느냐? 세자가 그렇게 시켰더냐? 아니면 친정아버지가 그렇게 시켰더냐? 아니 어머님이냐?"

며칠 전 석가이에게 사가에 가서 부모님께 안부 인사도 드리고 술을 가져오라 시켰는데 그때 무슨 얘길 들었던 게 아니냐고 물었다. 물론 석가이가 왜 그러는지는 알고 있었다. 처음 소쌍과 사랑을 나눈 후 소쌍에 대한 석가이의 태도가 돌변하였다.

"마님도 걱정하셨습니다."

석가이는 굳은 얼굴로 말했다.

"어머님이?"

나는 가슴이 덜컥, 내려앉아서 물었다.

"예. 마님께서는 마마께서 혹 불상사가 생기지 않을까 걱정이 이만저만이 아니옵니다."

"그렇겠지. 상상임신으로 한바탕 소동을 벌였지. 원자를 아직 낳지 못했지."

석가이는 고개를 끄덕였다. 그러니 마마님 걱정시켜드리지 않게 얼른 원자를 보셔야 하지 않겠느냐는 것이었다. 하늘을 봐야 별을 딸 것이 아닌가. 밤늦게 와서 동물의 교접처럼 뻣뻣한 몸으로 합궁하니 무슨 원자가 들어설 것인가.

"정말 소쌍을 안 부를 것이냐?"

나는 엄한 척 목소리를 낮추고 말했다.

"소인은 절대 못 부릅니다."

석가이는 말을 하고 나서 입을 꾹 다물었다.

"그럼 내가 직접 부르러 가야겠구나."

내가 일어설 기세를 보이자 석가이는 황급히 내 팔을 잡았다.

"마마. 수문 별감과 나인이 참형당하는 것을 보고서도 그러십니까?"

나는 석가이의 말에 다리의 힘이 풀려 스르르 주저앉았다. 고적한 욕망이 가슴속에 스며들었다. 참형이 문제가 아니었다. 수문 별감의 집안이 멸족되었듯이 나 하나 죽는 것으로 끝나지 않고 내 친정이 멸문지화

되는 게 문제였다. 며칠 전 대비께서도 원자를 꼭 낳아야 한다고 신신당부했지 않은가. 먼 훗날의 나를 위해.

10. 바깥세상을 동경하다

　세종대왕은 세자와 나에게 종학에 몇 달 있다가 오라고 했다. 표면적 이유는 종학에서 공부하는 종친들이 게으름을 부려 공부를 잘 하지 않으니 세자가 가서 제대로 공부하도록 하고 오라는 것이었다. 그러나 내가 상상임신이라는 문란을 일으켰으니 마음의 안정을 찾고 세자와 부부 사이가 좋지 않으니 궁을 떠나 생활하면 둘 사이도 좋아져서 내가 원자를 가지지 않겠나 하는 복합적인 이유가 있었다.
　나는 소쌍을 당분간 볼 수 없다는 마음에 무슨 핑계를 대려고 했지만 세종대왕은 단호했다. 오직 개국 초기의 왕다웠다. 나는 부리나케 소쌍을 부르려다 친정 아버지와 오라버니들 생각에 그만둘 수밖에 없었다.
　봄이 지나 여름의 초입에 세자와 건춘문 밖에 있는 학사에 갔다. 종학은 내가 세자빈에 봉해지기 1년 전에 예조에서 보고해 설치되었는데 양반들은 당시 성균관을 비롯해 주 부 군 현에 교육기관을 설치해 교육하고 있으나 종친들의 경우 입학할 곳이 없었다. 따라서 예조에서 경복궁 건춘문 밖에 학사를 설치하여 8세 이상 종친들을 교육시키자고 건의하였다. 이는 중국 역대 왕조에서 시행한 종친 교육기관을 참조하였는데 교육을 담당할 교수로 종3품 종4품 종5품 종6품을 두기로 했는데 아직 초창기라 성균관 관원인 사성 직강 주부 등이 겸하도록 하였다. 이러니 종친들은 교수인 성균관 관원들의 말을 잘 듣지 않았고 말썽을 부리기 일쑤였다. 세자의 임무는 종학이 종친들의 교육기관으로 자리 잡도록 종친들의 규율을 잡고 공부도 가르치는 데 있었다. 물론 나하고도 자주 같은 방을 쓰면서 원자를 가지는 것도 큰 이유였다. 하지만 종학에 나가면 세자를 자주 볼 수 있으리라는 기대는 첫날부터 무너졌다.

"체계가 하나도 안 잡혔소."

세자는 첫날부터 밤늦게 들어와 피곤한 기색을 보이며 한마디 하고는 그대로 곯아떨어졌다. 다음 날에는 일찍 나갔다. 세자의 성격상 대충하는 일이 없어 원칙대로 꼼꼼하게 하는지라 원래 진시(오전 7~9시)에 나와 신시(오후 3~5시)에 파하게 되어 있는데 제대로 따라오지 못하는 종친들을 밤늦도록 공부시켰다.

종친들은 왕자의 4대손까지 적서를 가릴 것 없이 모두 종친부의 벼슬을 받아 다른 실제적인 벼슬을 할 수 없었으니 한자조차 읽을 줄 모르는 종친이 태반이었다.

세자가 그런 종친들을 데리고 처음부터 가르치니 종일 진을 빼느라 막상 나하고 있을 시간이 없었다. 공부하다 그곳에서 자기 일쑤고 내 방에 왔어도 피곤하여 곧장 잠에 곯아떨어졌다. 나는 오히려 궁궐에 있을 때보다 더 외로웠다. 할 일이 없었다. 후원도 없어 산책도 못 하고 답답하면 마당으로 나와 거니는 것이 유일한 낙이었다. 따라온 사람도 수비와 세자의 안전을 책임지는 별감들 외에는 환관 몇과 이상궁, 김상궁, 나인 4명 그리고 석가이가 전부였다. 이러니 매일 석가이와 둘이 지내는 날이 많았다.

하루는 석가이가 나에게 말했다. 궁녀들이 쓰는 변소가 학사의 맨 뒤 담 옆에 있는데 구멍이 하나 있다고 했다.

"구멍? 변소에 무슨 구멍이더냐?"

나는 시큰둥하게 말했다. 당시엔 술도 마실 수 없어 지옥이나 다름없어서 모든 게 의미가 없었다.

"글쎄 거기 구멍으로 밖을 볼 수 있다고요."

"밖을?"

나는 당장 가보자고 했고 석가이는 앞장섰다. 막상 가보니 실제로 주먹보다 좀 작은 구멍이 있었다. 담 밖에 지나가는 사람들의 발소리와 목소리 그리고 소 울음소리도 들렸다.

"그래 함 보자."

나는 체통이나 그런 거 따질 겨를이 없이 들어갔다.

"그럼, 소인은 저쪽에 가서 누가 오나 살펴보겠나이다."

석가이는 오던 길로 갔고 나는 구멍에 눈을 댔다. 그러자 딴 세상이 거기 있었다. 소가 끄는 달구지에 봇짐을 한 행인들이 많았다. 신기한 세상이었다. 궁에 들어오고 난 뒤 궁 밖으로 나가지 않았으니 4여 년 동안이나 일반 사람들을 구경하지 못했다. 두근거리는 가슴을 한 손으로 잡고 밖을 정신없이 바라보았다. 똥통에서 올라오는 시큼한 냄새는 문제가 아니었다. 밖으로 나가고 싶었다. 나가서 마음껏 활개를 치고 다니고 싶었다. 사가에 있을 때처럼 오라버니들과 말도 타고 칼싸움하면서 놀고 싶었다.

"마마. 너무 오래 있었습니다. 누가 올까 겁납니다."

석가이의 재촉에도 계속 밖을 보다가 눈을 떼고 밖으로 나왔다. 방으로 들어오니 쓸쓸했다. 오히려 바깥 구경을 하지 않은 만도 못 했다.

"차라리 안 볼 걸 그랬구나."

나는 힘없는 목소리로 말했다.

"소인은 좋은데요. 매일 변소에 갈 때마다 밖을 구경하다가 오는 데 좋은데요."

석가이는 나의 심정을 모르고 말했다. 하지만 나는 다음 날부터 매일 몇 번씩 궁녀들이 쓰는 변소에 가서 밖에 다니는 행인들을 바라보다 돌아왔다. 하루의 유일한 낙이었다.

그때쯤 세자의 동생인 수양대군과 안평대군도 들어왔는데 두 사람은 궁궐에서 공부를 많이 한 탓이라 세자는 그들이 있음에 좀 낫다고 했다. 한 사람씩 돌아가며 오경을 읽었고 읽는 글마다 기록을 해 두고 통하지 못한 것도 기록하여 10일마다 보고하게 되었는데 그나마 글을 많이 아는 수양대군과 안평대군이 와 글을 읽는데 많이 도움이 된다고 했다.

종학에 순평군이라는 정종대왕의 둘째 아들이 있었는데 나이가 마흔이 넘어 끌려왔지만 글을 읽을 줄 몰랐다. 그때 배운 게 효경이었는데 첫 제목 "개종명의장제일" 일곱 자를 읽을 줄 몰라 맨 앞의 두 글자만 외우겠다고 했다. 그나마 그 두 글자도 외우지 못해 애를 먹었는데 나중에 죽을 때는 종학에 얼마나 시달렸는지 그래도 죽어서는 종학에 안 다녀도 되니 후련하다, 하였다고 했다.

나는 세자에게 밤에는 좀 일찍 오면 안 되느냐고 말했다. 결국 원자를 가져야 했기에 수치감을 무릅쓰고 한 말이었다. 역시 세자는 피곤한 표정을 지었다.

"빈께서는 내가 지금 무슨 일을 하는지 모르고 그러시오?"

한심하다는 듯 바라보았다.

"종학에 온 이유가 종친들의 규율을 잡아 공부하게끔 하는 것도 물론 중요한 일입니다만 또한 후사를 잇는 것도 중요합니다. 궁에서보다 종학에 오면 저와 같이 있는 시간이 많을 줄 아시고 윗전에서 그렇게 한 거 아닙니까? 근데 저하께서는 매일 교육에만 신경 쓰시고 저에게는 신경 안 쓰시니 후사를 어떻게 잇겠습니까? 이것이 불효가 아니겠습니까?"

나는 작심하고 말했다. 나에게 오기 싫더라도 합궁이나 제대로 하라는 말이나 다름없었다.

"허."

세자는 어이없다는 듯 나를 바라보았다.

"후사를 못 잇는 게 빈에게 문제가 있는 게 아니요? 내가 빈을 찾지 않은 것도 아니고."

"그게 찾은 겁니까? 금실이 좋아야 임신을 잘한다는 속설이 있습니다. 저하와 제가 어디 금실이 좋습니까?"

그게 어디 동물들의 교접이지 인간의 합궁입니까, 라는 소리는 겨우 목구멍으로 삼켰다.

"할 일이 없으니 합궁할 생각만 하는구려. 난 종일, 밤늦도록 종친들 교육시키느라 애쓰고 있는데 도움은 못 줄망정. 빈께서는 이 교육이 얼마나 중요한지 모르시오? 새 왕조 이념의 기틀을 잡는 일이요. 구왕조의 잘못된 이념을 버리고 성리학의 이념을 하루빨리 이 나라에 뿌리박도록 해야 한단 말이오. 유학의 이념을 우리 왕족부터 접하고 실천해야 하지 않겠소. 근데 빈은 매일 합궁할 생각만 하니."

치욕이었다. 그 당시에 나는 세자의 이런 말을 듣고는 죽을 때까지 잊지 못할 치욕이라고 느꼈다. 세종대왕이 새 통치이념을 뿌리내리기 위해 효행록이나 삼강행실도 열녀전을 배포시키는 것처럼 유교 사서오경을 공부하여 유교의 이념을 백성들에게 심어주는 것을 큰 목표로 삼고 있어 학문을 좋아하는 세자 또한 세종대왕의 뜻에 충실히 따르고 있었다. 그렇다고 나를 매일 밤 세자와 합궁만 바라는, 지아비의 내조를 잘 하지 못하는 여자로 비하하는 일에 나는 절망을 느꼈다.

나는 매일 궁녀들의 변소에 가서 바깥세상을 구경하는 것이 낙이었다. 지나가는 남자들과 여자들을 보며 넋을 놓았다. 나는 새장에 갇힌 새 같다고 여겼다.

그동안 종학에서는 몇 가지 일이 벌어졌는데 온녕군 이정이 자주 종학에 빠져 종친에게 내려준 관노비를 다시 거두어들이는 처벌을 내렸다. 또한 큰일 날 뻔한 일이 있었는데 태종대왕의 서 5남인 혜녕군 때문이었다. 혜녕군은 아버지가 앞선 왕이요 현재의 왕이 형님이니 후안무치

한 인간이었다. 놀기 좋아하고 광패한 성격은 널리 알려졌는데 하루는 종학에서 공부해야 하는데 세자가 없는 틈을 타 경화루에서 활을 쏘다 연못에 빠진 일이 벌어졌다. 자칫 죽을 수도 있는 상황에서 세자가 마침 지나가다 겨우 건져내 목숨을 살렸다고 했다. 그 일로 세자는 궁 밖까지 성군이 될 것이라고 칭찬이 자자했다.

궁으로 돌아올 무렵 또 사건이 터졌는데 정종대왕의 서 4남인 선성군이 여느 아낙과 간통하는 바람에 직첩을 빼앗겼다. 그러나 왕손이라 달리 처벌은 없었고 종학에 계속 나와 공부하게 했다. 왕족은 간통해도 벌 받지 않았던 것이었다. 여러 종친이 게으름을 부리다가 수시로 벌을 받았는데 자주 발생하는 게 아프다는 핑계로 종학에 나오지 않는 것이었다. 이에 세종대왕은 세자에게 명하여 아픈 사람 중에 의원에게 진단 받은 사람만 종학에 빠지라고 하였다. 나는 종친들의 생활 이면을 보면서 겉과 속이 다른 왕족의 본질에 혀를 내둘렀다.

나는 궁녀들의 변소에 가서 바깥세상 구경하는 것을 낙으로 삼다가 결국 세자에게 들켜 또다시 세자와 싸우게 되었다. 세자빈으로서 체통을 지키라던 세자는 화가 난 채 방을 나갔고 종학생활이 끝날 때까지 내 방에 오지 않았다. 그러니 나는 매일 비루한 밤을 혼자 지내야 했다. 나는 나대로 석가이의 옷을 입고 바깥으로 나갈 궁리를 하던 참이었는데 모든 게 수포가 되어 더욱 우울한 종학에서의 생활이었다.

그러나 우울하고 외로워도 그 나름대로 소소한 재미가 있는 법인데 이상궁과 함께 온 김상궁의 이야기였다. 둘 다 지밀 소속이었는데 이상궁이 입이 무겁고 말이 없다면 김상궁은 소소한 이야기를 좋아했다. 그날도 마침 김상궁이 당번이라 밤늦도록 김상궁의 얘기를 들었는데 몇 년 전 도성을 떠들썩하게 만든 유감동이라는 여인의 이야기였다. 아버지는 검한성 유귀수였고 남편은 평안 현감 최중기였는데 남편이 평안에 현감으로 부임하러 가는 길에 따라나섰다가 김여달이라는 작자에게 강간당하게 되었다고 했다.

"아니 사대부가의 아내가 강간당했다면 자결이라도 했단 말이오?"

나는 열녀전에 나오는 무수한 열녀들을 생각하며 물었다.

"아닙니다. 강간당하자 남편에게는 몸이 안 좋다며 다시 한양으로 왔는데 김여달이라는 작자가 한양의 집까지 와 또다시 겁탈하였다 하옵니다."

"허. 세상에."

나는 분노로 말했다. 어찌 그런 짐승만도 못한 인간이 있는가.

"그래. 그럼, 유감동이라는 여인은 대체 어떻게 되었는가."

나는 그 뒤가 궁금하여 재촉했다. 혹 자결이라도 했는가 싶어 내 가슴이 벌렁거렸다.

"그 뒤로 유감동은 집을 뛰쳐나와 기생이 되었다고 합니다."

"기생이 되었다고? 죽지 않고? 그 참 잘 되었네."

나도 모르게 잘 되었다는 말이 튀어나왔고 김상궁은 의아하다는 듯 나를 바라보았다.

"원래 가야금이나 거문고를 좋아해 기방에 가서도 인기가 좋았다고 합니다. 그래서 많은 양반과 사랑을 나누었는데……."

"많은 양반과 사랑을 나눠? 그럼, 인생을 포기한 거란 말인가? 그래서 몸을 함부로 놀렸단 말인가?"

"사헌부에서 조사한 바에 따르면 자신이 좋아서 그랬다고 말했다 하옵니다. 여러 사내와 술 마시며 어울리는 게 좋았다고 합니다."

"허."

나는 그런 배포에 놀라 말이 나오지 않았다. 사대부가의 여인이 그것도 남편이 있는 여인이 기방에 가서 여러 사내와 어울린다는 것이 상상되지 않았다. 나라면, 내가 그 처지였다면 그랬을까. 소쌍 생각에, 소쌍도 맘대로 못 부르는 속 좁아터진 년이. 내 자신을 비난했다.

"잠자리도 자유롭게 했다는 말인가?"

나의 말에 김상궁은 손으로 입을 가리고 웃었다.

"유감동과 잠자리를 한 양반들이 수십 명이 넘었다고 합니다."

"유감동이 사대부가의 여인이라는 걸 몰라서 그랬단 말인가?"

"알고도 하고 모르고도 한 것이 아니겠습니까?"

나는 김상궁의 말을 들으며 부러움으로 가슴이 뛰었다. 그런 삶도 있구나. 겁탈당해도 자결하지 않고 가정을 떠나 자기 맘대로 사는 인생도 있구나.

"그래서, 어찌 되었는가?"

나의 조바심에 석가이가 말을 꺼냈다.

"마마. 왜 그리 좋아하십니까? 부러우십니까?"

석가이는 웃으며 말했지만 나는 나도 모르게 얼굴을 붉히고 말았다.

"부럽긴 뭐가 부럽단 말인가. 사대부가의 여인이 어찌 그렇게 몸을 놀린단 말인가. 허."

나는 짐짓 나무라는 듯 말했다. 하지만 충분히 이해되었다. 또한 잘했다는 생각이 들었다. 당연히 그래야지.

"근데 이런 말도 있사옵니다."

김상궁은 조심스레 말을 꺼냈다.

"뭔가?"

나는 조바심을 내며 물었다.

"유감동이라는 여인이 김여달한테 겁탈당하고 집을 나왔다고 하는데 어떤 사람들은 집에서 쫓겨났다고도 합니다."

"집에서 쫓겨나? 남편이 쫓아내?"

"예. 겁탈당했으니 자결하라고 했으나 유감동이 거부했다고 합니다."

"자결하라고 했단 말이지? 열녀로 만들기 위해서?"

나는 어이가 없었다.

"예. 근데 유감동이 거부하니까 남편은 이혼하고 쫒아냈답니다. 그래서 오갈 데가 없는 유감동에게 다시 김여달이란 건달이 찾아왔고 둘이는 정을 통하게 되었답니다."

"허허. 쫒아낸 것도 문제지만 어떻게 겁탈한 자와 정을 주고받는단 말인가?"

나는 혀를 쯧쯧 찼다. 이건 아니다 싶었다. 어떻게 하든 겁탈한 자를 중죄로 다스려야 한다는 생각이었다. 석가이가 나섰다.

"아까 오갈 데가 없었다지 않습니까? 친정에서도 안 받아주었을 테고. 그 집 귀신이니 그 집에서 죽어라 했겠지요. 그러니 입이 포도청이라 먹고살려면 그럴 수밖에 없었겠지요. 안 그래요 마마님?"

"예. 본방나인 말이 맞습니다. 친정에서도 안 받아주어 기방의 기둥서방이었던 김여달과 정을 나누다 기방에 들어갔다는 소문이 있습니다."

석가이는 그 보란 듯 나를 보았고 그제야 나는 유감동이란 여인의 기구한 운명에 마음이 아팠다.

"그래 그 뒤로 어떻게 되었는가?"

"아마 마마께서 세자빈으로 봉해진 해였나, 그 전 해였던가. 결국 사헌부까지 알려져 사헌부에 갇혀 조사를 받았는데 글쎄 유감동과 잠자리를 했던 양반들은 하나같이 발뺌하거나 사대부가의 여인인지 모르고 했다고 합니다. 그래서 전하께서는 양반들에겐 죄를 묻지 않고 유감동만 관노로 삼았다고 합니다."

"관노로? 죽지 않은 것이 다행이네. 근데 그 잘난 양반들은 하나도 벌 받지 않았다고? 허 참! 이렇게 아녀자만 처벌하는 경우가 어디 있단 말인가. 그럼, 김여달이란 자는 어찌 되었는가?"

"멀리 귀양 보냈다고 합니다."

나는 나도 모르게 한숨을 내쉬었다. 겁탈당한 아내에게 자결을 하라

해서 안 했다고 쫓아낸 남편에게 죄를 묻지 않은 점이나 겁탈한 김여달은 귀양밖에 보내지 않은 것에 분노가 치밀었다. 어쨌든 기방에 들어가 자유롭게 산 유감동이란 여인이 대단하다는 생각이 들었다.

세자는 내가 궁녀들의 변소에서 외간 남자들을 엿보았다고 싸운 후 내 방으로 오지 않았고 나는 궁에서보다 오히려 더 우울하게 지냈다. 그러다 꿈을 꾸었는데 소쌍과 멀리 떠나는 꿈이었다. 처음엔 오라버니들과 말을 타고 들판을 달리는 꿈이었는데 한참 달리다 돌아보니 오라버니가 아니라 소쌍이었다. 꿈이라 그런지 이상하다는 생각이 들지 않았는데 또다시 그냥 달리는 것이 아니라 소쌍과 도망가는 중이었다. 뒤에서는 누군가 말을 타고 잡으러 쫓아오고 있었다. 잡히면 안 된다고 생각하며 채찍을 휘두르며 달리는데 어느새 내가 소쌍과 함께 말을 타고 있었다. 소쌍이 앞에 탔고 나는 뒤에서 소쌍을 안고 있었는데 그 또한 꿈이라서 그런지 하나도 이상하지 않았고 도망가기에 바빴다.
"빨리 달리거라. 잡히면 우린 죽는다."
나는 두려움에 떨며 소쌍을 다그쳤고 소쌍은 엉덩이를 들썩이며 채찍을 휘둘렀다. 나는 두려움에 떨면서도 소쌍의 몸에서 짜릿한 쾌감을 느끼고 있었다. 특히 말을 독촉하느라 엉덩이를 들고 들썩일 때마다 내 가슴에 와닿는 엉덩이에서 나는 나지막이 신음을 내기도 했다.
"빨리 달려라."
어느새 뒤에서 달려오는 사내들이 우리를 따라잡을 듯했고 나는 극심한 두려움으로 소쌍을 꼭 안으며 소리쳤다.
"흐흐흐. 내가 너희들을 못 잡을 줄 아느냐?"
뒤에서 사내들이 히죽거리며 웃었다. 나는 뒤를 돌아보다 깜짝 놀라 하마터면 말에서 떨어질 뻔했다. 세자였다. 히죽거리며 나를 잡겠다고 바로 뒤까지 따라온 사람은 세자였고 나는 소쌍에게 빨리 도망치라고 소리쳤다. 그렇게 필사적으로 도망치다 세자에게 목덜미를 잡히는 순간 잠에서 깼다. 깨고 나서도 두려움은 고스란히 가슴에 남아 벌렁벌렁 뛰었다. 몸에서 식은땀이 났다. 깊은 절벽에 서 있는 것 같았다.

11. 열락, 열락이어라

궁으로 돌아왔지만 세자는 여전히 내 방으로 오지 않았다. 종학에서 있었던 일이 굉장히 불쾌했던 모양이었다. 나는 나대로 그런 것쯤은 눈감아 줄 수도 있는 문제인데 왜 그렇게 화를 내는지 이해할 수가 없었다. 하지만 내가 져야 했다. 목마른 사람이 샘을 팔 수밖에 없듯이 나는 후사를 이어야 했다. 세자는 후궁이 세 명이나 있으니 그중에서 얻어도 될 것이었다. 하지만 나는 임신을 해야 세자와 잠자리를 안 해도 되고 소쌍과 언제든 어울릴 수 있다.

"가서 고미를 불러오너라."

나는 저녁을 먹고 난 뒤 곰곰이 생각하다 석가이를 불러 명했다.

"고미를요?"

석가이는 의아하게 말했다. 그도 그럴 것이 세자의 유모가 며칠 전 죽었는데 고미는 그 자리에 들어간 늙은 궁녀였다. 빨리 가서 데리고 오란 말에 석가이는 고개를 갸웃거리며 밖으로 나갔다. 나는 문갑에서 산호 비녀를 꺼냈다. 산호 비녀는 꽤 비싼 것으로 궁 밖에서도 사대부가의 부유층만 쓰는 것이었다. 나는 고미가 오자 산호 비녀를 내밀었다.

"이게, 왜 그러시온지요?"

고미는 어릴 때 궁중에 들어와 환갑을 바라보는 나이이니 눈치가 빨랐다.

"내 긴말 않겠소. 세자 저하를 밤마다 내 처소로 오게 해주시오."

고미는 늙은 궁녀답게 말했다.

"아뢰기는 아뢰겠지만 제 말을 들을지요."

석가이가 나섰다.

"그래도 마마께서 나서시면 저하께서도 들으실 겁니다."

"마마, 알겠습니다."

고미는 고개를 조아리고 난 뒤 물러갔다. 나는 고미의 뒷모습을 보며 치욕으로 몸을 떨었다. 하지만 살기 위해선 이것보다 더한 치욕도 참으리라 각오했다. 그다음 날 산호 비녀가 효과 있었는지 세자가 거짓말같이 내 처소로 왔다. 그런데 밤늦은 시간에 왔는데도 방으로 들어오지 않고 마당에서 서성거렸다. 왜 방으로 안 들어오고 저럴까 싶어 밖으로 나갔다. 세자는 여전히 달을 보며 마당을 거닐었다.

"날이 찬데 안으로 드시지요?"

나는 반가운 마음에 팔을 잡고 말했다.

"이거 놓으시오."

세자는 나를 멀뚱히 바라보더니 말했다.

"우린 부부이옵니다. 이 정도도 못 합니까. 안으로 드셔서 말씀하시지요."

나는 여전히 팔을 끌었다.

"어허."

세자는 불쾌한 기색을 보이더니 내 팔을 뿌리치고 밖으로 나갔다. 나는 황망한 마음에 그 자리에 주저앉았다. 울고 싶었지만 차마 울 수가 없었고 석가이가 팔을 잡을 때까지 그대로 있었다.

다음 날 세자와 윗전에 문안을 드릴 때였다. 중전은 지엄하게 나를 보고는 말했다.

"종학에서 불미스러운 일이 있었다던데 앞으로는 세자빈으로 체통을 중시해야 할 것이야."

나는 고개를 숙이고 죽을죄를 지었습니다, 하고 말했다. 눈과 귀는 하늘에도 땅에도 하물며 공기 중에도 있다는 생각이 들었다. 궁궐은 무서운 곳이구나. 나는 절망으로 처소로 돌아왔을 때 이상궁이 눈치를 보며 말했다.

"저도 대전 상궁에게 들은 얘기입니다만 어제 세자 저하와 마당에서 하신 행동을 전하께서 아시고 부인의 도리가 아니라고 말씀하셨답니다."

어이가 없었다. 그건 부부간의 일이었다. 그런데 세종대왕은 부부의 윤리를 강조하며 그런 말을 했다기에 기가 찼다. 나는 순간 종학에 있을 때 세종대왕께서 하신 일이 떠올랐다. 대전에서 청옥관자가 없어졌다고 했다. 왕의 물건이 도난당한다는 것은 있을 수 없는 일이었다. 더구나 청옥관자는 망건에 달아 당 줄을 꿰는 작은 단추 같은 모양의 고리로 남자들이 사용하는 것이었다. 그래서 환관들을 조사했는데 뜻밖에도 궁녀가 범인으로 지목되었다. 범인은 내은이라는 대전 나인이었는데 환관인 손생에게 주려고 훔쳤다고 했다. 취조 끝에 내은은 손생과의 관계를 자백했고 손생도 잡혀 와 몇 년 전부터 둘이 정을 통했다고 자백했다. 이에 세종대왕은 격분해 두 사람을 참형에 처했다.

여자의 도리를 무엇보다 강조하시는 세종대왕은 내가 세자의 팔을 끌며 방으로 들어가자고 한 것조차 음란하게 보고 있었던 것이었다. 종학에서 나에게 유감동에 대해 얘기했던 김상궁은 우울한 나를 달래려는 듯 들은 얘기라며 말을 했다.

"옛날에 중국 사신이 왔는데 딸이 가보고 싶다며 하도 조르니까 아버지가 이렇게 말씀하셨답니다. 훤칠한 선비를 보고도 잠자리 생각을 하지 않을 수 있겠느냐, 라고요."

나는 고개를 끄덕이며 별 관심을 두지 않았다. 세종대왕이 말한 부인의 도리에 대해 자꾸만 신경이 쓰였다. 부인의 도리를 다하지 못한다면 어떤 벌을 내린단 말인가. 내가 신통치 않은 반응을 보이자 김상궁은 또

들은 얘기라며 말했다.

"옛날 어떤 왕이 아주 큰 나무를 심어 놓고 뽑는 여자에게는 상을 주겠다고 했답니다. 그러나 오직 정녀만이 뽑을 수 있었기에 아무도 뽑을 수 없었답니다."

"정녀?"

나는 마지못해 듣는 시늉을 했다.

"예. 정녀만이 나무를 뽑을 수 있는 나무였답니다. 그런데 정녀라고 자부한 여자가 나서도 나무는 뽑히지 않았다고 합니다."

"그래서요?"

나 대신 석가이가 재미있다는 듯 물었다.

"그래서 왕이 정녀라고 자부한 여자에게 혹 남자와 잠자리하지 않아도 마음속에 담아둔 남자가 있지 않으냐고 지적하자 여자는 며칠 전 집 앞을 지나가는 미남자를 보고 잠시 좋아하는 마음을 가져본 적이 있다고 했습니다. 그러자 왕은 그러면 나무를 절대 뽑지 못할 것이라고 말했답니다."

"그럼, 마음속으로도 남자를 사모하면 정녀가 아니란 말이네요?"

석가이는 혀를 내밀며 말했다.

"그러게 말이다. 정녀가 사람을 죽이는 것이구나. 그놈의 정녀가!"

나도 모르게 말을 하고선 깜짝 놀랐다. 그러면서 세종대왕이나 세자의 비난이 더없이 고맙다는 생각이 들었다. 나는 화냥년이다. 그래 내 욕망대로 산들 무슨 상관이랴. 주위의 고까운 시선이 오히려 고마웠다. 나를 해방했다.

그날 밤 석가이가 없는 틈을 타 기어이 소쌍을 부르고 말았다. 안마만 시키는데 무슨 문제가 될 것인가, 하는 생각에 결국 내가 졌다. 김상궁에게 명했고 소쌍은 마침 비번이라 쉬고 있었다. 소쌍의 얼굴은 좀 말라 있었다.

"무슨 일이 있었던 게냐?"

나의 말에 며칠 동안 고뿔에 걸려 고생했다고만 말했다. 나는 그러려니 하고 안마하라고 했다. 소쌍은 내 뒤로 가더니 말했다.

"허리를 꼿꼿이 세우고 몸에 힘을 다 뺀 채 편히 계시옵소서."

나는 허리를 폈다. 그러자 소쌍은 내 귀 뒤의 들어간 부분을 엄지로 눌렀다. 몇 번 누르더니 차츰 밑으로 내려와 어깨까지 오면서 같은 부위를 몇 번씩 눌렀다. 반대편에도 똑같이 안마했는데 나는 소쌍의 손가락의 느낌을 음미하며 날아갈 듯한 기분에 사로잡혀 있었다. 진작 이렇게 안마만 하게 부를 걸, 하는 생각이 들었다.

"어머나."

갑자기 문이 열리면서 석가이가 들어오려다 멈추며 깜짝 놀라는 표정을 지었다.

"왜 그러느냐?"

나는 아무 일도 아니라는 듯 태연하게 말했고 잠시 멈추었던 소쌍은 내 앞으로 와 팔 안쪽부터 손바닥까지 내려오며 안마했다. 다섯 손가락을 손톱으로 꾹 눌러주며 특히 아픈 데가 있으면 말씀하시라고 했다. 그다음엔 손바닥도 손톱으로 꾹 눌러주었다. 온몸이 나른한 게 시원한 느낌이었다.

"언제 소쌍을 불렀대요?"

"김상궁을 시켰다."

나는 석가이를 보지 않고 말했다.

"그래도……."

석가이는 여전히 놀란 표정으로 나와 소쌍을 번갈아 보더니 나가며 말했다.

"출입문을 걸어 잠그겠습니다."

나는 속으로 웃었다. 역시 석가이는 눈치가 빠르고 나의 의중을 잘 살폈다. 밤에 비번인 아이를 숙소로 불렀다는 소문이 나면 좋을 게 없다. 나는 소쌍에게 팔을 맡긴 채 오랜만에 평온한 마음을 즐겼다. 소쌍은 다른 팔을 잡고 똑같이 팔 안쪽부터 손까지 안마했다. 소쌍의 입김이 내 얼굴에 끼치자 나도 모르게 몸이 움찔거렸다. 나는 소쌍의 입김을 더 많이 느끼려 숨을 길게 들이마셨다. 짜릿한 기분이 들었다.

"똑바로 누우시옵소서."

나는 말 잘 듣는 학동처럼 소쌍이 시키는 대로 누웠다. 소쌍은 내 옆으로 오더니 이마를 누르기 시작했다. 그러더니 미간을 거쳐 두 눈 주위를 꾹꾹 눌렀다. 소쌍의 숨소리가 거칠어졌다. 아마도 힘이 드는 것 같았다. 나는 미안한 마음이 들었지만, 오히려 그 거친 숨소리에 나는 아랫도리가 뻐근해졌다. 오랜만에 느끼는 것이었다. 소쌍을 안고 싶은 마음을 겨우 참으며 손가락의 느낌을 하나라도 놓치지 않으려는 듯 정신을 집중했다. 얼굴 전체를 다 한 후 발을 주무르더니 발가락 하나하나씩 뽑을 듯 잡아당겼다. 그러더니 발바닥을 꾹꾹 눌러 주었다. 발바닥도 간지러워서 이상한 쾌감을 느꼈다. 나는 소쌍을 안아보고 싶다는 강렬한 생각이 들었다. 한 번만 안아보자. 아무도 보고 있지 않느냐. 아니야. 안마만 시키려고 했지 않느냐. 궁에서 수백 개의 눈과 귀가 있다고 하지 않느냐. 특히 부녀자의 정절을 중히 여기는 세종대왕이 정절을 어긴 궁녀들을 참형에 처했지 않은가. 나는 갈등으로 눈을 떴다 감았다 했다. 소쌍은 발을 안마 다하고 나더니 다리 안쪽을 누르며 위로 올라왔다. 다리가 시원한 느낌이 들었다. 무릎을 거쳐 허벅지 안쪽을 누르기 시작했을 때 나도 모르게 다리를 벌리며 움찔거렸다. 아랫도리에서 열이 확 나는 것 같았다. 나는 상체를 일으켰다. 소쌍은 손을 멈추고 나를 바라보았다.

"한 번만 안아보자꾸나."

나는 소쌍의 어깨를 앞으로 당기며 와락 안았다.

"마마."

갑작스러운 행동에도 소쌍은 저항하지 않았다. 나는 안았다가 소쌍의 입술을 찾아 입술을 갖다 대었다.

아.

나는 쩌릿한 쾌감으로 소쌍의 입술 빨았다. 그러자 소쌍은 입을 벌렸고 나는 혀를 소쌍의 입 속으로 넣었다. 달콤한 복숭아 맛이 났다. 나는 두 손으로 소쌍의 얼굴을 잡고 미친 듯 입을 맞추다 한 손을 소쌍의 가슴으로 가져갔다. 소쌍의 몸이 움찔거렸다. 다른 손으로 다른 가슴도 움켜쥐었다.

음.

소쌍의 입에서 신음이 흘러나왔다. 나는 서둘러 소쌍의 윗옷을 벗겼다. 하얀 박 같은 가슴이 드러났다. 나는 미친 듯이 가슴을 입으로 핥았다. 오줌보가 터질 듯 아랫도리가 팽팽해졌다. 나는 손을 소쌍의 치마 속으로 넣었다. 수풀이 무성한 곳을 지나 불두덩을 더듬거렸다.

아.

소쌍이 몸을 움찔거리며 비틀었다. 나는 불두덩 속으로 뛰어들었다. 소쌍의 몸을 내 몸속으로 집어넣을 듯 입으로 핥았다. 그래 너를 내 몸속에 집어넣을 수만 있다면, 언제든 보고 싶을 때 꺼내 볼 수 있다면 얼마나 좋으랴.

소쌍은 상체를 일으키더니 나의 옷을 벗겼다. 나는 소쌍을 도와 내 옷을 벗었고 순식간에 나는 알몸이 되었다. 소쌍은 나를 눕히고 가슴으로 입을 가져갔다.

아.

나는 가슴이 터질 듯 같은 느낌에 신음을 냈다. 그래 내 몸을 먹으렴. 항상 네 몸속에 있으면 얼마나 좋으랴. 너와 내가 하나가 된다면 이보다 더 바랄 게 무엇이 있겠는가. 소쌍의 입술이 배꼽을 거쳐 수풀 아래로 내려갔다. 나는 몸을 비틀었다. 무릎으로 소쌍의 머리를 감았다. 소쌍의 입술이 불두덩에서 헤집고 다녔다. 피가 가슴을 거쳐 정수리로 솟구쳐 오르는 것 같았다.

아.

나는 현기증을 느꼈다. 몸이 허공으로 붕 떠올랐다. 그래, 너와 내가 하나가 된다면 죽어도 좋다. 죽어서라도 하나가 된다면 더 바랄 게 없다. 나는 허공에서 몸이 산산이 부서지는 걸 느끼며 속으로 외쳤다. 눈물이 났다. 지나온 세월에 대한 회한이랄까. 소쌍과 하나가 될수록 눈물이 옆으로 흘러내렸다. 소쌍은 혀로 눈물을 핥았다.

얼마 후 땀으로 범벅이 된 채 나는 소쌍의 팔을 베고 누웠다. 소쌍도 나도 거친 숨을 몰아쉬었다.

"소쌍아, 사랑한다. 내 죽을 때까지 너를 사랑할 거야."

나는 소쌍의 유두를 손가락으로 만지며 말했다.

"마마. 저도 사랑하옵니다."

소쌍은 나를 꼭 껴안았다. 나는 소쌍의 몸속으로 들어갈 듯 깊숙이 파고들었다. 둘 다 숨이 잔잔해지자 나는 잠이 왔다. 이대로 함께 잤으면 싶은 생각이 들었다. 그때 소쌍이 말했다.

"벌에 대해 아시옵니까?"

"벌?"

나는 소쌍의 말이라면 어떤 말이라도 다 좋았다.

"벌은요, 일하는 것이 다 정해져 있는데요."

나는 잠이 오는 걸 참으며 평온한 마음으로 들었다.

"그러니까 일벌은 꿀을 따오고 꽃가루도 수집하는데요. 그뿐만 아니라 적이 침입할 때는 죽을힘을 다해 싸우지요."

"거참 불쌍하구나. 매일 일하는 것도 힘들 텐데 적과 또 싸우기도 해야 하니 말이다."

"그렇습니다. 제일 불쌍한 벌이지요. 그러나 수벌은 일은 거의 안 합니다. 평상시엔 거들먹거리고 유유자적 놀기만 하지요. 그러다 새로 탄생한 여왕벌이 수정의 필요성을 느낄 때 하늘에서 여왕벌과 교미를 합니다."

"그래? 수벌은 일 안 하고 교미만 한다고?"

처음엔 그저 소쌍의 말에 맞장구를 쳤는데 재미있어 관심을 가졌다.

"근데 교미한 수벌은 정자 주머니 자체를 여왕벌에게 주고 죽지요."

"죽어? 왜?"

나는 소쌍의 보며 말했다. 소쌍은 나를 안은 채 빙그레 웃었다.

"그게 벌들의 세상이래요. 근데 교미하지 못한 수벌 있잖아요. 수벌이 한두 마리도 아니고 많은데요. 한 마리만 교미하고 나머지는 패잔병처럼 벌통으로 돌아갑니다. 근데 이게 말이지요, 그때부터 수벌의 생활은 말이 아닙니다."

"왜 수벌도 일하면 되잖아?"

"아닙니다. 수벌은 일하지 않습니다. 하여간 신기하게 그렇답니다."

"그래서? 그럼, 수벌은 어떻게 되는 거냐?"

소쌍의 목소리는 들을수록 달콤했다. 입술이라도 깨물고 싶었다. 나는 손으로 소쌍의 가슴을 쓰다듬었다.

"그때부터 일벌들의 따가운 눈총을 받을 뿐만 아니라 심하면 구타를 당하고 죽임을 당하기도 합니다. 특히 겨울이면 벌통 안에 꿀이, 그러니까 양식이 적어질 때면 수벌들은 쫓겨나 떠돌다 죽고 말지요."

"저런. 그렇게 잔인할 수가."

나는 겁이 난다는 듯 몸을 움찔거렸다.

"그렇고 보니 너희들처럼 평생 일만하고 결혼도 못 하는 신세가 같구나."

나는 진심으로 안타까워하며 말했다.

"그래도 굶지 않고 사는 것만도 어딘데요."

소쌍은 웃으며 말하곤 상체를 일으켰다. 이만 가봐야겠다는 것이었다.

"자면 안 될까? 같이 자고 싶은데."

나는 소쌍의 하얗게 빛나는 몸을 보며 말했다.

"저도 그렇게 하고 싶지만 소문나면……."

아냐, 아냐. 나는 소쌍을 다시 안았다. 놓치고 싶지 않았다. 또다시 열락이었다. 죽어도 좋았다. 차라리 이대로 죽었으면 좋겠다는 생각이 들었다. 온몸의 기가 다 빠진 뒤에야 나와 소쌍은 서로 안고 있던 몸을 풀었다. 아무 생각이 나지 않았다. 무념무상이었다.

소쌍이 내 품에서 벗어나 일어났다. 아쉬웠지만 참았다. 옷을 주섬주섬 입은 소쌍은 가겠다고 인사를 했다.

"그래. 내일 또 오거라. 내일은 당번이더냐?"

나는 아쉬움으로 물었다.

"예. 아침에 청소하러 오겠습니다."

소쌍은 옷을 입으며 말했다. 나는 문갑에서 금으로 된 귀고리를 꺼냈다.

"이거 가져가거라."

소쌍은 엉겁결에 귀고리를 받고는 망설였다.

"왜? 마음에 안 들어?"

"아니옵니다. 근데 전 뭘 치장하는 걸 안 좋아해서 그렇습니다."

"그럼, 정표로 가지고 있으렴. 하하."

나는 소쌍이 귀여워 볼을 꼬집으며 말했다. 소쌍은 귀고리를 주머니에 넣고 잘 주무시라고 인사를 하곤 밖으로 나갔다. 나는 옷을 입고 자리에 누웠다. 나른한 게 기분이 좋았다. 그때 석가이가 들어오자마자 큰 소리로 불렀다.

"마마."

"웬 큰소리냐?"

나는 시침을 떼고 말했다.

"이러시면 아니 되옵니다, 마마."

석가이는 울 듯한 표정으로 말했다.

"괜찮다. 내가 다 알아서 할 것이야."

나는 태연하게 말하곤 다른 요를 가져오라고 했다. 석가이가 가져온 요를 깔고 깔았던 요를 밀치며 직접 홑청을 뜯어 빨래하여 내 방으로 가져오라고 했다.

"알았습니다. 지금은 다 잘 테니 지금 빨아오겠습니다."

석가이는 불만스러운 표정으로 홑청을 뜯어 밖으로 나갔다. 나는 오랜만에 푹 잘 것 같은 예감으로 자리에 누웠다.

세자빈 간택에 거부했어야 하지 않았을까. 어릴 때 아버지 임지인 창녕에서 함께 자던 관노 여자아이에게서 느꼈던 감정이 진정 내가 아니었을까. 그렇다면 왕족의 청혼을 거부할 수 없다고 하더라도, 죽음을 무릅쓰고라도 거부했어야 하지 않았을까. 그래야 내 삶뿐만 아니라 주위 사람들까지 피해입히지 않았을 텐데.

막상 드러누우니 오만가지 생각이 떠올라 밤을 꼬박 새웠다.

다음 날 소쌍이 감찰부에 호출되었다고 들었다. 감찰상궁과 차도 한잔 마셨거늘, 그렇게 눈치가 없어서야. 나는 당장 감찰상궁에게 달려가고 싶었지만 석가이가 앞을 막고 비켜주지 않아 참을 수밖에 없었다. 두고 보자. 나는 이를 악물었다.

12. 새 세상이 왔어라

윗전에 아침 문안을 갔을 때 세종대왕은 나에게 열녀전을 공부하라고 했다. 매일 오전에 대전 상궁을 보내 열녀전을 가르칠 것이라고 했다. 나는 그런 처사를 이해 못 했지만 열심히 공부하겠다고 말씀 올렸다. 아마도 종학에서의 일이나 마당에서 내가 세자의 팔을 잡고 끈 일이 세종대왕의 귀에 들어간 모양이었다. 대전에서 나와서도 세자와는 한 마디도 나누지 않았다.

다음 날 아침을 먹고 나자 정말로 대전 상궁이 열녀전을 들고 내 처소로 왔다. 어이가 없었지만 열심히 공부하는 척해야 했다. 대전 상궁이라면 내 일거수일투족을 세종대왕께 보고할 것이 틀림없었다. 대전 상궁은 열녀전을 가르치기 전에 먼저 예에 대해 말했다. 신하의 상소를 바탕으로 전하께서 내리신 말씀이라고 했다.

"예에 의하면 부인은 낮에 뜰에서 놀지 않고 일없이 집 밖으로 나가지 않으니 부인의 도를 삼가 실천하기 위함이다."

나는 고개를 끄덕이며 열심히 듣는 척했지만, 속에서 울화가 치밀었다. 도대체 내가 왜 부인의 도를 배워야 하는지 이해가 되지 않았다.

"또한 경제육전 예에 의하면 양반의 분자는 부모 친형제 친자매 친백부 친숙부와 고모 친외숙과 이모 외에는 가서 뵙기를 허락하지 않고 어기는 자는 벌을 주어야 마땅하다."

"허."

나도 모르게 내 입에서 한탄이 튀어나왔다. 대전 상궁은 못 들은 척 계속 말했다.

"지금 사대부의 아내가 귀신에 빠지고 홀려 산과 들의 음혼한 귀신에게 제사를 지내지 않음이 없다. 그중에서도 송악산과 감악산 귀신을 더욱 정성껏 섬겨 봄 가을이면 직접 가서 제사를 지내되 술과 안주를 풍성하게 차리고 귀신을 즐겁게 해준다는 구실로 풍악을 잡히고 즐거움을 더할 수 없이 누린다."

나는 죄지은 사람처럼 조용히 듣기만 했다. 들을수록 두려웠다.

"밤을 새우고 돌아올 때면 길거리에서 요란스럽게 굴어 광대와 무당들이 앞뒤에서 분잡스럽고 말 위에서 풍악을 잡혀 하고 싶은 대로 마음껏 논다. 그 남편은 금하지 않는 것은 물론이요 아무렇지도 않게 여기고 함께 놀아나면서 괴이하게 여기지 아니하는 자가 숱하게 많다."

나는 대전 상궁을 바라보았다. 표정의 변화 없이 읽기에 집중하고 있었다. 하지만 나는 알고 있었다. 지금 나의 표정 나의 행동 모두를 엿보고 있으며 세종대왕께 모두 보고된다는 사실을. 나는 열심히 듣는 척했다. 어쨌든 전하의 말씀이었다.

"부녀자의 실덕이 이보다 큰 것이 없을 뿐만 아니라 삿된 것에 미혹된 오랜 풍속과 무당과 노래하고 춤추는 음란한 풍속을 장차 금할 수 없을 것이다. 지금부터 중외의 명산과 신사에 부녀자가 왕래하는 것을 엄단하고 만약 어기는 자가 있을 경우 육전에 의거 실행으로 논할 것이며 그 남편까지 처벌할 것이다. 그리고 신사가 소재하고 있는 곳의 관리가 마음을 써서 금지하지 않을 경우도 율에 따라 처벌할 것이다."

"아직 남았소?"

나는 공손하게 물었다.

"다 끝나가옵니다, 마마."

대전 상궁 역시 예를 깍듯이 차렸다. 나는 또다시 말 잘 듣는 학동이 되어야 했다.

"또 산붕 나례 등 무릇 큰 구경거리에 부녀자가 길가에 장막을 치고 행랑의 다락 위에서 얼굴을 내밀고 내키는 대로 구경하고 조금도 부끄러워하지 않는다. 부녀자의 도리에 아주 어긋나니 더욱 엄벌에 처할 것이다."

마침내 대전 상궁은 책을 덮었고 나는 멀뚱히 바라보았다.

"오늘 제가 읽어드린 내용을 모두 암기하시어 행동에 경거망동하는 일이 없도록 하라는 전하의 분부이옵니다."

"알겠소. 그리하겠소."

나는 울화가 치밀어 올랐지만 공손하게 말했다. 오직 여성을 통제로써 다스리려 하는 세종대왕의 뜻이 마음에 들지 않았다. 고려의 멸망이 여성들의 음란 때문이라고 하시면서 오직 통제하려 드는 세종대왕의 정책이 목을 옥죄어 오는 느낌이었다.

다음 날도 대전 상궁은 아침을 먹자마자 어김없이 책을 들고 왔다. 차를 권해도 마다하고 오직 책 읽기에 열중했다. 나는 또다시 말 잘 듣는 학동 행세를 해야 했다.

"열녀전은 예기에 표현된 유교적 부녀관을 바탕으로 모의 현명 인지 정순 절의 변통 얼패 등 열녀를 일곱 유형으로 분류하여 총 백네 명의 행적을 기술한 책입니다."

그렇게 열녀전에 나오는 열녀들의 행적을 들으며 나는 암울한 기분이 들었고 10일째 되던 날 나도 모르게 음성을 높이고 말았다.

"어째서 부녀자들에게만 정절을 강요하는 것이오. 부녀자들은 남편이 죽으면 따라 죽어 열녀라 칭하게 되지만 남자들은 조강지처가 죽기는커녕 살아있는데도 버리고 첩을 구해 살며 본처를 구박하는 경우가 허다하지 않소. 그건 왜 그렇소?"

나의 도발적인 질문에 대전 상궁은 기가 막힌다는 듯 나를 바라보았다.

"마마. 지금은 열녀전을 배웁니다. 남자들은 남자대로 도리가 있을 듯합니다."

"그래요? 그러면 왜 부녀자는 남편이 죽으면 따라 죽어야 합니까. 남자들은 정절을 지키지 않는데 왜 여자들만 정절을 지켜야 하는 것이오?"

나는 이판사판의 심정으로 물었다.

"마마. 지금 마마의 말씀은 상당히 위험하옵니다. 전하의 삼강행실에도 어긋나는 일이옵니다."

나는 훙, 콧방귀를 끼었다.

"그러니까 나는 반론을 하지 말고 듣기나 하고 행실에 옮기라는 말이오? 이게 말이나 되는 소리요? 상궁도 같은 여자지 않소."

대전 상궁은 놀란 표정을 지으며 나를 바라보았다. 순간 나는 깨달았다. 상궁은 여자가 아닌 상궁일 뿐이라는 것을. 그래서 정절에 대해 오히려 일반 부녀자들보다 더 엄격하다는 것을.

"이런 책을 보느니 차라리 다른 책을 보겠소."

"전하의 분부이옵니다."

대전 상궁은 계속 공부할 뜻을 비쳤다. 나는 단호하게 거절했다.

"이제 그만 돌아가시오."

나는 탁자 위 책을 치우라고 했다.

"아니 되옵니다."

대전 상궁은 마치 탁자 위의 열녀전이 무슨 진귀한 보물이라도 되는 양 못 치우게 하려고 손을 내밀었다. 나는 치우라고 손을 치다가 그만 책을 치고 말았다. 책은 탁자 아래로 떨어졌다. 나는 황망하여 책을 바라보았다. 대전 상궁은 책을 얼른 들어 올렸다.

"그만 가시오. 나 혼자 다른 공부를 하든지 할 거요."

"전하의 분부이시옵니다."

"내가 문안드릴 때 말씀드린다 하지 않소. 당장 나가시오."

결국 나는 음성을 높였고 대전 상궁은 나를 힐끔 보고는 책을 들고 밖으로 나갔다. 대전 상궁이 가고 나니 속이 후련했다. 나보고 어쩌란 말이냐. 밤에 본처를 찾지 않고 후궁에게 가는 지아비는 괜찮고 나는 그런 지아비가 죽으면 자결하라는 말인가? 나는 어떠한 일이 있어도 열녀전을 공부하지 않으리라 마음먹었다.

그날 온종일 기분이 좋지 않았고 저녁 무렵 나는 석가이에게 소쌍을 불러오라고 했다. 이제 소쌍은 며칠에 한 번씩 내 처소로 왔다. 물론 명분은 안마였지만 열락의 시간이었다. 또한 술을 마시며 이것저것 얘기를 나누면 시간 가는 줄 몰랐다. 석가이는 안 가고 머뭇거렸다.

"왜 그러느냐?"

나는 준엄하게 말했다.

"저, 그게. 마마."

"그래 말해보라."

"소문이. 마마와 소쌍이 자주 어울린다고 소문이 났사옵니다."

음. 이것도 또 세종대왕과 세자의 귀에 들어가겠군 하는 생각이 들었다.

"그게 어쨌단 말이냐? 가서 냉큼 불러오너라. 이상궁을 보낼까?"

"아닙니다, 마마. 근데 꼭 불러야겠습니까?"

"오늘따라 왜 이리 말이 많은가?"

나는 목소리를 낮춰 말에 힘을 주었다. 결국 석가이는 소쌍을 불러왔다. 나는 술 단지를 내놓고 소쌍과 마주 앉았다. 감찰부에 가서 무슨 일이 있었느냐고 묻고 싶었지만 말이 나오지 않았다. 대신 자꾸 표정을 살폈다. 전과 같이 특이할 점은 없어 다행이라는 생각이 들었다.

"자, 너도 한잔하거라."

나는 한 잔을 소쌍에게 건네주고 한 잔을 들어 쭉, 마셨다. 목구멍으로 시원한 술이 넘어가니 기분이 한결 좋아졌다. 소쌍도 단숨에 한 잔을 다 비웠다.

"그래, 우린 친구다. 하하하."

나는 유쾌하게 웃었고 소쌍은 그 말을 거두어 달라고 했다.

"뭘 그러느냐. 우리는 친구 하면 안 될 게 무어가 있느냐? 이제 친구이니 매일 나한테 놀러 오거라. 근무일엔 밤에 오고 비번일 땐 낮에 오면 되지 않느냐?"

나는 소쌍을 매일 곁에 두고 싶어 말했다. 사실은 이미 며칠 전에 이상궁에게 넌지시 말한 적이 있었다. 소쌍의 청소 의무를 면제해 주어 매일 나의 시중만 들게 하면 어떠냐고 물었다. 그러자 이상궁은 청소하는 아이가 3명으로 3교대 하는데 1명이라도 빠지면 안 된다고 했다. 그쯤에서 나는 가만히 있었다. 이상궁도 어느 정도 소쌍과의 관계를 눈치챘고 그러면 나의 의도를 알 텐데 그리 말하는 걸 보면 이상궁도 내가 소쌍과 만나는 걸 고깝게 생각하지 않는다는 것이었다.

"저야 마마께 매일 오고 싶지만 다른 사람들이 자꾸 수군거리는 것 같아서."

"남들이야 신경 쓸 필요가 뭐 있느냐. 우리 둘만 좋으면 되지 않느냐? 이제는 잠시라도 네가 보이지 않으면 보고 싶어 환장하겠구나."

"저도 그렇습니다만."

나는 소쌍의 말을 듣고는 소쌍 옆으로 가 어깨를 감싸 안았다.

"네가 그리 말해주니 고맙구나. 그래 이제는 하루도 빠짐없이 매일 나한테 오겠다고 약속할 수 있겠느냐?"

나는 소쌍의 얼굴에 내 얼굴을 가까이 대고 말했다.

"예, 마마."

소쌍은 나를 돌아보고 말했고 나는 와락 소쌍을 껴안았다. 그러다 결국 묻고 싶은 것을 묻고 말았다.

"감찰부에 가서 경은 치지 않았느냐?"

"……"

순간 소쌍의 몸은 굳었고 나는 불안해졌다.

"무슨 일 있었느냐?"

"아니옵니다. 다만,"

"다만 뭐?"

나는 속이 타서 물었다.

"마마 처소에 며칠 만에 가느냐 등 묻길래 청소하러만 간다고 말씀드렸더니 고개를 끄덕이시더라고요."

"그래? 정녕 그것뿐이더냐?"

나는 미심쩍어 물었다.

"차를 주시면서, 감찰상궁 마마님도 예전에 사랑하는 여인이 있었다고. 근데 죽었다면서. 지금 생각해보면 죽음을 각오한 사랑이었는데, 지나고 나니 다 허망하다시며 눈물을 글썽이었습니다."

"뭐라고?"

감찰상궁이 예전에 여인을 사랑했다는 것도, 눈물을 글썽거렸다는 것도 이해가 되지 않았다.

"그러다 차를 다 마시고 나왔습니다."

소쌍은 눈치 없이 미소를 띠었다. 하지만 나는 이 또한 무슨 술수가 있는 게 아닌가 싶어 가슴이 철렁, 내려앉았다. 그러다 우리는 누가 먼저랄 것도 없이 입을 맞추었고 옷을 벗었다. 우리는 금방 알몸이 되었고 서로의 몸을 탐했다. 열락의 문은 넓었고 환했다. 피가 정수리로 몰려 위로 솟구치는 것 같았다. 세자에게는 느끼지 못하는 이 감정을 같은 여자에게 느낀다는 게 신기했다. 세자와는 후사만 이으면 되었다. 소쌍은 평생 내 곁에 두고 살 작정이었다. 절대로 놓치고 싶지 않았다.

소쌍은 내 몸 위로 올라왔다. 두 불두덩이 맞부딪쳐 불이 활활 타올랐다.

아.

음.

나와 소쌍은 신음을 내며 하나가 되었다. 몸이 하늘로 훨훨 날아올랐다. 그러다 어느 지점에 팍, 하고 산산이 부서졌다. 나는 없어지고 오로지 열락의 불기둥만이 타올랐다. 우리는 거친 숨을 내쉬며 쏟아지는 쾌락에 몸을 맡겼다.

"소쌍아. 내 너를 영원히 사랑하마."

나는 거친 숨을 몰아쉬며 말했다.

"저도 마마를 죽을 때까지 사랑하겠나이다."

소쌍의 말을 들으니 눈물이 흘러내렸다. 소쌍과 사랑만 하면 눈물이 흘러내렸다. 소쌍은 그런 내 눈물을 샅샅이 혀로 핥았.

광풍이 지나가고 우리는 땀을 흘린 채 나란히 누웠다. 아직도 숨이 거칠었다. 평온한 나른함이 몸을 덮쳤다. 나에게 이런 행복을 주다니. 나는 너를 위해 무엇이든 할 것이다. 돌아누워 소쌍을 안으며 말했다. 지금 와서 생각해보면 그 당시에 소쌍이 없었더라면 내가 궁궐 생활을 견딜 수 있었을까, 하는 의구심이 든다. 나는 새로운 삶을, 열락의 세상을 살고 있었다. 그때까지와는 다른 세상. 나는 그런 세상을 맛보았고 그 새로운 생활에 크게 만족하고 있었다. 하루하루가 즐거웠고 행복했다.

소쌍이 가고 나자 나는 나른한 몸으로 누워 있는데 석가이가 들어왔다. 표정이 굳어 있었다. 나는 아무 말도 하지 않고 가만히 있었더니 요를 바꿔야 한다며 새 요를 꺼냈다. 나는 묵묵히 옆으로 가 앉았고 석가이는 깔았던 요의 홑청을 뜯었다. 나는 석가이가 말없이 묵묵히 하는 것을 보고는 불렀다. 언젠가는 짚고 가야 할 문제였다. 왜냐하면 석가이의 도움이 절실했기 때문이었다. 그리고 무엇보다 석가이에게 분명하게 해 두는 게 나중을 봐서도 나을 것 같았다. 석가이는 예상대로 대답도 없이 내 앞으로 왔다. 나는 석가이가 단단히 화가 났구나, 생각하며 말을 꺼냈다.

"내 너를 보자고 한 건 너도 잘 알고 있을 게야."

나는 떨어지지 않는 입을 겨우 열었다. 그 당시에는 석가이에게 모든 걸 고백하는 게 최선이었다.

"……"

석가이는 묵묵히 듣기만 했다.

"근데, 그게 내 마음대로 되지 않는구나."

"……."

여전히 석가이는 말을 하지 않고 고개만 숙이고 있었다. 나는 용기를 냈다.

"너도 알다시피 나는 일반 사람과 다르게 태어났다. 그러니까, 나는 남자를 사랑하는 게 아니라 여자를 사랑할 수밖에 없는 몸이란 말이다. 너도 이미 알고 있으리라 짐작되지만."

내 말에 석가이는 눈물을 와락 쏟았다.

"마마."

"그래, 나를 이해해주겠느냐? 나도 내 몸이 그렇다는 걸 알고는 많이 놀란 건 사실이다. 하지만 어쩌겠니? 나도 내 몸을 어쩌지 못하는데. 세자 저하와는 몸이 닿는 것도 싫은데. 다만 후사를 이어야 하기 때문에, 내 목숨줄이 달려 있기에 세자와 합궁한다만 난 그 자체도 굉장히 힘들고 말이야."

"마마. 흑흑흑."

석가이는 나를 보지도 않고 눈물을 흘리며 흐느꼈다. 그런 석가이를 보니 나도 눈물이 주르륵 흘렀다.

"나를 이해해주렴. 나도 어쩌지 못하는 몸. 근데 난 새 세상을 발견했다. 소쌍이란 아이를 처음 보는 순간 나는 이상한 느낌을 받았다. 같은 동성끼리 좋아하는 사람을 만나면 느낌이 온다는데 아마 그런 게 아닐까 한다. 석가이야, 난 진정 소쌍이 없으면 살 수가 없을 거 같구나. 지금도 이렇게 궁중 생활을 견디는 게 소쌍이 있기에 그런 거다."

나는 흐르는 눈물을 닦을 생각도 하지 않고 계속 말을 했다.

"마마. 흑흑흑."

석가이도 흐르는 눈물을 닦지도 않고 나를 바라보았다. 울먹이다 입을 열었다.

"마마. 제가 왜 눈치를 못 챘겠습니까. 하지만 마마께선 불로 뛰어드는 불나방이옵니다. 들키는 날에는 죽을 수도 있는데 어찌 마마를 모시는 제가 그냥 두고만 보겠습니까?"

나는 석가이에게 다가가 두 손을 잡았다.

"그래, 그래. 알아. 하지만 나도 내 몸을 어쩌지 못하겠구나. 그러니 자네가 나를 이해하고 좀 도와주면 안 되겠니?"

"마마. 죽을힘을 다해 도와드리겠나이다."

석가이는 기어코 흐느끼며 내 앞에 엎드렸고 나 또한 눈물을 흘리며 석가이의 등을 토닥토닥 두드렸다.

"고맙구나, 고마워."

나는 한편으로 속이 후련했다. 그 당시 나는 계속 석가이를 속이며 살 수 없었고 나의 본질을 누군가에게 알리고 싶은 생각이 간절했던 것이었다.

"올해 초 궁녀 둘이 대식하다 들켜 장 백 대를 맞고 한 사람은 불구자가 되고 한 사람은 죽은 사건이 있잖습니까? 소인은 그게 걱정이 될 뿐입니다."

"그래. 그건 내가 알아서 하마. 넌 그냥 옆에서 지켜보고만 있으면 그것만으로도 고마운 일이다."

"마마."

석가이는 눈물을 닦으며 고개를 들었다. 충혈된 눈으로 나를 바라보았다. 석가이는 세종대왕의 대식에 대한 단호한 대처를 두려워하고 있었다.

궁녀들은 입궁한 지 15년째가 되어야 나인이 되고 또 15년이 지나야 상궁이 될 수 있었다. 처음 들어오면 애기나인이라 하는데 각 처소에 있는 각 방에서 업무를 배웠다. 물론 소학 등 유교 공부도 했다. 그러다 15

년이 되면 관례식이라는 신랑 없는 결혼식을 치르고 정식 나인이 되는데 이때 두 사람이 한방을 쓰게 된다. 두 사람에게 방자라는 심부름도 하고 잡일도 하는 종비도 준다. 이렇게 상궁이 될 때까지 두 사람이 한 방을 15년 동안 쓰게 되니 아주 친하게 지내게 되는데 문제는 두 사람이 정을 통한다는 데 있다. 30세 전후의 피 끓는 여자끼리 한 방에 사니 육체적 욕망을 느끼는 건 당연할 터였다. 정을 통하는 사람은 엉덩이에 붕(朋)을 새겨 넣었다. 세종대왕은 처음엔 대식하다 걸리면 장 80대를 치라고 했으나 그래도 대식을 하는 사람이 있자 장 100대를 치라고 했다. 여자의 몸으로 장 100대를 맞는다는 것은 죽음을 의미했다.

나는 석가이의 손을 잡은 채 말했다.

"내 비록 처지가 이러나 그래도 세자빈인데 장이야 치겠느냐. 너무 걱정 말거라. 내 일은 내가 알아서 할 것이야."

"알았습니다, 마마. 조심조심 또 조심하셔야 할 것이옵니다. 그리고 모든 심부름은 소인을 시키시옵소서. 남들의 눈과 귀가 두렵사옵니다."

"그래, 그래. 고맙구나."

나는 진정 석가이에게 고마움을 느꼈다. 그만큼 안심도 되었다.

평온한 나날이 되던 날 나는 석가이의 옷을 빌려 입고 소쌍이 비번일 때 궁 밖으로 나갔다. 사가로 가서 맘껏 말도 타보고 소쌍과 맛있는 것도 사 먹고 명승지를 다니며 구경도 하고 싶었다. 다행히 알아보는 사람이 없어 장터거리에서 국밥을 사 먹고 비녀와 가락지를 한 쌍으로 사 나눠 끼기도 했다. 걸어도 구름 위를 걷는 것 같았다.

"더할 나위 없이 행복하다."

"저도 그렇습니다. 마마."

나는 순간 주위를 둘러보았다. 다행히 우리의 말에 귀 기울이는 사람은 없었다. 나는 소쌍의 귀에 작게 말했다.

"그놈의 마마란 소리 하지 말라 했거늘."

"예, 마, 아니 언니."

소쌍은 얼굴이 빨개져서 웃었고 나는 그 모습이 귀여워 볼을 꼬집었다.

"그래, 아우야."

우리는 손을 잡고 하루종일 쏘다녀도 피로한지 몰랐다. 저녁 무렵 사가에 들렀다. 밖에 나온 김에 친정어머니께 인사라도 드리고 싶었다. 하지만 친정어머니는 가까운 외가의 상가에 가시고 밤에 오신다고 했다. 나는 아쉬움에 궁으로 돌아갈까 하는데 외출했던 오라버니 둘이 집으로 들어왔다.

"마마."

작은오라버니는 나와 소쌍을 번갈아 보며 깜짝 놀란 표정을 지었다.

"마마. 이 무슨 해괴한……."

큰오라버니는 말을 잇지 못했다.

"왜요? 놀라셨어요? 궁 안이 하도 답답하여 잠시 외출한 것뿐입니다."

나의 쾌활한 말에도 오라버니들은 소쌍을 곁눈질했다. 변복한 내 차림새에서 불길한 냄새라도 맡았을까. 큰오라버니가 사랑방으로 나를 이끌었다.

"마마. 어찌 된 일입니까. 무슨 일이라도 있습니까?"

"함께 온 여인은 누굽니까?"

오라버니들은 의구심이 가득한 눈으로 물었다.

"일은 무슨 일이랍니까. 아무 일도 없으니 염려 놓으셔요. 저 밖의 아이는 내 처소에 데리고 있는 아입니다."

나는 미소를 띠며 말했다. 기침과 사랑은 숨길 수 없다고 했던가. 미소가 내 입을 떠날 줄 몰랐다.

"혹 소쌍이라는……?"

큰오라버니의 말에 나는 깜짝 놀랐다.

"오라버니께서 소쌍을 어떻게."

나의 말에 오라버니들은 화난 표정으로 나를 바라보았다.

"마마. 왜 이러십니까? 가문이 멸족되기를 굳이 원하십니까?"

그제야 나는 오라버니들의 속마음을 알았다. 내가 소쌍과 사랑을 나눈다는 소문을 들으셨고, 탄로가 나 가문이 화를 입을까 염려하는 것이었다. 내 안전은 안중에도 없었다.

"가문이 멸족되다니요? 대체 무슨 말씀하시는 겁니까?"

나는 밖에 있는 소쌍이 들을세라 낮게 말했다.

"정녕 몰라서 하시는 말씀입니까?"

작은오라버니가 말했다.

"난 지은 죄가 없습니다."

나는 작지만 단호하게 말했다.

"그럼, 밖에 저 아이는 왜 데리고 다닙니까?"

"내 처소의 시종이라 하지 않았습니까?"

"마마. 제발 자중하시옵소서. 멸문지화 당하는 것은 순간입니다."

나는 오라버니들과 얘기를 나누다 벌떡 일어섰다. 내 처지는 상관하지 않고 오직 출세와 가문의 영광만 생각하는 오라버니들이 불쾌했다.

난, 씨받이였습니다. 씨받이입니다. 궁에 들어와 단 한 번도 내 뜻대로 산 적도 없었습니다. 한 번도 내가 나인 적도 없었습니다.

시퍼런 말들이 입안에서 아우성쳤다. 나는 오라버니들을 일별하곤 방을 나왔다. 소쌍이 두려움으로 나를 바라보았다. 나는 소쌍을 보며 미소를 띠었다. 안심하라는, 별거 아니라는 암시였다.

"마마. 체통을 유지하시옵소서."

마당까지 따라온 오라버니들이 울부짖듯 말했다.

"어머니 오시거든 나는 잘 있다 말씀 전해주세요."

나는 오라버니들에게 싸늘하게 말하곤 집 밖으로 나갔다. 소쌍이 한 걸음 뒤에 따라왔다. 궁에서 하던 버릇이었다. 나는 뒤에서 오라버니들이 보고 있을 줄 알면서도 소쌍의 손을 잡고 나란히 걸었다. 코웃음이 나왔다. 깔깔깔. 크게 웃고 싶었지만 아랫배에 힘을 주고 겨우 참았다.

며칠 후 또다시 내 처소에서 나인이 자살했는데 감찰나인이었다. 나는 불길한 예감이 들어 며칠 동안 잠을 이루지 못했다. 그러다 현나인을 불렀다. 아무래도 감찰부에 원한이 있는 사람 중에 현나인이 자꾸 신경 쓰였다.

"감찰나인이 자살한 그날 근무했느냐?"

나는 현나인이 방에 들어와 인사하기가 무섭게 물었다.

"비번이었습니다."

"어디 있었느냐?"

"방에 있었습니다. 이 다리로 어디 나돌아다닐 처지도 아니고요."

"정말이더냐?"

나는 매섭게 물었다. 고개를 숙이고 입을 다물고 있던 현나인이 고개를 들었다.

"마마, 저를 의심하시는 겁니까?"

"아니면 미안하구나."

나는 여전히 찜찜한 구석을 떨치지 못하고 말했다.

"감찰나인은 자살했습니다. 감찰부의 공식 의견입니다."

"너도 그렇게 믿느냐?"

"믿어야지요. 감찰부에서 의녀의 검안을 거쳐 그렇게 윗전에 보고했으니까요."

"저번에도 감찰나인이 죽고, 이번에도."

"마마께선 감찰부의 보고를 못 믿으십니까?"

"음."

나는 한숨을 크게 내쉬었다.

"못 믿으신다면 이유를 여쭈어도 되겠습니까?"

"뭐라?"

나는 음성을 높였다.

"송구하옵니다. 만약 타살이라면 그럴만한 이유가 있겠지요."

"뭐라?"

나는 놀라 현나인을 바라보았다.

"자살이든 타살이든 인과응보라는 뜻이옵니다."

"설마, 자네."

나는 말을 잇지 못하다 겨우 말을 꺼냈다.

"저번의 감찰나인도 자네가 살해를?"

"올챙이 무리를 뜯어보면 각각 한 마리씩이나 전체로 보면 하나의 무리입니다."

"무슨 뜻인가?"

"궁녀들이 각자 살아가도 나름 동질 의식을 가진 커다란 무리라는 겁니다."

"그래서? 그 무리를 해하는 자가 나타나면 누구든 살해할 수도 있다는 말인가?"

"……"

현나인은 침묵했다. 나는 이 침묵이 무엇을 의미하는지 생각해 보았지만 속마음을 알 수 없었다.

"그럼. 자네가 안 죽였어도 자네 무리 중 누군가가 죽였을 수도 있다는 말인가?"

"……"

"나도 세자도 전하도 해할 수도 있다는 말인가?"

"마마님과 소쌍을 보호하고 싶습니다."

"무슨 말인가? 왜 말을 돌리는가?"

"차차 아시게 될 것이옵니다."

지금 이런 말을 하는 게 의아할지 모르겠으나 당시의 나는 현나인의 말을 들으며 서늘한 기운을 느꼈으면서도 어떤 동질감을 느낀 것 또한 사실이었다. 틀린 말이 하나도 없다는 생각이 들었기 때문이었다.

"그만, 가보게."

"옥체 보존하시옵소서."

일어서는 현나인에게 무슨 뜻이냐고 물으려다 입을 다물었다. 예감이었다. 나에게 큰 변이 닥칠 것이라는.

13. 열녀전 배우기를 거부하다

친정에 다녀온 후 그날 밤 나는 꿈을 꾸었다. 세자의 후궁인 권양원이 내 처소로 문안 인사하러 온 꿈이었다. 생시에도 어쩌다 오면 차마 투기로 몰릴까 봐 데면데면 대했는데 꿈에서는 이상하게 너그러이 대했다.

권양원은 나에게 문안 인사를 올린 후 이상한 소문이 돈다고 했다.

"그래요?"

나는 윗사람답게 너그럽게 대답했다.

"예, 마마. 요즘 궁녀들이 대식을 많이 해 전하께서 걱정을 많이 하시는데 어쩐지 빈궁전에도 안 좋은 소문이 돕니다."

나는 꿈에서도 이 요망한 것이 내 세자빈 자리를 노리고 있다고 생각했다. 내가 물러나는 걸 가장 바라는 사람이 아닌가. 그의 아버지 권전이라는 자도 권력욕에 눈멀어 딸을 후궁으로 바친 것이 아닌가. 나는 이런저런 생각을 하며 말했다.

"내 자리가 탐나시오?"

"그렇습니다. 빨리 내려놓으시지요."

꿈이니까 가능한 대화라 치더라도 내가 화를 내야 마땅하거늘 나는 웃고 말았다.

"주겠소. 다 주겠소. 그깟 세자빈 자리가 중요하오? 난 진정 중요한 걸 얻었는데 말이요."

"그게 무엇입니까?"

권양원은 끈질기게 물었고 나는 약을 올리며 안 가르쳐주었다. 꿈에서도 나는 소쌍만 있으면 된다고 생각했다. 이미 원자 낳기를 포기했고 후궁이 사내아이를 낳으면 내 양자로 들이면 되니까 하는 생각을 했다. 생시라면 참으로 무서운 생각이었지만 꿈에서는 하나도 이상하지 않았다. 꿈에서 깼을 때는 언제 권양원이 갔는지 그 후의 일은 떠오르는 것은 없고 오직 세자빈 자리 같은 거 물려주겠다는 말이 생생하게 남아 있었다. 불쾌한 마음이 오래 가슴에 남아 있었다.

무엇이든 좋은 일은 오래가지 않는다고 했던가. 석가이가 숨이 목까지 차서 달려왔다.

"마마."

나는 놀라 석가이를 바라보았다.

"소쌍이, 소쌍이 그러니까 단지라는 아이와 함께 잠을 잔다는 소문이 돌고 있습니다."

"뭐라? 단지라는 아이와 잠을 자?"

나는 가슴이 덜컥, 내려앉았다.

"단지란 아이가 누구야?"

"양원 마마의 처소 아이랍니다."

권양원을 말하는 것이었다. 딸은 태어나자마자 금방 죽었는데 그 후로 아직 임신을 못 하고 있었다. 세자는 자주 그 후궁에게 간다고 했다. 단지는 양원 권 씨가 사가에서 데려온 종비라고 했.

"좀 자세히 말해보아라. 언제부터라더냐?"

"그건 모르겠고 하여튼 좀 된 것 같습니다. 잠을 잤다고 하니 여간한 사이도 아닌 듯합니다."

"음."

소쌍이 설마 다른 사람과 정을 통하리라고는 전혀 생각지 못했다. 그렇다고 당장 불러 따지기도 이상하여 일단 오늘 밤에 오기로 했으니 그때 물어보기로 했다.

"너는 오늘부터 계속 소쌍의 뒤를 밟아 단지라는 그 아이를 만나는지 알아보고 혹 만나거든 훼방을 놓아 못 만나도록 하거라."

"예, 마마."

석가이가 물러가자 나는 분노가 일었다. 또한 소쌍이 내 곁을 떠날까 봐 걱정도 되었다. 만약 소쌍이 나를 싫어하고 그 단지란 년을 좋아한다면? 생각만 해도 정신이 어질했다.

그날 밤 소쌍은 평소와 같이 내 방으로 왔다. 나는 시침을 떼고 안마시켰다. 소쌍은 웬일이냐는 듯 안마를 했지만 나는 몸이 안 좋다고 했다.

"마마. 근육이 뭉쳐 있사옵니다."

"그래? 내가 요즘 몸이 안 좋다 싶더니만."

나는 누워 안마받으며 소쌍의 눈치를 보았다. 여느 때와 다를 바가 없었다.

"무슨 일이 있사옵니까?"

소쌍은 물었고 나는 아니라고 하며 안마를 그만하고 옆에 누우라고 했다. 소쌍은 안마를 끝내고 눕겠다고 하며 계속 안마를 했다. 안마도 여느 때와 같이 정성껏 안마했다. 온 몸이 개운했다.

"됐다. 이리 오너라."

나의 말에 소쌍은 내 곁에 누웠다.

나는 소쌍이 옆에 와 눕자 꼭 안았다. 나도 모르게 눈물이 났다.

"마마. 무슨 일이옵니까?"

"아니야. 요즘 자꾸 눈물이 나는구나. 봄이 와서 그런가 보다."

나의 말에 소쌍은 고개를 들어 나를 보며 말했다.

"무슨 일이 있으면 언제든 말씀하시옵소서."

"그래, 그래."

나는 소쌍을 꼭 안았다. 단지와는 어떻게 된 사이냐고 차마 묻지도 못했다. 묻는 순간 소쌍이 나를 떠날까 봐 두려웠다. 소쌍이 없는 세상은 상상만 해도 끔찍했다. 어떻게 하든 단지를 안 만나게 하는 것이 중요했다. 나는 소쌍의 가슴에 손을 가져가며 생각했다. 절대 이 아이를 놓치지 않을 것이다, 죽는 한이 있더라도.

다른 날과 다르게 나의 격정적인 행동에 소쌍은 의아한 표정을 지으면서도 나의 행동을 다 받아주었다. 간절함이란 이런 것일까. 떠난다고 생각을 안 할 땐 느긋하게 즐길 수 있었는데 이제 소쌍이 다른 사람과 정을 통할 수 있다는 사실만으로 초조했다. 나는 소쌍의 옷을 벗기자마자 위로 올라가 거칠게 애무했다. 가슴을 애무할 땐 소쌍은 쾌락의 교성이 아니라 고통의 신음을 냈다. 나는 자제하려고 했지만 잘 조절되지 않았다. 배꼽을 지나 불두덩에 왔을 때도 내 입술은 거칠게 빨았다. 소쌍은 고통으로 몸을 떨었다. 소쌍이 내 위로 올라왔을 때도 거칠게 애무해 달라고 했다. 고통의 끝을 맛보고 싶었다. 소쌍이 가슴을 애무하거나 불두덩을 혀로 핥을 때 나는 소쌍의 등을 두드리기도 했다. 마치 말을 타고 달릴 때 채찍을 가하는 것처럼.

마침내 둘 다 땀을 흘리며 지쳐 옆으로 돌아누웠을 때 나는 후회를 했다. 말을 잘 다루는 사람은 말과 하나가 되어야 한다고 한다. 채찍으론 말을 다룰 수 없다고 했다. 말과 하나가 될 때 들판을 질주할 수 있다고 했다. 그렇지 않으면 달리다 낙마하기가 십상이었다. 어릴 때부터 말을 탔기에 그런 것을 잘 알았건만 나도 모르게 소쌍에게 가학을 한 거 같아 미안한 마음이 들었다. 나는 여전히 거친 숨을 내쉬며 돌아누워 소쌍을 안았다.

"미안하구나. 미안하다."

나는 소쌍을 꼭 안았다.

"아니옵니다."

소쌍 역시 숨을 몰아쉬며 말했다. 거짓이 아닌 것 같았다. 내가 힘들다면 그 정도는 받아줄 수 있다는 뜻 같았다. 나는 숨이 잦아들기를 기다리며 안고 있었다. 소쌍이 옷을 입고 나가려 할 때 문갑에서 옥비녀를 꺼내 건네주었다.

"이거 하고 다녀라. 너에게 잘 어울리겠다."

소쌍은 머뭇거렸다.

"저 같은 천한 사람이 이런 좋은 것을 하면 남들이 이상하게 생각합니다. 안 그래도 마마와 자주 같이 지낸다고 수군거리는데요."

나는 서운한 마음이 들었다.

"다른 마음이 있어 그런 게 아니고?"

"예?"

소쌍은 놀란 표정을 지었다.

"아닙니다, 마마. 받겠습니다."

소쌍은 두 손으로 비녀를 받아 주머니에 넣었다. 나는 흐뭇한 표정으로 소쌍이 나가는 뒷모습을 바라보았다.

소쌍이 가고 난 뒤 나는 요를 바꿔 깔았다. 언젠가 지밀나인들이 마마께서 직접 이불과 요를 걷는다고 수군거린다는 소리를 석가이게 들은 적이 있었지만, 소쌍과의 정 나눈 흔적을 보이지 않기 위해선 어쩔 수 없었다.

소쌍이 가고 밤이 되자 석가이가 돌아와 소쌍에 대해 말했다.

"오늘 온종일 안 보였습니다. 단지는 종일 양원 마마 처소에 있었고요.”

"다행이구나, 아무 일도 없었다니.”

나는 소쌍이 여기 왔었다는 말은 하지 않았다.

"근데 마마. 소쌍과 단지가 서로 사랑하는 사이가 맞기는 맞는 거 같은데 단지가 소쌍을 더 사랑하는 것 같습니다.”

"뭐?”

나는 깜짝 놀라 말했다.

"소쌍과 단지는 마마가 좋아하기 전부터 사랑했던 거 같은데 소쌍이 마마와 가까이 지내면서 단지와 사이가 멀어진 거 같습니다. 근데 단지는 자꾸 소쌍과 만나자고 성화고요. 소쌍도 할 수 없이 단지를 만나는 것 같습니다.

"허허.”

나도 모르게 한탄했다.

"아직 확실한 건 아니니까 너무 염려 마시고 조금 더 알아보겠나이다.”

"그래, 확실히 알아보거라. 둘이 절대로 만나면 안 된다. 알겠느냐?”

"예, 마마.”

석가이는 요가 한쪽에 있는 걸 흘끔 보았다. 소쌍이 왔다 간 걸 눈치챘다.

"소쌍이 여기 왔다가 어디 간다는 말은 없었습니까?”

"없었는데 왜 그러느냐?”

나는 의구심이 생겨 물어보았지만, 석가이는 고개를 저었다.

"하여튼 둘이 이상합니다. 양원 마마 처소에 있는 잘 아는 나인 한 사람한테 물어보니 둘이 예전부터 친하게 지냈다는 것은 사실이고 지금도 친하게 지내는 것도 사실인데 소쌍이 뭔가 숨기고 있다는 생각입니다.”

"나한테 숨길 게 뭐가 있다고. 괜한 의심 말거라.”

나는 석가이가 소쌍을 의심하는 것이 불쾌했다. 석가이는 뭔가 생각하는 듯하다가 요의 홑청을 뜯어 밖으로 나갔다.

며칠 후 윗전에 문안드리고 나서 처소로 오는데 세자가 나를 불러세웠다. 요즘은 중전께서 정해놓은 날에도 거의 오지 않는 터라 왜 그럴까 하고 돌아보았다.

"빈께서 며칠 전 열녀전 배우기를 거부하셨다고요?"

"예."

나는 싸우기 싫어 짤막하게 말했다.

"궁의 모든 궁녀가 다 배우는데 모범이 되어야 할 빈께서 어찌 배우기를 거부한단 말이오?"

세자는 낮은 목소리로 말했다. 웬만큼 화가 나서는 큰소리를 내는 법이 없는 세자였다.

"부녀자의 도리만 있지 남편의 도리는 없기에 그만두었습니다."

"허. 그럼, 열녀전인데 열녀들만 나오지 거기에 왜 남자들이 나옵니까?"

"그럼, 남자도 열녀전처럼 부인이 죽으면 따라 죽는 책도 같이 구해주시면 열녀전을 공부하겠습니다."

"허!"

세자는 어이가 없다는 표정을 지었다. 나는 세자와 말을 더하다간 더 심한 말이 나올까 싶어 내 처소로 향했다. 세자는 걸음을 옮기지 않고 나를 쳐다보는 게 느껴졌다. 나는 아무렇지도 않은 듯 걸었.

처소로 오니 이상궁이 있었다. 나는 툭, 던지듯 말을 했다.

"궁 안의 모든 여자가 열녀전을 공부한다면서요?"

"예, 마마. 명나라와 우리나라의 열녀들을 뽑아 놓아서 그런지 배울 점이 많습니다."

"그럼 나도 좀 배우면 안 됩니까?"

석가이가 끼어들었다.

"너는 누구에게 정절을 지키려고 열녀전을 배우겠다는 거야?"

내 말에 석가이는 배시시 웃었다.

"저라고 시집가지 말라는 법이 있습니까. 지금이라도 좋은 남자 만나면 당장이라도 시집가겠나이다."

"뭐?"

나는 어이가 없어 웃고 말았다. 왕비나 세자빈이 사가에서 데려온 나인을 본방나인이라 하는데 그들도 궁에 들어온 이상 시집 못 가는 것은 당연했다. 그걸 알면서도 그렇게 얘기하는 석가이가 우습기도 했지만 한편으로 불쌍하기도 했다.

"이상궁은 지금까지 유교 이념 배운 거 중에서 뭐가 제일 기억에 남소?"

나는 비꼬듯 물었다.

"공자의 말씀이 기억납니다."

"어떤 구절이요?"

나 대신 석가이가 물었다.

"예는 부부를 삼가는 데서 시작되니, 하는 것부터요."

나는 가만히 있었고 석가이가 계속 말해 달라고 했다. 이상궁은 다 외웠는지 술술 막힘 없이 말했다.

"집을 짓되 안과 밖을 구분하여 남자는 밖에 거처하고 여자는 안에 거처하여, 집을 깊숙하게 하고 문을 굳게 닫아 문지기가 지켜서, 남자는 안에 들어가지 않고 여자는 밖에 나오지 않는다. 여자는 문을 나설 때 반드시 그 얼굴을 가리며 밤에 다닐 때는 횃불을 사용해야 하니 횃불이 없으면 다니지 않는다."

"아니, 남자 여자가 서로 들어가지도 나오지도 않으면 아는 언제 낳는데요?"

석가이가 말했고,

"그러게 말이다. 공자 말 들으면 모든 가문이 후사가 끊기겠구나."

내 말에 이상궁은 표정 없이 가만히 있었고 나는 속으로 웃었다.

"공자 말씀이 다 좋은 줄 알았는데 안 좋은 것도 있네요."

석가이는 고개를 갸웃거리며 말했다.

"그러게 말이다. 허허."

결국 나는 개구쟁이 학동처럼 소리 내어 웃고 말았다. 석가이도 따라 웃었다. 석가이와 떨어져 내 방에 왔을 때 탁자 위에 편지 한 통이 있었다.

누가 이걸?

나는 불길한 예감으로 봉투를 뜯었다. 손이 떨렸다.

마마. 조심하시옵소서. 곧 전하께서도 아시게 될 것이옵니다.

반듯한 글씨였다. 이런 글씨를 쓰는 사람은 궁궐에서 궁녀밖에 없었다. 겨드랑이에서 차가운 땀방울이 주르륵 흘러내렸다.

14. 세자의 생일을 잊다

나는 소쌍이 하루라도 눈에 보이지 않으면 불안하였다. 꿈에서도 단지와 도망가는 것을 겪었기 때문에 항상 소쌍이 어디에 있는지 알려달라고 했다. 내가 부르면 언제든 올 수 있도록 핑계를 대었지만 단지와 같이 못 있게 하는 게 첫 번째였다. 그러다 정말로 그런 일이 벌어졌다. 소쌍이 아침부터 보이지 않았다. 환장할 일이었다. 같은 방을 쓰는 방자한테 물어보니 아침 먹을 때까지 있었다고 했다. 그 후로 보지 못했다고 했다.

비번이니 어디 사적인 볼일을 본다고 하더라도 종비가 갈 수 있는 곳은 한정되었다. 석가이를 시켜 방마다 상궁과 나인들에게 소쌍에 관해 물어보게 했으나 아무도 시킨 일도 없고 본 일도 없다고 했다.

"혹 궁 밖으로 나가지 않았을까요?"

소쌍은 정식 궁녀가 아니고 종비이기 때문에 궁녀보다는 궁 밖의 출입이 자유로웠다. 같은 종비인 방자는 나인들의 심부름을 주로 하는데 궁 밖에서 아침저녁으로 출퇴근하는 이도 있었다. 그런 방자는 결혼한 사람도 있었다. 반면에 궁에서 잠도 자는 방자는 결혼할 수 없었.

"나갔으면 나한테 얘기는 했을 것이 아닌가. 아니면 하다못해 이상궁에게는 말했을 것이 아닌가."

나의 말에 이상궁은 원래 그렇게 해야 하는데 비번일 경우 방자가 퇴근할 때 같이 나가 출근할 때 같이 들어오는 일도 있다고 했다. 물론 들키면 벌을 받기 때문에 같이 자는 사람들도 거짓말로 보호해 준다고 했다.

아무리 궁이 넓다고 해도 종비 하나가 저녁 내내 보이지 않을 수 없었다. 나는 초조했고 불안했다. 만약 도망이라도 쳤으면? 단지와 정을 통했으니 들키면 곤장 100대를 맞아 죽을 수도 있는 상황 아닌가. 또한 나하고도 정을 통했으니 들키면 목숨이 왔다 갔다 하는 건 사실이었다. 소쌍 또한 알고 있을 터였다.

그래도 그렇지. 평생 내 곁을 떠나지 않겠다고 해놓고는.

나는 분노로 몸을 부들부들 떨었다. 밖에 나갔던 석가이가 들어와 머뭇거리는 게 보였다.

"뭔데 그러느냐? 속이지 말고 알고 있는 거 모두 털어놓아라."

석가이는 깜짝 놀라며 마침내 입을 열었다.

"양원 마마 처소의 단지라는 아이도 비번인데 없다고 하옵니다."

"뭐?"

피가 머리로 솟구쳤다.

"마마. 같이 궁을 나갔다는 증거는 어디에도 없습니다. 본 사람도 없으니 고정하시옵소서."

석가이가 마치 자신이 죄를 지은 것처럼 무릎을 꿇었다.

"뻔하지 않으냐. 둘 다 비번인데 처소에 없다면 궁 밖에 나갔을 것이 아닌가?"

나는 아찔하여 쓰러질 것 같았다. 아, 이대로 소쌍을 평생 못 보는 건가. 이제 소쌍과는 끝나는 건가. 하늘이 무너지는 것 같았다.

"고정하시옵소서. 만약 단지와 같이 나갔다면 내일 아침에 올 것이니 너무 걱정 마시옵소서."

이상궁도 옆에 와서 걱정스러운 눈빛으로 말했다.

"그래, 그래서라도 내일 온다면 좋으련만."

만약 도망갔으면 어떡하느냐, 하는 말은 차마 하지 못했다. 모두 나가라 하고 누웠으나 잠이 오지 않았다. 소쌍이 도망갔다는 생각밖에 들지 않았다. 온몸에 피가 마르는 느낌이었다. 입술이 탔다. 물을 마셔도 갈증이 났다.

그렇게 삭정이 같은 밤을 새우고 났을 때 거짓말같이 소쌍이 나타났다. 석가이도 잠을 못 자고 문 앞에서 기다리고 있다가 소쌍을 데리고 온 것이었다.

"무슨 일이 있었던 것이냐?"

생각과 달리 말이 부드럽게 나왔다. 어젯밤에는 들어오면 당장 치도곤을 내고 다시는 이런 일이 벌어지지 않도록 단단히 단속할 작정이었다. 그러나 막상 보니 분노보다는 반가움에 눈물이 났다.

"무슨 일인지 상세히 고하거라."

이상궁이 엄하게 소리쳤다.

"저."

소쌍은 머뭇거렸다.

"빨리 말 못 하겠나? 마마께서 밤새 못 주무시고."

석가이는 말을 하다 나를 보고는 말을 멈추었다.

"소쌍만 남고 모두 나가거라."

나는 우선 주위 사람들을 물리쳤다. 이상궁은 잔뜩 화난 눈길을 소쌍에게 보내더니 밖으로 나갔다. 이상궁도 종비를 잘못 다룬 책임에서 벗어날 수 없었다. 나는 소쌍에게 가까이 다가가 손을 잡았다.

"정말로 아무 일도 없었던 게야?"

나는 걱정스러운 얼굴로 소쌍을 바라보았다.

"아무 일도 없었습니다. 마마께 고하고 간다는 게 워낙 급해서."

소쌍도 분위기를 눈치챘는지 떨리는 목소리로 말했다.

"그래, 그러면 됐다. 근데 어떻게 해서 나간 거야? 원래 못 나가게 되어 있지 않으냐? 단지가 너를 꼬드겨서 그런 게야?"

"바깥 구경을 하고 싶었습니다. 계속 궁에만 있으니 답답해서."

"바깥 구경?"

그 심정은 나도 잘 알았다. 세자를 따라 종학에 갔을 때 창피함을 무릅쓰고 궁녀들의 변소 구멍으로 바깥세상을 구경하지 않았던가.

"그래서 마침 단지가 함께 생활하는 방자가 퇴근할 때 같이 나가자고 해서 그만 고할 시간도 없이. 죽을죄를 지었습니다."

소쌍은 고개를 조아렸다.

"아니야, 아니다. 근데, 잠은 어디서 잤느냐? 단지와 잤느냐?"

내 말이 떨렸다. 묻지 말아야 한다고 생각했는데 나도 모르게 말이 튀어나왔다.

"아, 아닙니다. 방자의 집에서 셋이 잤습니다."

"그래. 그러면 됐다. 내 이상궁한테 얘기해서 너를 벌 주지 말라고 할 테니 그리 알아라."

"고맙습니다, 마마."

"대신. 아까도 얘기했지만 다시는 이런 일이 없어야 한다. 알겠느냐? 나한테 다짐하거라. 다시는 나한테 얘기 안 하고 내 눈에 보이지 않는 일은 없을 것이라고."

"예, 마마. 다시는 그런 일이 없을 것이옵니다."

나는 소쌍을 와락 안았다. 또다시 눈물이 왔다. 왜 소쌍만 안으면 눈물이 날까. 나는 급히 입을 소쌍의 입술로 가져갔다. 소쌍도 적극적으로 입을 맞추었다. 어느새 서로의 몸을 탐했고 옷은 금방 벗겨졌다. 우리는 알몸인 채 천년은 만나지 못한 연인처럼 격정적인 사랑을 나누었다. 특히 소쌍은 내게 미안했든지 온몸을 골고루 혀로 위로해 주었다. 소쌍에 대한 서운한 감정이 말끔히 가시었다. 격정의 열락으로 나른한 느낌에 소쌍과 함께 누우니 그동안 소쌍에게 가졌던 감정이 봄에 잔설 녹듯 말끔히 녹았다. 그러나 그즈음 소쌍과 사랑을 나눌수록 환희와 두려움을 동시에 느꼈다. 터질 듯한 쾌락 속에 두려움이 스며 있었다. 아마도 나중에 얘기하겠지만 소쌍도 그런 양 감정을 느끼고 있었음을 실토했다.

다음 날 이상궁이 큰일났다고 했다. 나는 시큰둥하게 무슨 일이냐고 물었다. 그 당시엔 소쌍과의 문제가 아니라면 나한텐 큰일이 아니었던 셈이었다.

"내일이 세자 저하 생신이옵니다."

"뭐라고요?"

나는 깜짝 놀랐다. 요즘 소쌍에게 정신이 팔려 미처 세자의 생신을 생각지 못했던 것이었다.

"선물은 어찌하오리까?"

그랬다. 선물이 문제였다. 매년 세자의 생신에 내가 침방의 도움을 얻어 직접 만든 옷가지를 선물했는데 생신이 내일이라면 밤을 새워도 할 수 없었다.

"어쩌겠소. 준비한 선물도 없는데 올해에는 그냥 넘어가지요."

"아니옵니다, 마마. 윗전에서 아시면 크게 노하실 겁니다."

"그럼 어쩌란 말이오. 지금 만들 수도 없지 않소."

이상궁은 침방에 밤을 새우게 하더라도 준비하자고 했다. 나는 어쩔까 망설이다 작년에 선물로 준 옷이 생각났다.

"맞아. 작년에 준 속옷이 그대로 있소. 그걸 주면 되겠소."

"마마. 어떻게 작년에 준 선물을 또 주신단 말입니까?"

이상궁은 말도 안 된다는 듯 고개를 저었다.

"입지도 않는 걸 매년 줄 필요 있겠소? 작년에 준 게 한 번도 입지 않았는데 그걸 다시 다려서 줄 것이오."

"마마."

"그만 물러가시오."

나는 골치가 아파 음성을 높였다. 이상궁은 굳은 얼굴로 밖으로 나갔다.

"입지도 않을 것을 매년 선물해서 어쩌겠다는 거야."

나는 화가 나서 중얼거렸다.

그즈음 나는 어떻게 하면 폐위될 수 있을까 고민했다. 사실이었다. 이렇게 사는 건 사는 게 아니라는 생각이 자꾸 들었다. 그러면서 폐위 후의 생활을 상상하면 흥분으로 심장이 벌렁벌렁 뛰었다. 얼마나 신날까. 폐서인 되어 궁을 나가면 누구의 눈치도 보지 않고 소쌍과 하루종일 함께 있을 수 있지 않은가. 세자빈의 자리가 아무리 권력과 명예를 가진 국모가 될 자리라 해도 사랑하는 사람과 함께 할 수 없다면 무슨 소용이 있겠는가. 폐위되려면 중죄를 지어야 하는데 그럴 방법이 없었다. 소쌍과의 관계를 얘기하면 곧장 폐위될 것 같은데 그러자니 친정이 걸렸다. 다른 일도 아니고 여자를 사랑한 죄로 쫓겨난다면 친정 오라버니들이 가만히 있지 않을 것이라는 것은 자명했다. 나는 어떻게 하면 소쌍과 누구의 눈치도 보지 않고 평생 사랑하며 살 수 있을지만 생각하고 또 생각했다. 하지만 보이지 않는 무엇이 나를 계속 쪼여오는 느낌을 떨칠 수 없었다. 무언가 대책을 세워야겠다는 생각이 들었다.

15. 친정아버지 돌아가시고

며칠 뒤 나는 윗전에 문안을 드리러 갔다가 세종대왕에게 꾸지람을 들어야만 했다.

"빈은 세자의 생일에 선물을 한답시고 작년에 한 것을 또다시 했다는데 이것은 세자뿐만 아니라 나까지 기망하는 일이다. 다시는 이런 일이 없어야 할 것이다."

역시 궁이 무서웠다. 나와 이상궁만 알고 세자에게 드렸는데 어떻게 그렇게 빨리 세종대왕의 귀에 들어갔는지 두려웠다. 세종대왕은 소학에서 공자의 말씀을 인용하셨다.

"부인은 남편에게 잘 복종할 것이라고 했다. 따라서 이런 까닭으로 오로지 결정하는 일이 없고, 세 가지의 따르는 도리가 있다고 했으니, 친가에 있으면 아버지를 따르고, 시집가면 남편을 따르고, 남편이 죽으면 아들을 따라서, 감히 스스로의 뜻대로 이루는 것이 없어야 할 것이고 또한 그 교령이 문밖으로 나가지 않고, 하는 일이 제사 지내는 음식물이나 식사를 마련하는 일일 따름이라고 했다. 이런 까닭으로 여자는 하루를 규문 안에서 보내고, 백릿길 친상의 소식을 들어도 급히 달려가지 않는다고 했다. 또한 일을 마음대로 하지 않고 행동을 혼자 이룸이 없어서, 참여하여 그 사실을 안 뒤에 움직이고 잘 증험한 뒤에 말하며, 낮에는 뜰에서 놀지 않고 밤에 다닐 때는 불을 들고 다니니, 이는 부녀자의 덕행을 바르게 하는 까닭이다. 알아듣겠느냐?"

"예, 전하."

나는 죽을죄를 지은 죄인처럼 머리를 조아렸다. 중전 역시 한마디 하셨다.

"빈은 평소에 환관이나 궁녀들에게 무릎을 보호하는 호슬이나 주머니 자루 등을 손수 만들어 주는 등 아랫것들에게는 잘 나누어 주면서 어찌 지아비인 세자의 선물을 작년에 한 것을 방금 한 것처럼 속여 할 수가 있는가."

라고 힐책하시면서 덧붙였다.

"빈은 평소에 세자의 의복 신 띠 등의 물건을 사가에 보낸 적이 있는가?"

나는 가슴이 덜컥 내려앉았다.

"마마. 그건 저하께서 입지도 않고 신지도 않기에 아까워서 그런 것이옵니다."

"궁중의 물건은 궁 밖으로 내는 것을 금지하고 있거늘."

중전은 혀를 쯧쯧 차더니 말을 계속 이었다. 작심하신 것 같았다.

"속옷 적삼 말군을 여자의 옷으로 고쳐 만들어 사가의 어머니에게 보낸 적이 있는가?"

"마마. 죽을죄를 지었습니다. 입지 않으시니 버리기엔 아까워 그렇게 하였나이다."

나는 고개를 조아렸다.

"두 가지 다 부모를 위한 것이니 크게 책망할 일은 아니나 세자의 옷을 그렇게 하는 것은 도리가 아니니 앞으로 각별히 조심하도록 하라."

중전의 작두날 같은 말씀을 들으며 나는 겨드랑이에서 식은땀이 주르륵 흘러내리는 것을 느꼈다. 문안이 끝난 후 세자와는 인사도 없이 헤어져 처소로 돌아왔다. 지아비가 아내의 잘못을, 그것이 잘못된 행동인지 몰랐다며 덮어주지 않고 윗전에게 알리는 세자에게 환멸을 느꼈다.

며칠 후 사가로부터 아버지께서 별세하셨다는 부고를 받았다. 하늘이 무너진 느낌이었다. 힘들 때나 기쁠 때나 생각나던 아버지였다. 특히 아버지가 있어 든든한 뒷배가 되어주었는데 이제는 나를 도와줄 힘 있는 사람이 없다는 두려움에 떨었다.

세자와 함께 문상하러 갔는데 세자는 당일로 돌아오고 나는 같이 궁으로 돌아가자는 세자의 요청에도 불구하고 9일 동안 있다가 궁으로 돌아왔다. 그 일로 세자는 화가 났다고 석가이로부터 들었는데 또다시 다른 문제로 세자와 싸웠다.

아버지의 노제 문제였다. 나는 아버지의 노제를 당고부에게 부탁했는데 당고부는 노제를 잘 치른 후 나를 찾아왔다. 내가 궁으로 불렀는데 노제를 하느라 고생한 사람들을 알려달라고 했다. 그리고 내가 직접 만든 무릎을 보호하는 호슬과 주머니를 선물했다. 세자는 노제와 선물을 문제 삼았다. 먼저 세자는 태종대왕 시절 예조에서 올린 법을 인용했다.

"장례는 사치스럽게 치르지 말라고 했습니다. 노제의 본뜻을 어기지 말고 부처에게 의존하지 말 것이라고 했습니다."

세자는 아버지인 세종대왕을 닮아 학문을 좋아하고 책을 좋아해 모르는 것이 없을 정도였다.

"사치스럽다니요? 직접 문상가셨지 않습니까? 그리고 노제는 예전부터 내려온 풍습대로 한 것뿐입니다."

나는 나대로 반론을 제기했다.

"시대가 변했지 않소. 또한 제사상에는 흰떡과 과일만으로 검소하게 차릴 것이며 이를 어길 경우 벌을 주어야 한다고 했습니다. 그러니까 양반들의 과시욕을 금하는 것입니다."

"그럼, 우리 친정에서 과시했다는 말씀입니까? 아까도 말씀드렸지만, 예전부터 내려온 풍습대로 했을 뿐입니다."

세자는 특히 노제를 없애야 할 악습이라고 했다. 나는 예전부터 내려온 풍습인데 그럴 수 있느냐고 했다.

"그러니까 왕족으로 시집온 빈 같은 집에서 모범을 보여야 하지 않겠소. 그리고 그토록 궁의 물건은 밖으로 내가지 않도록 얘기했거늘."

세자는 당고부를 비롯해 노제에 고생한 사람들에게 선물한 것을 문제 삼았다. 어이가 없었다.

"노제는 부모에 대한 효 때문입니다. 효는 전하께서도 특히 강조하시는 것 아닙니까? 그럼 칭찬할 일이지요. 또한 선물이야 제가 직접 만들어 성의껏 준 겁니다. 비싼 것도 아니요, 사치도 아닙니다."

날이 선 내 말에 세자는 허, 하며 내 얼굴을 바라보다 처소로 발길을 돌렸다. 나는 세자의 뒷모습을 보며 이제는 세자와 너무 멀리 왔다는 생각이 들었다.

근 한 달여 동안 소쌍을 가까이하지 않았다. 상중이라 나름 절제를 하였다. 술도 마시지 않았다. 술이 간절하게 당겨도, 그리고 소쌍이 그리웠지만 참아야 했다. 상중이니 특히 조심해야 한다고 생각했다.

그러던 어느 날 석가이가 입에 거품을 물고 방으로 들어왔다. 나는 또 무슨 일이냐는 듯 석가이를 바라보았다.

"글쎄 소쌍 그년이."

석가이는 씩씩거리며 말도 잘 못 했다.

"소쌍이 왜? 소쌍에게 무슨 일이 있느냐?"

나는 불길한 예감으로 물었다.

"그러니까, 그년이요. 왜 마마께서 준 산호 비녀 있잖습니까? 그게 글쎄 단지라는 년한테 있다니까요?"

"뭐? 그게 왜 단지한테 있어?"

나는 황망하다는 듯 물었다.

"제 말이 그렇습니다. 예, 마마께서 주신 산호 비녀가 왜 그년에게 있느냐 말입니다."

"허."

나는 불쾌감으로 몸에 기운이 빠져 한숨을 내쉬었다.

"그러니까. 소쌍 그년이 그년한테 준 것이 아닙니까? 아니면 왜 그년이 가지고 있겠습니까?"

"자네는 왜 말끝마다 그년이라고 하는가?"

나는 나도 모르게 소리를 버럭 질렀다. 아무리 잘못해도 나하고 정을 통하는 사이인데 년이라니. 나는 석가이를 노려보았다.

"이 세상에 산호 비녀가 한두 개가 아니고 내가 준 증거라도 있는가?"

나는 되도록 침착하자고 생각하며 물었다.

"척 보면 알지요. 마마께서 준 그 비녀가 맞습니다."

"음."

나는 할 말을 잊었다.

"어찌할까요? 당장 소쌍을 불러드릴까요?"

"지금 상중인데 부르면 남들이 뭐라 하겠느냐. 그리고 내가 선물 준 것도 다 드러날 텐데."

나는 이러지도 저러지도 못하고 석가이에게만 큰소리를 냈다. 석가이는 화가 난다는 듯 얼굴을 붉혔다.

"그만 나가보거라."

나는 혼자 있고 싶었다. 석가이는 무슨 말을 더하려다 내 표정을 보고는 입을 다물고 문을 열었다.

"이 일은 아무한테도 발설하지 말거라."

나는 소쌍에게 직접 물어볼 참이었다. 또한 상중이니 소문이 나지 않길 원했다. 석가이는 알았다며 시큰둥하게 대답했다. 나는 탁자에 팔을 기대고 있는데 문득 예전에 소쌍이 들려준 얘기가 생각났다. 남자한테

성적으로 불만이 있는 여자가 남자를 떠난다는 이야기인데 내용은 이랬다.

늙은 부자가 젊고 예쁜 첩을 얻었으나 노쇠하고 병들어 3년 동안 제대로 된 잠자리를 하지 못했다고 했다. 첩은 답답했고 그래서 자신의 물건과 옷상자를 몰래 친정집으로 옮겨놓았다.

"그래 첩이라는 여자는 얼마나 답답했을까."

나는 소쌍의 얘기를 들으며 진심으로 그렇게 말했다.

"근데 남자들은 여자의 심정을 잘 모르나 봅니다. 그 늙은 부자도 그랬는데요. 동산에 함박꽃이 활짝 피니 부자는 술자리를 마련하고 첩과 술잔을 나누며 즐기려고 했답니다. 그런데 갑자기 보니 첩이 곱게 단장하고 성장을 차려입고서 뜰 아래에서 고별하려고 했습니다."

"이런. 첩으로 봐선 그럴 수밖에 없었겠지."

나는 진정 마음이 아팠다. 충분히 공감 가는 얘기였다.

"부자는 어찌 된 일이냐고 물었고 첩이 대답했는데 소첩이 받들어 모신 지 3년이 지났으나 실로 끈끈한 정이 없었으므로 하직하고 떠날까 합니다, 라고 했습니다. 끈끈한 정이란 잠자리에서의 정인데 부자는 통곡하며 그래 네 말이 맞도다. 네가 가고 싶은 데로 가거라, 했고요. 첩은 하직하고 집을 떠났다고 합니다."

"그래, 그래야지."

나는 그때 한숨을 쉬었다. 첩의 용기는 대단했다고 생각했다. 단지 부자라는 이유로 사랑하지도 않은 남자와 사는 것은 자신을 속이는 아주 잘못된 행동이라는 생각이었다. 그러면서 나도 세자를 떠나야 한다는 생각이 확고해졌다. 그러나 아무리 생각해도 폐위 외에는 없는데 다른 방법이 떠오르지 않았다. 소쌍이 말을 이었다.

"저도 그렇게 생각해요. 자신이 하고 싶은 대로 사는 거요. 근데 과연 자기가 하고 싶은 대로 사는 사람은 얼마나 될까요?"

나는 당시에 그 말에 대답을 못 했다. 나도 그렇고 너도 그렇다고 하기엔 소쌍에게 너무 사치스러운 말 같았기 때문이었다.

그러하면 소쌍이 나를 떠날 수도 있겠구나.

나는 예전의 말을 회상하다 정신이 번쩍 들었다. 소쌍이 내가 준 선물을 단지에게 주었다면 나보다 단지를 더 사랑한다는 말이 아닌가. 다만 내가 저의 목숨줄을 쥐고 있는 주인이기에 어쩔 수 없이 나를 따른단 말인가. 문득 내 삶이 슬프다는 생각이 들었다. 상이 끝나면 소쌍에게 진심으로 물어볼 작정이었다. 소쌍이 보고 싶어도 참아야 했기에 밤에 부는 바람 소리에도 깜짝깜짝 놀랐다.

며칠 후 대비께서 찾아오셨다. 예상치 못한 방문이라 나는 당황하며 대비의 눈치를 살폈다.

"소문이 사실인가?"

다과가 나오기도 전에 단도직입적으로 물었다. 나는 언젠가는 이런 일이 닥치리라는 걸 짐작했으면서도 막상 닥치니 차마 말할 수 없었다.

"정녕 사실인가 묻고 있지 않느냐."

노기를 띤 대비의 말씀에 나는 아니라고도 맞다고도 할 수 없었다. 스스로 폐위를 생각했을 때 대비를 찾아갈까 생각했던 적이 있어 마음에 갈등이 생긴 건 사실이었다.

"멈추어야 할 것이야. 멈추어야 돼."

대비는 단호하게 말했다.

"헛소문이든 진실이든 그 소문 자체가 자네의 목을 칠 수 있어."

나는 고개를 푹 숙이고 듣기만 했다.

"그건 이 나라의 근본을 흔드는 것이기 때문에 아무도 자넬 살려둘 수 없어."

내 입술은 타들어 갔다. 맞다고. 그 소문은 사실이라고. 난 소쌍을 사랑하고 동침했다고. 다 말하고 싶지만 입이 떨어지지 않았다.

"명심, 또 명심해야 할 것이야."

대비는 다과가 나오기도 전에 방을 나갔다. 나는 그제야 휴, 숨을 몰아쉬었다. 운명이다, 운명. 나는 속으로 중얼거렸다.

16. 임이 있어 더없이 행복하여라

나는 상중이라 술을 마실 수 없기에 선물로 들어온 술을 사가로 보내려고 잘 싸두었다. 언제 시간 되면 석가이를 보내 어머님과 두 오라버니가 마실 수 있도록 보내줄 참이었다. 그러나 세자가 문득 밤늦은 시간에 내 처소로 왔고 보자기로 싸놓은 게 뭐냐고 물었다. 나는 들어온 선물인 술인데 내가 마실 수 없으니 친정어머님께 보내려 한다고 솔직하게 말씀드렸다. 대번에 세자의 표정이 변했다.

"그만큼 얘기했는데 또 사가에 음식을 보낸단 말이오?"

세자의 말에 나는 분노가 치밀어 올랐다.

"그냥 보내는 겁니까. 아버지께서 돌아가셔서 쓸쓸하게 보내실 어머니를 생각해 내게 들어온 술을 보내드리려고 하는데 그것도 궁중의 법도를 따집니까? 도대체 궁중의 법도가 사람을 위해 있는 겁니까. 사람이 궁중의 법도를 위해 있는 겁니까?"

아마도 그 당시 나는 아버지께서 돌아가신 후유증에다 이미 세자를 떠날 궁리만 하고 있었으니 겁날 게 없었다. 차라리 원자를 낳지 않은 게 다행이라는 생각을 했다. 만약 원자를 낳았다면 꼼짝없이 궁에 눌러앉을 수밖에 없었을 것이니까.

"그렇다고 궁중의 음식을 사가에 보낸단 말이오?"

세자는 당장 그만두라고 했고 나는 큰소리쳤다.

"알았습니다. 보내지 말지요."

나는 석가이에게 대접을 가져오라고 했다. 석가이는 무슨 뜻인지 몰라 머뭇거렸고 나는 다시 소리쳤다.

"당장 가져오지 못하겠느냐!"

얼음 같은 내 말에 석가이는 금방 대접을 가져왔고 나는 보자기를 풀어 술을 한 대접 가득 떠서 단숨에 마셨다.

"예. 저하의 뜻대로 하지요. 사가에 못 보내는 술 제가 다 마시겠습니다."

나는 연거푸 두 잔을 떠서 다 마셨다.

"허. 이게 뭐 하는 짓이요?"

세자는 어쩔 줄 몰라 했다.

"뭘 그리 놀라십니까? 이젠 상중이라고 나무라실 작정인가요?"

나의 비꼬는 말에 세자는 화가 나서 방을 나갔다. 나는 세자의 뒷모습을 보며 또다시 한 대접을 떴다. 이번엔 석가이가 막았다.

"마마. 어서 저하 따라가 보시옵소서."

"됐다. 화가 나서 간 사람 잡아서 뭐 한다니."

나는 깔깔깔 웃었다. 석가이는 다시 술 단지를 보자기로 쌌다.

"가서 소쌍 불러오너라."

내 말이 허공에 흩날렸다.

"마마. 고정하시옵소서."

"뭐 하고 있는 거냐. 냉큼 갔다 오지 못할꼬?"

나의 시퍼런 말에 석가이는 예, 하며 머뭇거리다 밖으로 나갔다. 예가 아닌 줄 알지만 어쩔 수 없었다. 예만 중요하고 사람은 중요하지 않은 세자에게 분노가 치밀었다. 집착하지 않으면 겁날 게 없다. 원자에 집착하지 않으니 무엇이 두려우랴. 원래 세자빈이라는 권력과 명예는 안중에도 없었다. 사랑하는 임, 소쌍만 있으면 되었다.

"마마. 소쌍이 고뿔에 걸려 앓아누웠습니다."

"뭐?"

나는 처음엔 석가이가 거짓말하는 줄 알았다.

"그래?"

나는 일어섰다. 직접 가보고 확인할 참이었다.

"마마. 어딜 가시려고 그러십니까?"

석가이는 말렸고 나는 비키라고 음성을 높였다.

"불러드리겠습니다. 마마께선 그런 누추한 곳에 가시는 게 아닙니다."

이상궁까지 나서서야 나는 자리에 앉았다. 아마도 소문이 돌까 봐 그러는 것 같았다. 빈속에 안주도 없이 술을 마셔서 그런지 취기가 많이 올랐다.

정말로 감기에 걸렸는지 볼이 움푹 들어간 소쌍이 들어왔다.

"오. 고뿔이 걸렸다더니 정말이더냐?"

나는 이마를 짚어보며 말했다. 열이 대단했다. 소쌍은 기침을 심하게 하더니 힘없는 목소리로 약은 먹었다고 했다. 하지만 소쌍은 오들오들 떨었다. 나는 직접 이불을 꺼내 소쌍의 몸에 둘렀다.

"근데 열은 왜 안 내리는 것이냐? 가서 의원을 불러오시오."

나는 이상궁에게 명했다.

"아니 되옵니다. 의원은 왕족만 부를 수 있습니다."

"아니, 사람이 저 지경인데 뭔 말이 그리 많소? 내가 아프다고 하고 부르면 되지 않소?"

나는 이상궁에게 다그치자 그제야 이상궁은 알았다며 일어서 나갔다.

"언제부터 그랬느냐? 많이 아프면 나를 찾지 그랬느냐?"

나는 기침하는 소쌍을 보며 마치 내가 아픈 것처럼 안절부절못했다.

"한 일주일 넘었는데 아직 안 떨어졌습니다. 이제 곧 낫겠지요. 걱정하지 마옵소서."

소쌍은 연신 기침했다.

"내 안 본 사이에 이 지경이라니."

한 달여 만에 보는 소쌍은 많이 말랐고 지쳐있었다. 무슨 일이 있었느냐고 다그쳐도 아무 일 없이 고뿔이라고만 말했다.

"좀 눕거라. 의원이 금방 올 것이야."

나는 소쌍의 어깨를 잡고 눕게 했다. 석가이는 그런 나를 바라보기만 했다. 그때 이상궁이 의원이 왔다고 아뢰었다. 나는 당장 들어오라고 했다. 하지만 의원은 내가 아니라 소쌍이 아픈 걸 보고는 돌아가려고 했다. 나는 사정했다.

"나를 봐서 한 번 진맥해 주시오. 내 은혜 꼭 갚겠소."

"법도에 어긋나는 일이옵니다. 이 아이는 의녀가 진맥하고 약을 주었을 것이옵니다."

"지금 법도가 중요하오? 약을 먹었는데 차도가 없으니 하는 소리 아니요? 나를 봐서 좀 해줄 수 없겠소? 일체 비밀로 하겠소."

의원은 망설이다 그제야 상자를 바닥에 놓고 소쌍에게 갔다. 나는 다른 사람 모두 밖으로 나가라고 했다. 나는 떨리는 마음으로 의원이 진맥하는 걸 지켜보았다. 내가 열이 나고 오들오들 떨리는 것 같았다.

"폐렴이옵니다."

의원은 조금만 늦었어도 큰일 날 뻔했다며 소쌍에게 덮고 있던 이불을 치우라고 했다. 내가 다가가 직접 이불을 치우자 머리와 얼굴에 침을 놓았다. 나는 정신이 없었다. 내가 침을 맞고 있는 느낌이었다.

"괜찮겠소? 침 맞으면 낫겠소?"

나는 연신 물었다.

"침 맞고 약을 먹으면 괜찮을 겁니다. 너무 걱정 마시옵소서."

"고맙소. 은혜는 꼭 갚겠소."

나는 의원에게 무릎이라도 꿇어야 한다면 꿇을 작정이었다. 소쌍은 오들오들 떨던 것이 좀 덜한 것 같았다. 한참이 지나자 의원은 침을 뽑았다.

"가능하면 옷을 다 벗어 열을 내리게 해야 합니다. 춥다고 이불을 덮으면 안 됩니다. 물로 닦아주면 더 좋구요."

의원은 상자를 챙기며 혹 밤에 많이 안 좋으면 자신을 불러 달라고 했다. 나는 꼭 은혜를 갚겠다고 감사의 마음을 전하며 문갑에 있는 금으로 된 작은 돼지를 주었다. 의원은 황송해하며 내일 또 오겠다고 했다.

"약은 최고로 좋은 것을 해주시오. 내가 먹는 것으로 해주시오. 부탁이오."

의원은 멈칫거리다 그렇게 하겠노라며 밖으로 나갔다.

"석가이야 가서 물하고 수건을 가지고 오너라."

나는 밖을 향해 말하곤 소쌍에게 옷을 다 벗으라고 했다. 소쌍은 괜찮다고 했지만 나는 막무가내로 옷을 벗으라고 했다. 물을 떠 온 석가이는 자신이 하겠다는 걸 밖에 나가라고 했다. 그리고 내가 직접 수건에 물을 적셔서 소쌍의 몸을 닦았다. 소쌍은 오들오들 떨었고 나는 안쓰러워 눈물이 나오려는 걸 참으며 온몸 구석구석 닦았다. 소쌍의 이마에 내 이마를 대니 열이 많이 내린 것 같았다. 얇은 속옷을 입게 하고 의원이 가져온 약을 먹었다.

"소쌍이 다 나을 때까지 이 방에서 잘 테니 그리 알거라."

내 말에 석가이와 이상궁은 안 된다며 만류하였다.

"사람이 죽어 가는데 이것저것 따질 게 뭐요?"

나는 이상궁에게 더는 말하지 말라고 했다.

"소문나면 어떻게 하시렵니까? 안 그래도 마마와 소쌍이 항상 같이 붙어 있다는 소문이 돌고 있는데요?"

이상궁의 말에 나는 속으로 뜨끔했으나 열이 펄펄 끓는 아이에게 여럿이 자는 불편한 방으로 보낼 수는 없었다.

"그러니 비밀로 해달라는 거 아니오? 의원도 내게 약을 준다고 탕을 지어오지 않소?"

"그래도 잠은 종비 숙소에서 자게 하는 것이."

석가이도 나서서 말렸다.

"그만하거라. 이상궁께서는 아랫것들 입조심 단단히 시켜주시오."

"예. 마마."

이상궁은 마뜩잖은 표정으로 말했다. 나는 다 물러가게 하고 소쌍과 단둘이 있자 마음이 평온해졌다. 비록 소쌍이 아프지만 단둘이 있다는 행복감으로 피곤할 줄도 몰랐다.

"마마. 전 숙소로 가보겠습니다. 동무들이 이상하게 볼 것입니다."

"아니다. 이상궁에게 단단히 일렀으니 걱정하지 말고 빨리 나을 생각만 하거라. 그게 나를 도와주는 거다."

"마마. 고맙사옵니다."

소쌍은 눈물을 글썽였고 나는 손을 잡아주며 손등을 토닥토닥 두드려주었다.

"이제 걱정 말거라. 내 무슨 일이 있어도 너를 지켜줄 거야."

나는 진정으로 그렇게 하겠다고 마음먹었다. 하지만 곧이어 감찰상궁이 들이닥칠 줄은 몰랐다. 나는 감찰상궁이 뵙기를 청한다는 말에 가슴이 덜컥, 내려앉았다. 나는 소쌍을 보았고 소쌍 또한 나를 근심스러운 눈으로 바라보았다. 그냥 내칠까 하다가 들어오라고 했다. 감찰상궁은 소쌍은 보지도 않고 내 앞에 무릎을 꿇었다.

"마마, 이러시면 아니 되옵니다."

나는 긴 숨을 들이쉬고 말했다.

"안 된다니 뭐가 말입니까?"

"종비가 마마님 방에 자는 건 법도에 어긋나는 일이옵니다."

"내가 그렇게 하고 싶다는데 법도를 말하는 겁니까?"

"절대로 아니 되옵니다."

감찰상궁은 한 치도 물러설 기세가 아니었다.

"물러가시오. 가서 윗전에 고하든지 맘대로 하시오."

"어찌 그런 말씀을. 소인은 빈궁 마마님을 지켜드리고자 말씀드리는 것이옵니다."

"나를 지켜요? 감찰상궁이니 벌주는 게 임무 아니요?"

"벌주는 게 아니라 사단이 일어나지 않게 하는 게 임무이옵니다."

"음."

나는 순간 예전에 소쌍이 한 말이 떠올랐다. 감찰상궁에게 사랑하는 여인이 있었다는 말. 근데 죽었다며 눈물을 글썽였다는 말. 그럼 내 처지를 이해하고도 남을 텐데 이러는 이유는 뭔가. 나는 눈을 감았다.

"마마. 소쌍을 숙소로 내보내 치료하게 하시옵소서. 그게 마마님이 사시는 길이옵니다."

"뭐라? 내가 사는 길? 종비 하나 내 방에 재웠다고 내가 죽는단 말인가?"

나는 화가 나서 말했다.

"그게 아닌 걸 마마님께서 잘 아시지 않습니까?"

"허!"

내 입에서 긴 숨이 터져 나왔다. 그랬다. 감찰상궁은 나와 소쌍의 관계를 다 알고 있었다.

"그럼. 며칠 전 편지, 감찰상궁이 보낸 것이요?"

"……"

감찰상궁은 말없이 고개를 숙이고 있었다.

"맞소?"

"……"

"음."

물러설 수밖에 없었다. 감찰상궁은 나를 죽이자는 게 아니라 살리자는 게 맞는 것 같았다. 잠시 침묵이 흘렀다. 숨소리도 들리지 않았다.

"그럼, 말이요. 내 방에만 안 재우면 된단 말이지요?"

"예, 마마. 그러하옵니다."

"알았소. 내 방에 재우지 않겠소."

내 말이 끝났는데도 감찰상궁은 가만히 있었다.

"더 할 말이 있소?"

"저, 그게."

"못 믿겠다? 직접 확인해야겠다? 좋소."

나는 문 쪽으로 시선을 옮겼다.

"석가이 게 있느냐?"

석가이는 예, 하자마자 문을 열고 들어왔다.

"옆 방에 요를 깔거라."

감찰상궁이 내 말에 눈을 크게 뜨고 나를 바라보았다.

"자, 감찰상궁께서는 이만 가시지요. 난 감찰상궁의 말을 따를 것이오. 그렇게 알고 가시오. 보지 않고 그냥 가는 게 좋을 것이오."

"알겠습니다, 마마. 조심, 또 조심하시옵소서."

내 말에 감찰상궁은 머뭇거리다 말을 마치곤 나갔다.

"빨리 요를 안 깔고 뭐하느냐!"

나는 감찰상궁이 들으라는 듯 크게 말했다. 석가이는 부리나케 옆 방에 요와 이불을 깔았다. 나는 직접 가서 확인하곤 소쌍에게 다가갔다.

"미안하구나. 그놈의 법도란 게. 저 방으로 가자. 나도 오늘부터 그 방에서 잘 거니까."

"예?"

소쌍과 석가이가 동시에 말했다.

옆 방으로 옮긴 소쌍은 열이 올랐다 내리기를 반복했다. 나는 밤새 물수건으로 소쌍의 몸을 닦았고 소쌍은 잠이 깨었다 들기를 반복했다. 그러다 잠꼬대인지 혼자 지껄였다.

"살려주세요. 다시는 안 그럴게요."

"죽을죄를 지었습니다."

명확한 목소리는 아니지만, 식은땀을 흘리며 잠꼬대하다가 다시 잠이 들곤 했다. 소쌍은 불안에 사로잡혀 있는 것 같았다. 뭘까. 무엇이 소쌍을 두렵게 할까. 혹 나와의 일이 탄로 나 죽을 것이 겁나서 그럴까. 어떻게 하든 소쌍은 내가 꼭 지켜 주리라. 나는 소쌍 옆에 누워 밤을 지새우며 다짐하였다.

다음 날 의원이 직접 탕을 가져와 소쌍에게 먹였고 또다시 침을 놓았다. 침에 소쌍은 겁을 먹고 안 맞으려고 했지만 내가 달래서 겨우 맞았다. 사흘이 지나자 몸에 차도가 뚜렷이 나타났다. 열은 오르지 않았고 몸에 기운이 좀 난다고 했다. 매일 내가 먹을 고기를 준비하라 했고 그걸 소쌍에게 먹였다. 그러니까 나는 소쌍과 겸상을 하였다. 이레가 지나자 소쌍은 거의 다 나은 듯하여 후원을 함께 거닐기도 하였다. 물론 석가이뿐만 아니라 누구도 곁에 오지 못하게 하였다.

지금 와서 솔직히 얘기하자면 그때가 내가 태어나서 가장 행복했던 시간이 아닌가 싶다. 이레 동안 소쌍과 한방에서 거처하는 것 자체가 너무 좋았다. 소쌍 옆에서 잠을 못 자며 간호해도 피곤한 줄 몰랐고 마냥 행복했었다. 계속 이렇게 아팠으면 하는 생각이 들 때도 있었다. 그런 생각이 들 때마다 나는 속으로 피식 웃었으나 진심이었다. 나는 소쌍에게 고마워했다. 살아서 고맙구나. 나는 소쌍이 다 나아 후원에서 산책할 때면 고마워서 안고 춤이라도 추고 싶었다. 소쌍이 다 나아 숙소로 돌아가기 전날 내가 목욕하겠다고 준비하라 시키고 소쌍과 함께 목욕하였다. 같이 나무통에 들어가 물장구치며 장난도 치다 우리는 영원히 떨어지지 않을 것처럼 안고 한참 동안 있었다. 소쌍의 혀가 내 몸 곳곳이 핥을 때면 나는 열락의 불기둥에 휩싸였고 나의 혀가 소쌍의 몸 구석구석을 핥을 때면 소쌍은 암고양이 우는 소리를 냈다. 우리는 너무 행복한 시간을 보내며 시간이 가는 걸 아쉬워했다.

그러던 어느 날 나는 마침내 대비를 찾아갔다. 뭔가 나를 옥죄어 온다는 느낌이었다. 결단이 필요했다. 대비는 난을 치고 있었다. 내가 고하고 자리에 앉았음에도 아무 말도 하지 않고 붓을 쥔 손으로 천천히 하지만 단호하게 난을 쳤다. 친정이 멸문지화 당하고부터 배웠던 게 난 치는 것이라 했다. 살기 위해서. 살아남기 위해서. 몇 장을 더 치더니 화구류를 옆으로 밀쳤다.

"내 일찍이 친정의 뜻을 따라 새 왕조 여는데 모든 걸 바쳤지. 결국 새 왕조를 열었고 또다시 피바람을 일으키고 남편은 왕의 자리에 난 중전의 자리에 올랐지. 하지만 그게 아니었어."

대비는 허공을 응시했다. 차는 식어갔지만 나는 아무 말도 못 하고 듣기만 했다.

"하지만 남은 건 형제들은 다 죽임을 당하고 아버지는 화병으로 돌아가시고. 나도 쫓겨나 죽을 뻔했으나 자식이 넷에다 나 혼자 남았으니 굳이 죽일 필요가 없었겠지. 그때부터 태종대왕이 승하할 때까지 얼굴조차 마주치지 않았으니 다 춘몽이더라. 차라리 자유분방한 고려 시절이 그리웠지. 자네를 보며 그런 생각을 많이 했어. 내가 걸었던 암흑의 길을 건너는구나. 참으로 권력은 잔인하구나. 오직 자식을 낳기 위해, 종묘사직을 위해, 왕통을 잇기 위해, 다 버려야 하는 자네에게 참 못된 짓을 하는구나 싶었다."

대비는 숨이 차는지 말을 멈추고 눈을 감았다. 눈꺼풀이 파르르 떨렸다.

"과거 남편에게 모든 걸 걸었던 젊은 날이 한탄스럽구나. 내 인생은 없었다. 오직 새 왕조를 세우려는 시아버지와 남편을 위해 죽이고 또 죽이고 했을 뿐이었다. 새 왕조가 들어서고 내가 개국공신인 줄 알았더니,

허허, 불쏘시개였더구나. 아무것도 아니었어. 권력을 쥐는데 내 친정의 도움이 필요했고 난 그게 친정을 위하는 것인 줄 알고. 쯧쯧.”

 나는 대비의 말을 들으며 꼼짝도 할 수 없었다. 왜 이런 말을 할까. 나에 대해 모든 걸 알고 있는 걸까? 다리가 아파도 자세를 바꿀 수 없었다.

“내가 남편을, 태종대왕을 죽이고 싶었을 때가 어디 한두 번이었겠냐.”

대비의 굳은 얼굴에 회한이 느껴졌다. 순간 내 눈에 눈물이 쏟아졌다.

“마마.”

나는 대비 앞에 엎드려 눈물을 쏟았다.

“그래. 울거라. 울어. 가슴에 쌓인 거 다 씻겨나가도록 울어라, 울어.”

“대비마마.”

왜 이렇게 서러울까. 눈물이 멈춰지지 않았다.

“울어라. 그래, 맘껏 울어. 하지만 딴맘 먹지 마라. 그러면 넌 죽어.”

“마마.”

“깨끗이 정리하고 원자 낳을 궁리나 해라. 너를 위해서 말이야.”

“마마. 이미 전 너무 멀리 왔사옵니다. 돌아갈 수 없사옵니다.”

“아냐. 돌아가야 해. 넌 죽어. 왕이라도 널 살릴 수 없다, 없어.”

“아니옵니다. 돌아갈 수 없습니다. 폐위시켜 주시옵소서. 내 삶을 살고 싶나이다. 마마.”

 눈물은 끊임없이 줄줄 흘렸다. 치마가 흠뻑 젖었다.

“궁에 들어온 이상 다른 삶은 불가능해.”

“불가능해도 그 길로 가고 싶사옵니다. 마마.”

“자넨 죽는다. 죽어. 죽음뿐이야.”

“전 궁에 씨받이로 들어왔사옵니다. 그러나 원자를 낳지 못하니 쫓겨나는 건 당연하지 않습니다. 전 자유롭게 살고 싶습니다. 사랑하는 사람과 평생 오순도순 서로 사랑하며 살고 싶습니다. 지금까진 짐승의 삶이었습니다. 사람의 삶을 살고 싶습니다."

"정리해라. 그래야 넌 살 수 있다."

"마마."

나는 혼절했고 어의가 오고 나서도 한참 후에 깨어났다. 대비는 누워 있는 나를 애처롭게 바라보고 계셨다. 그리곤 아무 말도 하지 말라고 하셨다, 나를 위해.

17. 도망, 도망가자

몇 개월 동안 다시없는 행복한 나날이었다. 비록 소쌍이 내 방을 떠나 아쉬웠지만, 더 크게 욕심내면 화를 부를 것이라며 스스로 타일렀다. 우리는 손을 잡고 후원을 산책했고 새들은 가지 위에서 짹짹거리며 우리의 사랑을 축하해 주었다. 며칠 전 이상궁에게 소쌍을 궁녀로 할 수 없느냐고 물었을 때 이미 나이도 많아 궁녀되기 힘들다고 했다. 그때 나는 내명부를 총괄하는 중전이 되면 분명 소쌍을 궁녀로 시킬 것이라고 다짐했다. 영원히 소쌍을 내 곁에 두는 것, 오직 나는 그것만 생각했다. 다만 소쌍이 자꾸 두렵다고 하는 게 염려스러웠다. 궁녀들이 대식하다 곤장을 맞고 불구자가 되거나 죽은 예도 있어 많이 불안해했다.

"걱정말거라. 내가 세자빈인데 설마 우리를 누가 벌주겠는가."

소쌍을 달래려고 한 말이었지만 어쩌면 나를 위해 한 말인지도 몰랐다. 사실 나도 점점 불안한 생각이 들었다. 세자빈 자리에서 폐출되는 것은 물론이요, 목숨까지도 부지하기가 어려울 수도 있겠다는 생각이 들었다. 그러면 소쌍과 영원히 헤어진다는 생각에 가슴이 먹먹하였다.

어느 날 대비께서 찾아오셨다. 나는 가슴이 덜컥, 내려앉았지만 대비께선 웃으며 다과를 드셨다.

"빈궁. 우리 오랜만에 투호 한 번 할까?"

그날따라 대비의 표정이 밝았다. 나는 이상궁에게 준비하라 이르고 차를 마시는데 뜨거운 어떤 것이 목으로 올라왔다.

"빈궁. 무슨 걱정거리 있는가? 얼굴이 어두워."

"아닙니다. 마마. 밖으로 나가시지요."

나는 얼른 화제를 바꾸었다. 대비께선 나의 모든 것을 알고 계신다. 그런데 능청스럽게 아무 일도 없었다는 듯이 이렇게 찾아와서 투호나 하자고 하는 이유가 뭘까.

"자 우리 내기할까?"

대비는 투호 화살을 집으며 말했다.

"마마. 어찌 감히 소인이."

"아냐. 원래 놀이는 내기를 걸어야 재미있는 거야."

"……."

나는 가만히 있었고 대비께서 말씀하셨다.

"뭐가 좋을까. 지는 사람이 이긴 사람 소원 들어주기 하면 어떨까?"

대비는 소녀처럼 말갛게 웃었다.

"예. 마마."

대비께선 내 소원을 이미 알고 계신데, 의도가 뭘까.

"마마께서 먼저 하시옵소서."

"그럴까? 자 그럼."

대비께서 화살을 던질 준비하였다. 10번 던져 투호 병 안에 많이 들어가기. 당연히 나이가 어린 내가 이길 확률이 높지 않은가.

"어마. 들어갔네."

대비는 소녀처럼 환하게 웃었다. 옆에 있던 상궁들과 나인들이 박수를 쳤다. 나는 이겨야겠다는 생각에 긴장되는 걸 느꼈다. 나는 신중하게 화살을 던졌다. 투호병에 들어갔다. 대비께선 자신이 넣은 것처럼 기쁘게 박수를 치셨다.

결국 내가 이겼다. 대비께선 3개만 넣으셨고 나는 8개를 넣었다. 다 넣을 수 있었는데 너무 긴장 탓이었다.

"우리 빈궁 무슨 소원을 들어줄까?"

대비는 나를 보며 활짝 웃었다.

"마마. 송구하옵니다."

"송구하긴. 빈궁 때문에 예의도 안 따지고 사가의 여인처럼 잘 놀았는데. 고맙네."

대비는 나를 보며 손을 잡았고 나는 차마 눈을 마주 보지 못해 고개를 숙였다.

"소원을 말해 보게. 내기를 하지 않았는가."

"마마."

나는 그제야 대비의 얼굴을 보았다.

"지금 생각 안 나거든 나중에 말씀하시게, 언제든."

대비께서는 잘 놀았다며 한 번 더 나에게 고맙다고 말을 하곤 대비전으로 향했다. 나는 깊숙이 고개 숙여 예를 표했다.

어느 날 아침에 깨어났는데 문득 아버지가 돌아가시기 며칠 전에 나한테 들러 하신 말씀이 생각났다. 무슨 말인지 모르지만, 말끝에 덧붙인 말이었다.

"마마. 명심해야 하실 것은 전하께서는 절도와 도적의 문제는 기본적으로 민생과 살기가 어려움에서 생겼다고 보아 되도록 관형을 보이고자 하셨습니다. 하지만 강간과 간통의 경우는 음욕에서 비롯된 문제이기 때문에 보다 엄격한 형벌을 내려야 한다고 하셨습니다."

아버지는 신중하게 말씀하셨다.

"그럼, 음욕도 왜 생기는지 아셔야 하지 않겠습니까?"

"마마."

"남편과 사이가 좋은데 음욕이 생겨 간통을 저지른 여자를 본 적이 있습니까? 남편이 첩을 얻어 조강지처를 버렸거나 거들떠보지 않을 때 간통이 일어나지 않습니까?"

"마마. 전하의 속뜻을 새겨주시옵소서."

물론 아버지의 뜻을 알았다. 나보다 앞서 세자빈이 되었다가 음란하다 하여 쫓겨난 휘빈 김씨처럼 나도 그렇게 될까 염려한다는 사실을 분명히 알았다. 하지만 이런 말이 나올 때마다 반발심이 생겼다.

"마마. 지금은 유교 국가이옵니다. 유교 국가에서 간통죄는 유교 질서의 근간을 위협하는 강상죄에 해당합니다. 간통은 개인의 문제를 넘어 국가의 기강에 해당하는 문제이옵니다. 그래서 간통죄의 경우 일반 백성보다 양반들을 더 엄하게 처벌하는 이유도 옛 왕조인 고려 시대보다 도덕적 우월을 가지기 위해 그러는 것이옵니다."

나는 할 말을 잃었다. 새 왕조의 새 이념이라는데 할 말이 없었다. 만약 그걸 부정한다면 역모가 될 것이었다. 특히 사족의 간통일 경우 엄하게 다스린다는 것이 마음에 걸렸다.

나는 아침을 먹고 나서 소쌍이 오기를 기다렸다. 소쌍이 당번일 경우 아무 일도 시키지 않고 함께 투호를 하거나 산책하였다. 왠지 소쌍이 늦게 오자 무슨 일이 있나 싶어 안절부절못했다. 요즘 들어와 생긴 현상이었다.

소쌍은 굳은 얼굴로 왔다. 예감이 좋지 않았다.

"무슨 일이냐?"

나는 단도직입적으로 물었다. 소쌍은 머뭇거리기만 했다.

"대답해 보거라."

나는 답답한 마음에 채근하였다. 소쌍은 근심스러운 눈빛으로 나를 보았다.

"어제 저녁에 세자 저하를 뵈었습니다."

가슴이 덜컥, 내려앉았다.

"어디서 말이냐?"

"무수리가 물 긷는 게 따라가다 산책하시는 세자 저하를……."

"그래서? 그래서 말이다."

소쌍의 말을 끊고 말했다.

"네가 소쌍이냐? 하고 물었사옵니다."

"세자 저하가 너를 알고 있단 말이더냐?"

불길한 예감에 휩싸였다.

"예. 그래서 제가 그렇사옵니다, 하고 말씀드렸더니 그럼……."

"그럼 뭐 어떻게? 답답하구나."

심한 갈증을 느끼며 물었다.

"세자빈과 잤느냐? 하고 물었사옵니다."

"허."

드디어 올 것이 왔구나 하는 생각이 들었다.

"그래서? 사실대로 말씀드렸느냐?"

"아니옵니다. 절대로 그런 사실이 없다고 말씀드렸습니다."

"그래, 그래. 잘했다. 앞으로 무슨 일이 있으면 절대로 그런 일이 없다고 하고 대신 나를 핑계대거라."

소쌍은 나의 말에 대꾸도 없이 생각에 잠긴 듯 가만히 있었다. 세자가 눈치를 챘는가? 그렇지 않으면 갑자기 그렇게 물을 이유가 없지 않은가? 아니면 소문이 나서 그런가.

"마마."

소쌍이 여전히 굳은 얼굴로 물었다.

"그래 말해보거라."

"소인이 마마와 잠도 자고 한시라도 떨어져 있지 않으려 한다는 소문이 돌고 있습니다. 방 동무들도 나를 이상하게 바라보고. 상궁마마님이나 나인 항아님들도 그렇고."

나는 무릎걸음으로 소쌍에게 다가갔다.

"걱정말거라. 원래 말하기 좋아하는 사람들이나 질투하는 사람들이 내는 것이 소문 아니더냐. 걱정말거라. 설사 무슨 일이 있더라도 내가 너를 지켜줄 것이다. 알겠느냐?"

"예, 마마."

대답과 달리 소쌍은 안심하는 눈치가 아니었다.

"우리 나가서 투호나 하자꾸나."

나는 답답한 마음에 석가이에게 투호할 준비를 하라고 했다. 답답할 때 투호를 하면 기분이 많이 전환되었다. 나는 생각에 잠겨 있는 소쌍을 데리고 밖으로 나왔다. 마당엔 투호병과 투호화살이 놓여 있었다. 나는 일부러 쾌활하게 말했다.

"오늘은 네가 먼저 해 보거라."

나는 화살이 있는 곳으로 가며 말했다.

"아니옵니다. 어찌 소인이 감히."

"괜찮다. 오늘은 지는 사람이 이긴 사람을 업어주기로 하면 어떻겠느냐?"

"소인이 어떻게 감히 마마님과."

소쌍은 평소와 달리 예를 많이 차렸다. 나는 계속 쾌활하게 말했다.

"그럼 그렇게 하기로 하고 네가 먼저 다섯 번을 던져라."

내 말에 소쌍은 몇 번 사양하다 화살을 들었다. 하지만 평소와 달리 화살은 투호병에 잘 들어가지 않았다. 소쌍도 그렇고 나도 성격이 활달해 투호 실력이 좋았다. 상궁이나 나인들과 하면 지는 경우가 없었고 소쌍과 나와 둘이 하면 막상막하였다.

"마마 차례이옵니다."

석가이가 투호병에 든 화살과 주위에 떨어진 화살을 주워 모으며 말했다. 투호병에 들어간 화살은 두 개에 불과했다. 평소에 거의 다 넣거나 어쩌다 한 개를 넣지 못하는 날과는 많이 달랐다. 나는 심호흡하며 화살을 들었다. 정신을 집중하려고 했지만 마음대로 되지 않았다. 나 역시 두 개밖에 넣지 못했다. 나 또한 거의 다 넣는 편이어서 상궁들이나 나인들도 놀라는 눈치였다.

"이번에도 네가 먼저 해 보거라."

나는 소쌍에게 권했다. 하지만 이번에도 소쌍은 세 개를 넣었다. 나 역시 두 개를 넣었다. 몇 번 더 했지만 다섯 개 전부를 넣을 때는 없었고 두 개나 세 개 정도 넣었을 뿐이었다. 승부는 무승부였다.

"후원을 좀 걷자꾸나."

답답한 마음이 조금은 가신 거 같아 말했다. 평소처럼 상궁과 나인들은 물러나고 소쌍만 따라왔다. 하지만 옆에서 나란히 걷지 않고 뒤에서 따라왔다.

"앞으로 오너라."

나는 뒤돌아서서 소쌍의 팔을 잡았다. 괜찮다. 괜찮다. 걸으며 나는 나에게 최면을 걸었다. 좀 걷고 나자 바위가 소나무 아래에 나타났다. 소쌍과 걷다가 자주 쉬던 곳이었다. 바닥엔 솔잎이 수성하게 쌓였다.

"앉자꾸나."

소쌍은 말없이 앉았다.

"아직도 세자 저하의 말씀이 신경 쓰이느냐?"

"예. 마마."

나는 소쌍의 어깨에 팔을 둘렀다.

"신경 쓸 거 없다. 소문 듣고 한 번 얘기해 본 걸 거야."

나는 소쌍을 보며 미소를 지었고 소쌍도 나를 보더니, 미소를 지었다.

불안한 마음이 많이 가신 듯했다. 나는 생각에 잠겼다. 그러는 동안 소쌍과 나 사이에 말이 없어 사방이 고요하였다. 순간 도망가면 어떨까 하는 생각이 퍼뜩 떠올랐다. 소쌍과 도망가는 꿈은 여러 번 꾸었지만 한 번도 입 밖으로 꺼내 본 적은 없었다. 나는 용기를 내어 말했다.

"소쌍아."

나는 소쌍을 돌아보았고 소쌍도 나를 왜 그러느냐는 눈빛으로 돌아보았다.

"우리, 말이다. 도망가면 어떨까? 도망가면 다른 사람 눈치 보지 않고 또한 불안한 마음도 없이 편히 살 수 있지 않겠느냐?"

"예? 마마."

소쌍은 큰 눈을 더욱 크게 뜨며 놀란 표정을 지었다.

"이렇게 불안한 마음으로 사랑하는 것보다 도망가서 마음껏 사랑하며 살 수 있지 않겠느냐?"

"마마."

소쌍은 당황한 눈치였다. 나는 걱정하지 말라는 뜻 미소를 지었다.

"나에게 금붙이가 좀 있고 부모한테 받은 유산도 좀 있으니 우리 둘이 먹고사는 데는 지장이 없을 거야."

소쌍은 고개를 숙였다. 생각하는 듯했다. 나는 생각할 시간을 주기 위해 가만히 있었다. 왜 그런 생각을 빨리 못 했을까, 하는 생각이 들었다. 소쌍에게 대비께 나의 폐위를 요청했다는 사실을 알려주었다. 소쌍은 놀란 표정을 짓더니 눈길을 허공으로 돌렸다. 햇빛이 소쌍의 볼에 사선으로 꽂혔다.

"두렵사옵니다, 마마."

"걱정 말래도. 내가 수문장을 매수해 놓을 테니 언제 기회 봐서 우리 둘이 도망가자. 그래. 그게 좋아. 우리가 영원히 함께 사는 수는 그것밖에 없다. 도망가자."

나는 소쌍을 꼭 껴안았다. 소쌍은 두려운지 몸이 굳어 있었다.

"내 말 알아듣겠느냐?"

"예, 마마. 마마만 믿겠나이다."

소쌍은 울음을 터트렸다.

"울지 마라. 우리가 누구 눈치 보지 않고 우리의 사랑을 나누며 살 방도는 그것밖에 없지 않느냐?"

"예, 마마."

"그러니 나를 믿고 따라오너라. 난 아무것도 필요 없다. 너만 내 곁에 있으면 된다. 나에겐 너만 있으면 되느니라."

나는 소쌍의 등을 토닥토닥 두드렸다. 소쌍의 등이 들썩거렸다.

"오늘 네 처소로 가면 언제든 궁 밖으로 나갈 수 있도록 간단하게 채비 해놓거라. 내가 수문장을 매수해 놓고 석가이를 보낼 테니 항상 준비하고 있거라. 석가이와 궁 밖에 나가면 수원에 영흥사란 절이 있는데 우선 그 절에 가 있거라. 거기도 내가 미리 전갈을 넣어 놓을 테니."

소쌍은 두려움에 떨면서 예, 예, 만 되풀이 하다가 갑자기 고개를 들었다.

"마마. 우리 이대로 헤어지면 살 수 있지 않겠습니까?"

나는 숨이 턱, 막혔다.

"나를 사랑하지 않느냐?"

"사랑하옵니다. 하지만……."

"그럼 사랑하는데 헤어져서 살 수 있겠느냐?"

"마마."

"사랑하면 됐다. 나만 따라오면 살 방도가 있나니. 마음 굳게 먹거라."

나는 소쌍을 힘껏 안았다.

18. 드디어 폐서인 되다

태풍 전의 고요함이랄까. 나는 평소와 다름없이 소쌍을 만났고 소쌍도 불안해했지만, 그래서 오히려 우리는 밤늦게까지 뜨거운 사랑을 나누기도 했다. 나는 불안하면서도 행복했다. 이런 행복이 오래오래 가길 기원하며 소쌍의 몸을 탐했다. 소쌍도 점점 나를 거칠게 탐했다. 우리는 사랑을 하고 나면 녹초가 되었다. 수문장에게도 금붙이를 많이 주었고 수원의 영흥사 주지에게도 전갈을 넣었다. 영흥사는 예전부터 어머니가 다니던 절이라 주지와 친분이 두터웠다.

그러던 어느 날 석가이가 입에 거품을 물고 방문을 열었다.
"마마."
석가이를 보는데 이상하게 마음이 평온했다.
"그래 무슨 일인데 소란을 떠느냐?"
나는 무심하게 물었다. 석가이는 내 앞에 무릎을 꿇고도 말을 못 했다. 나는 가슴이 쿵, 내려앉는데도 이상하게 마음은 편했다.
"소, 소쌍이 전, 전하께 다, 다 아뢰었습니다."
"뭐라고? 지금 소쌍이 전하께 있느냐?"
"예, 전하께 마, 마마님과 이, 있었던 던 일을 모, 모두 다, 다 아뢰었다, 합니다."
나는 석가이를 물끄러미 바라보았다. 드디어 올 것이 왔구나 싶었다. 침착해야 한다며 하얀 마음을 달랬다.
"이상궁은 대전으로 가서 상황이 어떻게 돌아가고 있는지 알아보고 오시오."
나는 우선 이상궁을 밖으로 내보냈다. 이상궁이 밖으로 나가는 걸 확인하고 석가이를 가까이 오게 했다. 손에는 편지 한 통이 들려 있었다. 나는 급한 마음에 우선 할 말을 했다.

"석가이야, 잘 듣거라."

"예, 마마."

석가이는 울먹였다.

"울지 말고. 소쌍은 전하께 다 고했다 해도 그건 일부만 그랬을 것이다. 소쌍은 곧 처소로 갈 텐데 그러면 너는 간단하게 짐을 싸서 소쌍과 궁 밖으로 나가거라. 내가 수문장한테 미리 연통을 넣어두었느니라."

"마마."

석가이는 눈물을 흘리며 나를 올려다보았다.

"울지 말래두. 궁 밖으로 나가면 수원에 있는 영흥사란 절로 가거라. 거기도 내가 미리 연통을 주었으니 거기 있으면 내가 연락하마."

"마마께서는 어찌하실는지요. 전 마마와 함께 있겠나이다. 제가 없으면 누가 마마를 지켜주겠나이까?"

"내 걱정은 마라. 나도 곧 너희들을 따라갈 것이다. 빨리 짐을 챙겨라. 소쌍이 나오면 곧장 떠나거라."

나는 병풍 뒤에 준비해 놓은 보따리를 석가이에게 건네주었다.

"금붙이와 비녀 등 돈이 될 만한 것들이다. 가져가거라."

"마마."

석가이는 나가려고 하지 않았다. 냉정해야 한다. 나는 나를 다독였다. 기회다. 이제 모든 걸 뒤바꿀 기회다. 내가 폐위되고 온전히 나로 살 기회다. 이 얼마나 고대하고 고대했던 일인가. 나는 끓여 오르는 흥분을 하나하나 몸에 되새겼다.

"어허. 빨리 준비하래두. 그래야 너도 살고 나도 산단 말이다."

내가 산다는 말에 석가이는 나를 바라보더니 그럼 먼저 영흥사로 가 있을 테니 꼭 살아서 오시라며 밖으로 나갔다. 나는 그때 피식, 웃었던가. 어쨌든 나는 이상하게 편안한 마음으로 행동했다. 그때 내 눈에 바닥에 있던 편지가 들어왔다. 석가이도 정신이 없었는지 내게 전하지도 않았다. 나는 천천히 걸어가서 편지를 집었다. 이상하게 마음이 편안했다. 봉투를 뜯었다. 반듯한 글씨체가 눈에 익었다.

마마, 급히 피하소서. 다 드러났나이다.

감찰상궁의 편지였다. 감찰상궁이 내게 왜 이런 편지를 보냈을까 생각하고 있는데 현나인이 뵙기를 청한다는 말이 들려왔다. 나는 자리로 돌아가며 들라, 했다. 현나인은 절뚝거리며 내 앞에 다가와 큰절하였다. 나는 물끄러미 바라보았다. 현나인 또한 아무 말도 없이 고개를 숙이고 무릎 꿇고 있었다. 잠시 침묵이 흐른 후 마침내 내가 편지를 들어 보이며 입을 열었다.
"이 편지 누가 보낸 건지 아느냐?"
현나인은 고개를 들고 똑바로 바라보며 말했다.
"마마님을 보호하고자 하는 분이 보냈을 것이옵니다."
나는 예전 현나인이 말한 궁녀는 거대한 무리라는 말을 기억했다.
"왜 나를 보호하려는 건가? 나는 궁녀가 아니지 않은가?"
"우리와 같기 때문입니다."
여전히 고개를 꼿꼿이 세우고 말했다.
"우리라니? 같다니?"
"같은 여자를 사랑하는 몸을 가진 사람을 뜻하옵니다."
음.
나는 짧은 숨을 토해냈다.
"그럼, 그럼 말이다. 자네가 말한 우리라는 사람들이 감찰나인을 두 번씩이나 죽였느냐?"
"그러하옵니다. 다만 서로 밝히지 않았기에 누군지는 모릅니다. 단지 우리라는 것밖에 모릅니다."

"어째서 두 번씩이나!"

나는 탄식을 했다. 현나인은 여전히 고개를 꼿꼿이 들고 말했다.

"첫 번째는 감찰나인이 계속 우리를 내사했사옵니다. 마마님께서 책봉되던 날 죽은 두 나인도 감찰나인이 윗전에 고해 곤장을 맞은 것이옵니다. 또 계속 우리를 내사해왔습니다. 우리가 살기 위해선 어쩔 수 없었습니다."

"그럼, 두 번째는?"

"그건, 마마님을 보호하려고 그랬습니다."

"나를 보호해?"

나는 숨이 막히는 것 같았다. 이럴 수가.

"마마님도 우리와 같다는 걸 우리는 진작부터 알았습니다. 또한 소쌍을 사랑한다는 것도 알았습니다. 근데 감찰나인도 눈치를 챘던 것입니다. 그래서 마마님과 소쌍을 보호하기 위해 그랬습니다."

"나를 보호하는 이유가 뭔가? 같은 궁녀도 아니고?"

"마마님은 우리와 같기 때문에 중전이 되면 우리들을 보호하리라 믿었습니다. 더 큰 것은,"

현나인은 눈을 끔벅이며 말을 멈추었다.

"더 큰 것?"

나는 빨리 말하라는 듯 말했다.

"만약 마마님과 소쌍의 관계가 윗전에 밝혀지면 마마님이라도 목숨이 위태로워질 것입니다. 단지 같은 여자를 사랑한다는 이유로 죽는다는 건 있을 수 없다는 게 우리들의 생각이옵니다."

허!

나는 탄식을 하며 현나인을 보다 아래로 시선을 내렸다.

"그렇다고 사람을 죽이면······."

"죽이지 않으면 우리가 죽습니다."

그렇겠지. 나는 나도 모르게 고개를 끄덕였다. 현나인이 말을 이었다.

"궁궐에는 사람이 없습니다. 사람의 탈을 쓴 자들만이 존재할 뿐입니다. 사랑할 수 없는 게 인간입니까? 사랑하면 죄가 되는 게 사람입니까? 나무처럼 돌처럼 사는 게 인간입니까?"

현나인의 목소리가 떨렸다. 나는 고개를 숙이고 있다가 일어나 현나인에게 다가갔다. 그리고 조용히 안았다.

"미안하이. 난 그런 줄도 모르고. 오직 나만 살겠다고 발버둥쳤으니. 마안하이. 미안하이."

눈에서 눈물이 쏟아졌다.

"아니옵니다, 마마. 그래도 마마님은 우리에게 힘이 많이 되었습니다. 소쌍을 사랑하는 태도에서 우리는 희망을 보기도 했습니다."

현나인이 울먹이며 말했다. 나는 마안하이, 미안하이, 진정 부끄러워하며 현나인을 꼭 안았다.

"그럼, 희망이 있겠구려. 내가 쫓겨나도 이 야만적인 궁녀제도가 있는 한 우리의 저항은 계속될 것이구려."

나는 현나인의 등을 토닥토닥 두드렸다. 현나인은 한동안 있다 눈물을 멈추고 일어서서 큰절하였다.

"옥체 보존하옵소서, 마마."

나도 벌떡 일어나 맞절하였다.

"건강하시오. 고마웠소."

내 말이 끝남과 동시에 전하께서 부른다는 전갈이 왔다. 나는 채비를 하면서 이제 소쌍이 도망칠 기회가 생겼다고 좋아했다. 나를 심문하고 난 뒤에야 소쌍을 의금부에 가두든지 할 것이다. 나는 우선 시간을 끌면 되었다.

세종대왕을 뵐 채비를 다 하고서도 좀 기다렸다. 김상궁을 시켜 소쌍이 거처로 왔는지 알아보라고 했다. 아직 안 왔다고 했다. 세 번째 보냈을 때야 소쌍이 거처로 돌아왔다고 했다. 그래. 준비는 다 해놓았으니 빨리 도망가거라. 천천히 세종대왕을 뵈러 갔을 때였다.

"감찰상궁은 진정 몰랐단 말인가?"

전하의 음성이었다. 이렇게 화난 목소리는 처음이었다.

"확실한 증거는 없었습니다. 세자빈마마이신데 확실한 증거도 없이 윗전에 고하는 것은 불충이라 생각했습니다."

"허! 세자빈을 보호하려고 한 것은 아니고?"

"진정 몰랐나이다. 알고도 어찌 고하지 않았겠나이까?"

"감찰나인이 두 명이나 죽은 게 자살이라고 했느냐?"

이번엔 세자의 말이었다. 역시 노기 띤 음성이었다.

"예, 저하."

"타살이라는 소문이 돌았는데도 자세히 조사하지 않고 서둘러 자살 처리한 이유가 뭔가?"

"의녀의 검시로 자살이라 결론지었습니다. 궁녀는 궁에서 죽는 건 불충이옵니다. 그래서 서둘러 처리한 것이옵니다."

"자네가 세자빈의 행실을 다 파악했다고 알았는데, 짐이 잘못 알았단 말인가?"

"내사 중이었습니다. 특별한 것은 없었습니다."

"그럼, 이렇게까지 온 것은 자네가 제대로 감찰 못 했다는 것을 시인하는 꼴이구나. 당장 끌고 가서 심문하라!"

전하의 말이 끝나자마자 문 앞에 있던 의금부 도사들이 방으로 들어가 감찰상궁을 끌고 나왔다. 순간 감찰상궁과 나는 서로 바라보았다. 나는 아무 말도 못 하고 다가가 두 손을 잡았다. 감찰상궁이 고개를 크게 숙여 예를 갖췄다. 그때 지밀상궁이 내가 도착했음을 알렸다.

"당장 들라 해라."

전하의 노기 띤 음성이 들렸다. 나는 감찰상궁의 손을 다시 한번 더 잡아주곤 방으로 들어갔다. 세종대왕은 중전 세자와 함께 있었다. 나는 두 분께 절을 올렸다. 세종대왕은 노기 띤 표정으로 나를 내려 보았다. 고개를 숙였다. 소쌍과 석가이가 잘 도망치고 있을까 걱정이 되었다.

"세자빈이 종비 소쌍을 몹시 사랑하였다고 하는데 사실인가?"

나는 머뭇거렸다. 소쌍이 어디까지 얘기했는지 궁금했다.

"이미 소쌍이 다 말했으니 세자빈은 한 치의 거짓말이 없어야 할 것이니라."

세종대왕의 말씀은 준엄했다.

"예, 전하."

"소쌍을 몹시도 사랑했는가?"

"예, 전하."

"모월 모일 세자빈이 소쌍을 불러 안마시키고 소쌍이 싫다는 데도 억지로 옷을 벗기고 강제로 남녀가 교합하는 것처럼 하였는가?"

억지로? 강제로? 나는 내 귀를 의심하였다. 소쌍이 도대체 왜 그런 거짓말을 했는가.

"예, 전하."

되도록 짧게 말했다.

"모월 모일에도 세자빈은 다른 궁녀들은 다 물러가라 하고 소쌍을 불러 강제로 옷을 벗기고 남녀가 교합하는 형상과 같이 하였는가?"

"……."

소쌍이 나한테 모든 책임을 떠넘겼단 말인가? 왜? 살기 위해서? 나는 현기증을 느끼며 겨우 몸의 중심을 잡았다.

"말하라."

"예. 전하."

"소쌍이 싫다는 데도 강제로 불러 안마시켰는가? 싫다는 데도 매일 소쌍을 불러 사랑한다며 귀걸이를 주고 비녀도 주고 환심을 사려 했는가?"

소쌍이 싫어하는 기색을 보이면 나는 너를 좋아하는데 너는 나를 싫어하는구나, 하며 강제로 세자빈을 좋아하게 만들었는가?"

"……."

나한테 모든 걸 덤터기 씌웠구나. 어찌해야 하나. 그렇게라도 살아남으면 다행이건만. 그래, 그렇게 해야 설사 도망가지 못하더라도 소쌍은 살 수 있겠구나, 하는 생각이 번개처럼 머릿속을 지나갔다.

"예. 전하. 모두 저의 의도입니다. 제가 음욕에 눈이 멀어 소쌍과 강제로 했사옵니다."

나는 강제로, 라는 말에 힘을 주었다. 허. 중전의 한숨 소리가 들렸다.

"그러고도 세자빈은 사람인가. 어찌 여자로서 여자를. 그것도 세자빈으로서."

세종대왕의 표정이 어두워졌다. 나는 한동안 눈을 감고 있다가 입을 열었다.

"전하."

"말하라."

"전 궁에 들어온 지 칠 년 동안 인간이 아니었습니다. 씨받이로 들어와 오직 원자를 낳아야 한다는 일념으로 살아야 했습니다. 거기엔 내 삶도 없었고 나란 인간도 없었습니다. 오직 씨받이의 의무만이 존재했습니다."

"빈궁은 말을 삼가시오. 씨받이라니!"

세자가 큰소리쳤다.

"저하께서는 저를 사람으로 보셨습니까? 원자 낳을 씨받이로밖에 보지 않았는지요? 저의 손 한번 따뜻하게 잡아준 적이 있습니까? 지아비로서 저에게 따뜻한 말 한마디 한 적이 있습니까? 짐승과 같은 합궁을 하곤 금방 곯아떨어지셨지 않습니까?"

나는 전장의 장수처럼 거침없이 말했다.

"허. 그 입 다무시오."

세자의 얼굴이 뻘게졌다.

"전하. 제 삶을 살고 싶습니다. 오로지 나로서 살고 싶습니다."

"살고 싶다?"

세종대왕은 비웃듯이 나를 바라보았다.

"사랑하는 사람과 저녁노을을 같이 보고 밥을 함께 먹으며 살고 싶사옵니다."

"허허. 여자가 어찌 여자를 사랑한단 말이냐. 그게 짐승이지 사람이더냐."

노기 띤 얼굴로 세종대왕이 말했다.

"짐승에서 소쌍이란 아이를 사랑하면서 인간으로 돌아왔습니다."

"그 입 다물라!"

마침내 중전이 나섰다. 불쌍한 여인. 친정이 멸문지화를 당했는데도 끝까지 살아남은 여자. 무슨 영화를 누렸는지 묻고 싶었다.

"가서 어명을 받들 준비 하고 있거라."

작두날 같은 전하의 말씀에 나는 절을 하고 물러나 처소로 돌아왔다. 전하께 모든 걸 얘기하고 나니 속이 시원했다. 이제 해방이다. 이제 살았다 하는 생각에 궁을 나가면 소쌍과 어디서 어떤 집을 구해 살까 그것만 생각했다.

처소엔 수문 별감이 평소엔 2명이 있었는데 10명으로 늘어 문뿐만 아니라 방문 앞까지 들어와 있었다. 나는 감금되었다. 이상궁과 김상궁을 비롯해 궁녀들이 아무도 보이지 않았다. 따라서 소쌍과 석가이가 궁을 무사히 빠져나갔는지 알 수 없어 답답했다. 그러면서 소쌍을 사랑할 수 있었던 건 '우리'라는 궁녀들이 있었기에 가능한 것이었음을 알았다. 감사하고 또 감사할 일이었다. 앞으로 그 '우리'라는 궁녀들을 도울 수 없다는 게 안타까웠다. 조금 더 궁녀들의 삶에 관심을 가졌다면 충분히 알아챌 수 있었을 텐데, 하는 후회가 밀물처럼 몰려왔다. 미안하고 또 미안했다.

감금된 지 7일째 되던 날 세종대왕은 나를 폐출시킨다는 교지를 내렸다. 교지에는 내가 투기를 했으며, 자식을 낳지 못했고, 남자를 사모하는 노래를 불렀다고 적혀 있었다. 맞는 말이다. 밤이면 세자는 세자빈인 나한테 오지 않고 후궁한테 가 질투를 했으며, 세자가 밤에 찾아오지 않으니 자식을 낳을 수 없었고, 차가운 밤이 싫어 뜨거운 욕망이 그리웠다. 하지만 현명한 독자는 겉으로 드러난 글자를 읽을 게 아니라 문장 속에 숨어 있는 뜻을 읽을 것이라 믿는다.

내가 폐출된 이유는 여자를 사랑했기 때문이다. 하지만 세종대왕은 세자빈 폐출의 원인인 대식은 차마 교지에 담을 수 없었다. 조선 왕조의 근본을 부정하기 때문이었다. 또한 조선 왕조에 대한 도전이기도 했다. 세종대왕은 영의정 좌의정 우의정을 불러 나의 대식을 말하면서 차마 교지에 넣을 수 없다고 한탄했다. 후세에 알려지는 걸 극도로 꺼리자 영의정 좌의정 우의정은 교지에 넣지 않는 뜻에 따르겠다고 충신답게 말씀드렸다. 세종대왕이 부끄러워한 것이 또 하나 있었는데 그건 나보다 먼저 세자빈을 쫓아낸 일이 있었기 때문이었다. 그러니까 두 번씩이나 세자빈을 폐출시키는 것에 세종대왕 자신도 자책감을 느끼고 있었던 것이었다.

나중에 알게 된 사실이지만 나의 대식이 탄로 난 것은 양원 처소에 일하는 단지의 고발이 시초가 되었다. 소쌍이 예전에 단지와 사랑하여 잠을 같이 자기도 했으나 나를 만나면서 자기를 안 만나주니까 갖은 협박을 하다가 세자에게 털어놓았고 세자는 전하께 아뢰었다.

사가로 가기 전 대비께서 찾아오셨다. 나중에 안 일이지만 세종대왕과 신하들은 나를 참형시키려 했지만 대비의 강력한 반대로 나를 폐위하고 서인으로 삼았다고 했다. 대비께서 말했다고 했다.

"주상의 손에 피를 묻힐 것이요? 선왕이신 주상의 아비 되는 태종대왕이 그렇게 많은 피를 묻혔는데 주상도 피를 묻힐 것이요? 그 죄를 어떻게 감당하려고 그러시오!"

많은 신하가 있는 대전에서 떵떵거리는 대비의 목소리가 하늘을 찔렀다고 했다. 나는 참으로 고마움을 느꼈다. 모든 걸 다 바쳐 사랑할 기회를 주셨으니까.

대비께서 내 방으로 들어오시자 나는 하직 인사를 드렸다.

"잘 가게. 행복하게 살아야 돼."

나는 눈물이 나오는 걸 겨우 참았다.

"감사하옵니다. 소인의 소원을 들어주셔서."

"우리 내기했잖은가. 내가 졌으니 당연히 들어줘야지."

대비는 내 손을 잡았다.

"부럽구나. 내가 젊었을 때 나는 왜 자네처럼 생각 못 했는지. 잘 살게."

대비는 조그마한 보따리를 내밀었다.

"마마."

"조그마한 집 한 채는 살 수 있을 거야."

대비는 손등을 눈으로 가져갔다. 나는 두 손으로 보따리를 받았다.

"마마."

나는 대비 앞에 엎드렸다. 왈칵, 눈물이 쏟아졌다. 대비는 나의 등을 몇 번 두드리더니 밖으로 나가셨다.

결

세상 사람들은 나를 어떻게 생각하는지 모르겠지만 솔직히 나는 폐서인 되는 게 홀가분했다. 따라서 사가로 쫓겨나면서도 이제 새로운 삶을 살리라는 생각에 콧노래까지 나올 지경이었다. 하지만 사가의 마당에 들어서면서 뭔가 모를 서늘한 기운을 느꼈다. 아버지는 돌아가셨으니 큰오라버니가 가장으로 집을 지키고 있었다.

"큰오라버니!"

나는 가마에서 내리자마자 마당에 장승처럼 서 있는 큰오라버니를 반갑게 불렀다. 나를 데리고 온 상궁과 가마꾼들은 잠시라도 같이 있으면 큰 일이라도 일어날 것처럼 황급히 돌아갔다.

"큰오라버니"

내가 두 번째 불렀을 때야 큰오라버니는 몸을 돌려 달빛을 등지고 나를 바라보았다. 하지만 그늘로 인해 표정이 잘 보이지 않았다. 큰오라버니는 나에게 천천히 걸어왔다. 집은 고요했다. 바람 한 점 없었다. 마치 텅 빈 것 같았다. 하지만 그건 겉으로 그럴 뿐 수많은 눈이 숨어서 나를 지켜보고 있는 걸 느꼈다.

"큰오라버니!"

나는 반가움에 다시 한번 크게 불렀다.

"거기서 죽지 왜 돌아왔니?" 가까이 다가온 큰오라버니의 표정은 쇠처럼 굳어 있었다. 왼손에는 커다란 칼이 꽂힌 칼집이 들려 있었다. 멀리서 보았을 때는 보이지 않던 것이었다. 순간 나는 소쌍이 죽은 걸 느꼈다. 그땐 그랬다. 내가 죽을지 모른다는 생각보다 내가 사랑한 여인, 소쌍이 도망치지 못하고 죽었다는 느낌을 받았다. 후에 안 사실이지만, 불행하게도 내 추측은 맞았다. 내가 감금되어 있던 동안 소쌍은 석가이와 함께 참형당했다. 또한 감찰상궁도 방조 혐의로 참형당했다는 걸 알았다.

"……"

불안한 마음에 마비된 혀는 움직이지 못하고, 나는 큰오라버니를 바라보기만 했다.

"너는, 궁궐에서 죽었어야 했다."

큰오라버니의 말은 얼음처럼 차가웠고 태산만큼 무거웠다.

"내……가, 왜 죽어요?"

마비된 혀가 겨우 움직였다.

"네가, 그러고도 사람이길 바란단 말이냐?"

"제가 무얼 잘못했어요? 사람을 사랑한 게 죄가 되나요?"

"넌 사람이 아니라 여자를 사랑했다. 어떻게 같은 여자끼리 그 짓을."

큰오라버니의 말이 분노로 떨렸다.

"그게, 죽을죄가 됩니까? 그게, 그러니까, 그게, 죽을죄란, 말입니까?"

내 말이 허공에서 흩어졌다.

"그게 사람으로서 할 짓이야? 세자빈으로서 원자를 낳을 생각은 안 하고 여자끼리 그 짓 하여 가문을 멸망시키다니."

큰오라버니의 오른손이 칼을 잡았다. 칼이 칼집에서 철커덕, 소름 돋는 소리를 냈다.

"억울합니다. 난 소쌍을 사랑했습니다. 한 치의 거짓도 없이 사랑했습니다. 비록 세자 아닌 사람을 사랑한 것은 맞으나 소쌍을 사랑할 수밖에 없었습니다."

"이제와 변명해서 무슨 필요가 있겠느냐."

칼을 잡은 큰오라버니의 손이 떨렸다.

"전, 그렇게 태어났을 뿐입니다. 여자를……."

순간 번쩍, 허공에서 달빛이 칼에 튕겨 나갔다. 내 머리는 오라버니들과 함께 뛰어놀던 마당에 툭, 떨어졌다. 눈은 여전히 큰오라버니를 바라보고 있었다. 내 마비된 혀가 입속에서 웅얼거렸다. 소쌍이 그립다. 후회 없는 사랑. 이제 저세상에서 다시 만나 누구의 눈치도 보지 말고 사랑하자꾸나, 소쌍아.

고창근 장편소설

일곱 빛깔의 사랑

2024년 08월 03일 발행

지은이-고창근

펴낸곳- 심인

출판신고번호-제 2021-000002 호

주소-경북 상주시 구두실길20

전화- 010-9870-0421

전자우편-sgamm@hanmail.net

ⓒ 고창근, 2024

ISBN 979-11- 976508- 4-0 (03810)

- ----------------------

값 15,000원

- 이 책 내용의 전부 또는 일부를 재사용하려면 반드시 저작권자와 심인 양측의 서면 동의를 받아야 합니다.

- 잘못된 책은 바꾸어 드립니다.

- 저자와 협의하여 인지를 붙이지 않습니다